W0341529

N&K

Alfred Bodenheimer

Kains Opfer

Roman

Nagel & Kimche

3 4 5 6 18 17 16 15

© 2014 Nagel & Kimche
im Carl Hanser Verlag München
Herstellung: Andrea Mogwitz und Rainald Schwarz
Satz: Gaby Michel, Hamburg
Druck und Bindung: Friedrich Pustet
ISBN 978-3-312-00628-1
Printed in Germany

FSC
www.fsc.org
MIX
Papier aus verantwortungsvollen Quellen
FSC® C014889

Rabbi Jehuda ben Tema sagt:
Sei mutig wie ein Panther, leicht wie ein Adler,
schnell wie ein Hirsch und stark wie ein Löwe,
den Willen deines Vaters im Himmel zu tun.

Mischna, Traktat Awot 5,6

I

«Warum beginnt unsere heilige Torah nicht mit dem ersten Buchstaben des hebräischen Alphabets? Warum mit dem zweiten? Weil der zweite Kaffee immer der beste ist.»

Gabriel Klein saß in seinem engen, hellen Arbeitszimmer und blinzelte in die Oktobersonne. Es war Donnerstagvormittag, und er schrieb wie jede Woche um diese Zeit seine Schabbatpredigt. Am Samstag würde der Torahzyklus von neuem beginnen, mit dem Wochenabschnitt, der nach dem allerersten Wort benannt war: «Bereschit», zu Deutsch: «Im Anfang». Generationen von Gelehrten hatten zu erklären versucht, warum nicht dem ersten Buchstaben des hebräischen Alefbets, dem Alef, sondern eben dem Bet die Ehre widerfahren war, die Torah zu eröffnen. Dabei war einiges an Kreativität freigesetzt worden, eine bekannte Erklärung etwa lautete: Mit Alef beginnen die Wörter für die Eltern, «Aw» und «Em», Vater und Mutter. Die Wörter für die Kinder hingegen beginnen mit Bet, «Ben» und «Bat», Sohn und Tochter. Dass die Torah mit dem Bet beginnt, bedeutet deshalb, dass wir nicht in der ersten von Gott geschaffenen Welt leben. Frühere Welten waren an ihrer Ungerechtigkeit zugrunde gegangen.

Die Erklärung mit dem Kaffee stammte von seinem Vater. Sie war vielleicht theologisch nicht gerade stichhaltig, aber sie war eingängig, und sie würde einen guten Einstieg bieten für die Synagogenbesucher, die sich wieder auf das Jahr einstimmen mussten, ermüdet von den Herbstfeiertagen, die sich, vom jüdischen Neujahr über den Jom Kippur zum Laubhütten- und Torahfreudenfest über fast einen Monat erstreckt und erst am vergangenen Sonntag geendet hatten. Klein streckte die Glieder: Auf ins neue Jahr! Für Gabriel Klein war die lange Zeit der kalten, kurzen Tage immer eine Zeit des ungebremsten Tatendrangs. Ungebremst auch wegen der fehlenden Verlockungen der Natur. Denn Zürich zwischen Oktober und Februar, das bedeutete größtenteils bedeckten Himmel und giftige Kälte – der heutige Sonnentag wollte genossen sein!

Ein markanter Charakter war sein Vater gewesen, die große Figur von Gabriels Jugend. Und dennoch schon eine Gestalt aus einer ganz anderen Zeit, einer der vielen jüdischen Textilhändler, die damals in Zürich lebten und deren Nachkommen an der Universität studierten. Prinzipientreue war alles gewesen für Kleins Vater, in seiner Bürgerlichkeit wie in seiner Religiosität. Als «Vorkriegsware» hatte er sich selbst in bissigem Stolz auf seine zähe Gesundheit bezeichnet, die ihn seine jung verstorbene Frau lange überleben ließ. In Wirklichkeit war er «Zwischenkriegsware» gewesen, Ende der zwanziger Jahre geboren, aber darauf hinzuweisen hätte kleinlich gewirkt.

Klein schaute die zwei Zeilen an, die er geschrieben hatte, und wusste nicht weiter. Zwar wollte er den Gedanken weiterverfolgen, wie er die Frage des Anfangsbuchstabens der Torah seiner Gemeinde in einem neuen Bild darstellen könnte: dass wir oft nur das anschauen, was uns als Erstes entgegenkommt – wie eben das Alef. Doch interessant wurde es erst, wenn man den Blick auf die Hintergründe richtete. Es war keine Hexerei, das in eine Predigt zu gießen, er hatte sich alle wesentlichen Punkte zurechtgelegt und brauchte nur noch einige Stichworte aufzuschreiben – von der vollständig abgelesenen Predigt war er in den letzten Jahren abgekommen.

Sein Blick schweifte vom Bildschirm weg auf die Tischplatte. Dort lag die Karte, die gestern angekommen war und ihn außerordentlich gerührt hatte. Eigentlich eine konventionelle, etwas kitschige israelische Neujahrskarte mit den üblichen Symbolen des Rosch-Haschana-Festes: Auf weißer Tischdecke ein Schofar, ein Topf mit Honig und ein Teller mit Apfelstücken, die man bei der ersten Mahlzeit des Festes in den Honig zu tunken pflegte, darunter in hebräischer und englischer Sprache der Neujahrssegen: «A Good and Sweet Year». Eine Karte, wie Klein sie jedes jüdische Neujahr zu Dutzenden von Gemeindemitgliedern aus Freundlichkeit oder Gewohnheit zugeschickt bekam. Das Besondere an dieser Karte war weniger, dass sie über einen Monat unterwegs gewesen war, um von einer israelischen Poststelle in sein Haus zu gelangen, sondern der Absender, David Bohnenblust.

«Dein Ziehsohn», nannte ihn Kleins Frau Rivka. Dabei hatte David damals höchstens zehn Tage bei ihnen gewohnt, nachdem Klein ihn am Hauptbahnhof aufgelesen und mit nach Hause genommen hatte. Sein einziges Gepäck war seine Geige in ihrem hellbraunen Geigenkoffer gewesen – um zur Not als Straßenmusikant etwas Geld zu verdienen, wie David erklärte. Später, als er die Matur machte – er war gerade siebzehn geworden – und beschloss, nach Israel zu gehen, hatte Klein ihm geholfen, einen Platz in einer Institution für junge ausländische Juden zu finden. Wie er ihm mit vielem geholfen hatte damals.

In den ersten Monaten hatte David aus Israel regelmäßig E-Mails geschickt, zuweilen recht ausführliche, über seine Erfolge, seine Krisen, sein Leben. Er hatte ihm auch die Aufforderung zu einer Facebook-Freundschaft geschickt, doch Klein mochte soziale Netzwerke nicht. Dann waren die E-Mails seltener geworden, schließlich ausgeblieben. Klein nahm es als ein gutes Zeichen. David hatte genug Zutrauen und würde sich melden, wenn er ihn brauchte. Offenbar hatte er seinen Platz gefunden.

Und deshalb hatte es den Rabbiner so gefreut, diese Karte zu bekommen. In seiner Handschrift, eine seltsame Verbindung aus fahrig und übergenau, hatte David mit einem schmierenden Kugelschreiber drei unverbindliche, aber nette Sätze geschrieben: «Lieber Herr Rabbiner, zum neuen Jahr wünsche ich Ihnen beste Gesundheit, wie auch ihrer Familie. Länger haben Sie von mir nichts mehr gehört, aber machen Sie sich keine Sorgen, es geht mir gut. Ich hoffe, Ihnen auch.» Darauf folgte die gängige hebräische Glückwunschformel für das Neujahrsfest und Davids übliche Unterschrift: «Ihr David B.»

Schon beim zweiten Lesen allerdings war die Karte Klein eigenartig vorgekommen. Davids Aufforderung, sich keine Sorgen zu machen, deutete an, dass das Gegenteil angebracht war. David war nicht der Typ, der direkte Botschaften schrieb. Ein Hochbegabter, wie er im Buche stand, in sich gekehrt und geprägt von seinem leichten Tourette-Syndrom, das ihn immer daran gehindert hatte, innere Stabilität zu finden. In der Schweiz hatte nur die Musik ihm Ausgeglichenheit und Ruhe verschafft. Wohl eher deshalb, schätzte Klein, als um des Gelderwerbs willen, hatte er seine Geige mitgenommen, als er von zu Hause weggelaufen war.

Aus Israel hatte David einmal berichtet, das Syndrom trete mittlerweile seltener auf. Aber die Krankheit hatte ihn zweifellos geformt, ihn in vielerlei Hinsicht übervorsichtig gemacht. Zwar hatte sie ihn nicht daran gehindert, nach Israel zu ziehen, aber sie hemmte ihn womöglich daran, sich dort unbefangen zu bewegen.

Gestern hatte Klein keine Zeit gehabt, auf die Karte zu reagieren. Nun beschloss er, seine Arbeit an der Predigt zu unterbrechen und David eine Mail zu schreiben.

Die Antwort kam prompt: «Undelivered Mail Returned to Sender».

Sollte er die Eltern anrufen? Vielleicht würde er das heute Abend tun. Eine Neujahrskarte mit der fünf Wochen alten Nachricht ihres Sohnes, es gehe ihm gut, und eine Mailadresse, die nicht mehr funktionierte, waren kein guter Grund, einen Handchirurgen und eine Augenärztin mitten am Vormittag aus ihrer Arbeit zu reißen.

Oder er rief David direkt an. Vielleicht stand ja auf dem Briefumschlag seine Telefonnummer. Klein hatte den Umschlag gleich weggeworfen, nicht einmal achtlos, sondern bewusst. Seit einer mehrtägigen Aufräumaktion vor einigen Monaten hatte er sich vorgenommen, auf seinem Schreibtisch Ordnung zu halten. Der Umschlag musste noch im Papierkorb sein.

Als Klein sich bückte, um den Umschlag herauszufischen, vibrierte auf dem Tisch sein Telefon. Er fuhr hoch und schlug sich den Kopf an der Tischplatte an. Er fluchte leise und möglichst wenig gotteslästerlich und griff zum Apparat. «Nachum Berger» stand auf der Leuchtanzeige. Klein hielt sich den Kopf und meldete sich so gutgelaunt wie möglich.

«Nachum, was hört sich?», fragte er mit der hebräischen Formel. «Ich habe deine Nachricht erhalten.»

Auf der anderen Seite blieb es einen Moment lang still.

Dann meldete sich, etwas unsicher, eine Frau. «Hallo? Spreche ich mit Rabbi Klein?», fragte sie auf Schweizerdeutsch.

Klein war perplex. «Ja», sagte er gedehnt, nun ebenfalls vom Hebräischen in den Dialekt wechselnd, «hier spricht Rabbiner Klein. Mit wem habe ich die Ehre?»

«Es tut mir leid, dass ich Sie störe», sagte die Stimme, nun sicherer geworden. «Mein Name ist Karin Bänziger, ich bin Kommissarin der Stadtpolizei Zürich.»

«Ja? Womit kann ich dienen?», fragte Klein zögernd. Eine Kommissarin, die von Bergers Telefon aus anrief?

«Herr Klein, wäre es möglich, dass wir uns treffen? Ich muss Ihnen ein paar Fragen stellen.»

«Geht es um Herrn Berger? Ist ihm etwas zugestoßen? Ich meine, weil Sie von seinem Telefon aus anrufen.»

«Herr Berger wurde heute Morgen tot in seiner Wohnung aufgefunden», sagte Kommissarin Bänziger. «Es tut mir leid. Ihre Nummer war der letzte Kontakt auf seinem Handy, deshalb rufe ich Sie an.»

Klein brachte kein Wort heraus.

«Könnten Sie um elf auf die Wache am Bahnhofquai kommen?», fragte Frau Bänziger nach einer kurzen Pause.

«Um elf?» Klein schaute auf die Uhr. Es war kurz nach zehn. «Ja, doch, das sollte gehen», sagte er langsam.

«Sehr gut, vielen Dank. Büro dreihundertneunzehn, dritter Stock. Bis gleich also.»

«Aber Herr Berger …»

«Wenn es Ihnen recht ist, besprechen wir alles Weitere in meinem Büro.»

Klein stützte den Ellbogen auf die Tischplatte, die rechte Hand, zur Faust geballt, auf seinen Mund gepresst. Heute Morgen tot in seiner Wohnung aufgefunden. Ermordet? Warum sonst rief die Polizei von seinem Handy aus an?

Noch am letzten Freitagabend war Nachum bei Kleins zu Gast gewesen. Wie so oft. Aber gerade an diesem milden Herbstabend hatte er eine Vitalität versprüht, die selbst für seine Verhältnisse auffällig war. Es war der letzte Abend in der Laubhütte, und Nachum erzählte von einem Hebräischlehrbuch für Kinder, das er zur Begutachtung erhalten hatte. Es kam aus den USA, und es strotzte vor Fehlern. Berger hatte eine imaginäre Sitzung der Buchautoren inszeniert, die sich in fehlerhaftem Hebräisch mit starkem amerikanischem Akzent unterhielten. Klein hatte sich gebogen vor Lachen. Sogar der andere Gast, ein wortkarger junger Israeli, der als Sicherheitsbeamter auf dem Flughafen arbeitete und den Klein einige Tage zuvor, am Jom Kippur, in der Synagoge erstmals gesehen und für den Abend eingeladen hatte, musste lachen. Als Nachum, später als sonst, gegangen war, hatte Rivka ihren Mann noch darauf hingewiesen, dass sie in all den Jahren, die sie Nachum kannten, sein komisches Talent nicht bemerkt hatten. Und heute war er tot. Es war unfassbar.

Klein beschloss, den Weg zur Wache zu Fuß zurückzulegen. An ein Weiterschreiben der Predigt war ohnehin nicht mehr zu denken. Zu Hause war niemand, mit dem er hätte sprechen können, die Kinder waren in der Schule, und Rivka gab am Donnerstagmorgen den Kurs für angehende Konvertitinnen. Er nahm Mantel und Hut und verließ das Haus.

Klein hatte genug Zeit, um einen Umweg über das Seeufer zu nehmen. Er brauchte einen Moment des Innehaltens, einen Blick in die Weite, bevor er in dieses Polizeibüro treten und der Kommissarin Bänziger gegenübersitzen würde. Gewöhnlich konnte er im Stadtzentrum keine zehn Minuten gehen, ohne bekannte Gesichter zu treffen, und er war ein aufmerksamer Fußgänger, der die Menschen, die ihn unterwegs grüßten, auch zur Kenntnis nahm. Heute Morgen bog er, den Blick stur geradeaus, vom Schanzengraben her aus der Beethovenstrasse in den Bleicherweg, geriet beinahe unter ein stürmisch klingelndes Tram und war trotz seines gemessenen Schritts ziemlich erschöpft, als er einige Minuten später den Bürkliplatz erreichte. Er ließ sich auf eine Bank fallen und schaute über den glitzernden See, auf dem sich die letzten Schwaden des Morgennebels lichteten. Am Horizont konnte man die Glarner Alpen erahnen, vor dem Bootshafen am Mythenquai schoss die Fontäne hoch. Die Panta Rhei, das größte Zürichseeschiff, war eben zur Grossen Rundfahrt gestartet, hinter ihren mächtigen Fensterscheiben fotografierten Dutzende Asiaten mit orangen Hüten das sich entfernende Ufer. Zwei Kinder fütterten die Schwäne und Enten, hinter ihm rollte gemächlich der Verkehr eines späten Zürcher Vormittags.

Klein war hier aufgewachsen, in dieser Stadt, genau zwischen der Enge und Wiedikon, er hatte seit früher Kindheit brav täglich für die Rückkehr des jüdischen Volkes nach Jerusalem und den Wiederaufbau des Tempels gebetet – aber die gut drei Jahre seines Lebens, die er insgesamt in Jerusalem verbracht hatte, waren Jahre der Sehnsucht gewesen nach dieser Stadt, ihrer Landschaft und ihren Menschen, die ihm nicht besonders sympathisch waren und größtenteils nicht wirklich nah – aber Heimat, auch in ihrer Kleinkariertheit. Das hier kannte er, hier ging er auf sicherem Grund, hier wusste er, was hinter der nächsten Ecke wartete – und auch, was ihm in düsteren Momenten Seelenruhe geben konnte. Er schloss die Augen, schob den Hut in den Nacken und spürte die milde Wärme auf seiner Stirn.

Nach ein paar Minuten fühlte er sich besser, erholt. Er erhob sich und trat den Weg zur Wache an.

Die Begegnung mit dem Tod war Teil seines Alltags. Oft ging es ihm nahe: bei jungen Menschen, bei Eltern von kleinen Kindern, bei Selbstmördern. Es gab auch alte oder kranke Menschen, deren Tod absehbar war, die er aber bei seinen wöchentlichen Besuchen in den Spitälern und jüdischen Altersheimen ins Herz geschlossen hatte. Hin und wieder wurden die sterblichen Überreste von der Polizei beansprucht, wenn die Todesursache nicht eindeutig war. Aber dass die Polizei ihn angerufen und augenblicklich einbestellt hatte, noch dazu bei einem Menschen, den er sehr gut gekannt hatte und der ihn gestern noch zu erreichen versucht hatte, das war eine neue Erfahrung, und er konnte sich darauf überhaupt keinen Reim machen.

Um punkt elf Uhr klopfte er an der Tür von Frau Bänzigers Büro. Ein stämmiger junger Mann mit dunklen Locken öffnete. «Herr Klein?»

«Ja.»

«Bitte kommen Sie doch herein», rief da Frau Bänziger von hinten im Raum, und er sah sie, eine gedrungene Mittvierzigerin mit dichtem schwarzem Haar, in Jeans, heller Bluse und legerer Jacke, vor sich einen offenen Aktenordner. Sie starrte noch in die Unterlagen auf ihrem Tisch, sah dann aber auf, kam hinter dem Schreibtisch hervor und gab ihm die Hand. Der junge Mann, der sich ihm vorstellte, dessen Namen er aber nicht verstand, nahm ihm den Mantel ab, und Klein setzte sich an den runden Besprechungstisch.

Während Frau Bänzigers Assistent sich an seinem Laptop zu schaffen machte, schaute Klein sich um. Die Wände waren fast vollständig mit eleganten Büroregalen voller Aktenordner bedeckt. Nur links neben der Tür und neben dem breiten Fenster hingen zwei Kandinsky-Farbdrucke. Einen von ihnen, *Bleu de ciel*, hatte Klein als Jugendlicher selbst in seinem Zimmer hängen gehabt – ein Mitbringsel seiner Eltern von einer Reise nach Paris. Obwohl dieses Bild, das er immer sehr geliebt hatte, die gnadenlose Nüchternheit dieses Raumes etwas linderte, blieb er doch beklemmend unpersönlich. Klein hatte das Gefühl, dieser freundlichen, aber unnahbaren Kommissarin samt ihrem schweigenden Assistenten in einem sterilen Reich reiner Funktionalität gegenüberzusitzen. In unangemessener Schroffheit, als hätte sie ihn unverschämt lange warten lassen, fuhr er Frau Bänziger an: «Nun sagen Sie mir bitte schon, was mit Nachum Berger passiert ist.»

«Herr Rabbiner Klein», sagte die Kommissarin bedächtig, wie um ihn durch die Nennung seines Titels an sein Amt zu mahnen, das ein ruhigeres Auftreten verlangte. «Wir sind vor gut zwei Stunden alarmiert worden, weil ein Lehrerkollege aus der Schule Herrn Berger gefunden hat. Herr Berger war nicht zum Unterricht erschienen und hatte auf Anrufe nicht geantwortet. Er ist, der Schätzung unseres Gerichtsmediziners zufolge, gestern Abend, wahrscheinlich zwischen zwanzig und zweiundzwanzig Uhr, in seiner Wohnung verstorben.»

«Sie meinen: ermordet worden. Sonst säßen wir hier nicht beieinander», fiel Klein ihr ins Wort.

Frau Bänziger antwortete ruhig. «Er ist sicher *unter* Gewaltanwendung gestorben, ob er aber tatsächlich *durch* die Gewaltanwendung gestorben ist, muss noch geklärt werden.»

«Ich verstehe nicht.»

«Herr Berger wurde offenbar mit einem Gegenstand mehrmals auf den Kopf geschlagen. Aber ob diese Schläge den Tod verursacht haben, müssen wir untersuchen. Wir haben in Herrn Bergers Wohnung Herzmedikamente gefunden, und es könnte sein, dass die Todesursache ein Herzinfarkt war.»

Klein schwieg. Er hatte von Bergers Herzschwäche nicht gewusst.

«In welchem Verhältnis standen Sie zu Herrn Berger?», fragte Frau Bänziger. «Wie ich Ihnen schon gesagt habe, waren Sie der letzte Kontakt auf seinem Handy gestern Nachmittag um zwei Minuten nach halb fünf.»

«Nun ja», sagte Klein, und seine Kehle war so trocken, dass er fürchtete, bald husten zu müssen, «ich bin der Rabbiner der hiesigen jüdischen Gemeinde. Herr Berger war ja Lehrer für Hebräisch und Religion an der jüdischen Primarschule. Er war auch der Lehrer meiner beiden Töchter. Er lebte allein, und wir luden ihn alle paar Wochen zum Essen am Schabbat ein. Er war ein angenehmer und anregender Gast. Wir hatten oft spannende Diskussionen, er war an vielen Themen interessiert. Zuletzt war er vor einigen Tagen bei uns, zum Ende des Laubhüttenfestes.»

«Fiel Ihnen etwas auf in seinem Verhalten?»

«Nein, nichts – außer vielleicht, dass er besonders gut gelaunt war.»

Frau Bänziger nickte fast unmerklich. «Und weshalb hat Herr Berger Sie gestern angerufen?»

«Oh, er hat mir nur eine Nachricht hinterlassen.»

«Und wie lautete der Inhalt dieser Nachricht?» Frau Bänziger hatte einen Moment gewartet, und ihre Frage hatte einen leicht verärgerten Unterton, weil Klein den Inhalt nicht gleich mitgeliefert hatte.

«Nichts von Belang. Er hatte sich von einem Kurs am Abend abgemeldet. Ich halte jeden Mittwochabend um acht Uhr eine Stunde für einige Herren ab, in der wir den Talmud studieren. Er hat regelmäßig daran teilgenommen. Aber gestern Abend konnte er nicht.»

«Nichts von Belang?»

Es dauerte einige Sekunden, bis Klein die Nachfrage verstand. Dann erschrak er über seine eigene Dummheit. Nichts von Belang! Genau während der Zeit dieses Kurses war Berger zu Tode gekommen!

Frau Bänzigers Ausdruck blieb freundlich-interessiert. «Hat er einen Grund dafür genannt, weshalb er nicht kommen würde?»

«Ich glaube nicht. So genau habe ich nicht hingehört. Mir ging es nur um die Information, die Abmeldung. Ich fand es nett, dass er mir extra Bescheid gab, das machen nicht alle.»

«Haben Sie die Nachricht noch auf dem Handy?»

«Ich denke ja. Sie ist aber auf Hebräisch. Herr Berger war ja Israeli.»

«Könnten Sie die Nachricht nochmals abspielen und sagen, ob Herr Berger tatsächlich keinen Grund für seine Abwesenheit nennt?»

«Ja, natürlich», sagte Klein. Doch schon als er in seinen Hosentaschen zu kramen begann und erst recht, als er pro forma aufstand und die Taschen seines Mantels überprüfte, in die er das Telefon nie einsteckte, wurde ihm klar, dass er es zu Hause auf dem Schreibtisch hatte liegenlassen.

«Es tut mir leid», sagte er. «Ich war zu aufgewühlt, als ich das Haus verließ.»

Nun plötzlich wurde ihm auch klar, weshalb er auf dem Weg hierher so viel Ruhe gehabt hatte. Bestimmt hatten ihn währenddessen tausend Leute gesucht im Zusammenhang mit Bergers Tod. Nun ja, diesen stillen Moment am See nahm ihm keiner mehr.

«Bitte löschen Sie die Mitteilung auf keinen Fall», sagte Frau Bänziger, was er als beleidigend empfand. «Und achten Sie genau darauf, was Herr Berger sagt.»

«Selbstverständlich.»

Offenbar machte er einen etwas jämmerlichen Eindruck. Frau Bänziger fragte ihn, ob er etwas zu trinken wolle, und er konnte nur ergeben nicken, worauf der junge Mann ihm einschenkte. Klein trank zu schnell, und die Kohlensäure verursachte ihm Aufstoßen, einen Moment lang sogar Übelkeit.

Frau Bänziger nippte derweil souverän und schlückchenweise an ihrem Wasser. «Hatte Herr Berger Feinde?», fragte sie unvermittelt.

«Soweit ich weiß: nein.»

«Er hat Ihnen gegenüber nie erwähnt, dass er mit jemandem Streit hat, vor jemandem Angst hat?»

Wer sollte einen unbescholtenen, alleinstehenden Primarlehrer töten? Was für Feinde sollte denn so einer haben? «Schauen Sie», rief er aus, «Nachum Berger hatte als Lehrer mit vielen Leuten zu tun. Manche mögen einen, andere nicht. Das geht einem Rabbiner nicht anders, wie es mit Kommissarinnen ist, weiß ich nicht. Aber hier geht es doch um Mord!»

Frau Bänziger schien seinen besserwisserischen Ton wenig zu schätzen. Ihr Blick, der bislang etwas behäbig wirkte, wurde plötzlich streng, die Stimme zum ersten Mal etwas spitz: «Erstens, Herr Rabbiner: Ob wir von Mord sprechen, wissen wir, wie bereits gesagt, noch nicht. Vielleicht von Gewalteinwirkung mit Todesfolge. Zweitens habe ich gefragt, ob er Feinde hatte. Mir ist auch klar, dass ein Elternpaar, das mit der Unterrichtsmethode unzufrieden ist, noch kein zureichendes Motiv besitzt, den Lehrer in seiner Wohnung tätlich anzugreifen.»

Etwas kleinlaut meinte Klein: «Über Feinde weiß ich nichts.» Und nach einer kurzen Pause: «Ist denn jemand gewaltsam in die Wohnung eingedrungen?»

«Nein», sagte die Kommissarin, «er scheint den oder die Mörder eingelassen zu haben, oder die Wohnungstür war offen.» Sie schwieg einen Moment und fuhr dann fort: «Hat Herr Berger Angehörige?»

«Er hatte in Israel eine Frau, von der er sich aber wohl schon vor Jahrzehnten, kurz nach der Hochzeit, scheiden ließ. Das hat er einmal erwähnt, als ich ihn zur Familie befragte. Über andere Angehörige weiß ich nichts. Er hat nie davon gesprochen, hatte meines Wissens nie Besuch von Verwandten und lebte allein.»

Dass Berger allein lebte – darauf bestand, allein zu leben –, das hatte tatsächlich viele Mitglieder der Gemeinde irritiert. Es entsprach nicht dem Bild, das sich die Leute von einem gläubigen Juden machten, der zudem extrovertiert und gutaussehend ist. Klein erinnerte sich an die Zeit vor zwanzig Jahren, als er und Rivka frisch verheiratet waren und Berger nach Zürich gekommen war. Obwohl schon Mitte dreißig, hatte er rasch etliche Mütter von heiratsfähigen Töchtern in Schwiegermütterträume versetzt, und auch mehrere jüngere Damen des jüdischen Zürich schienen sich für ihn zu interessieren. Die rothaarige Claudette Weiss, die schon so manchen abgewiesen hatte (vor längerer Zeit einmal auch Klein selbst), verliebte sich unsterblich in Nachum, wie allgemein bekannt war, und sie umwarb ihn heftig und mit Ausdauer. Doch

Nachum Berger, stets freundlich und humorvoll, blieb allein. Er kränkte niemanden und ließ niemanden an sich heran.

Natürlich wurde getratscht. Warum widerstand dieser Mann, der nett und attraktiv war und den man so gut aufgenommen hatte, jeglichem Versuch, ihn mit den weiblichen Mitgliedern der Gemeinde in näheren Kontakt zu bringen? War er schwul? Impotent? Von seiner ersten Ehe so nachhaltig traumatisiert, dass er jeden näheren Kontakt zum weiblichen Geschlecht fortan mied? Viele waren davon überzeugt, dass seine Abweisung, die sich immer als bescheidene Zurückhaltung gab, auch verantwortlich dafür war, dass Claudette Weiss – ausgerechnet sie! – lange keine feste Beziehung einging, um dann mit vierzig einen reichen holländischen Juden zu heiraten. Gut zwei Jahre später kehrte sie, schönheitsoperiert und finanziell abgesichert, aber auch geschieden nach Zürich zurück. «Die hat der Berger auf dem Gewissen», hatte Klein einmal jemanden sagen hören – als hätte Nachum sich an ihr vergangen.

Nur langsam hatten sich die Leute aus der Gemeinde an den Umstand gewöhnt, dass Berger einfach allein bleiben wollte. Manche nannten ihn deswegen «undurchsichtig», respektierten zwar seine pädagogische Kompetenz, mieden aber den privaten Kontakt.

Frau Bänziger brachte das Gespräch zu einem Ende. Sie erinnerte Klein nochmals daran, dass er die Nachricht von Berger auf dem Handy abhören solle, und bat um Verständnis, dass die Leiche bis zum Abschluss der gerichtsmedizinischen Untersuchungen für die Beerdigung nicht freigegeben werden könne. «Ich weiß, dass Juden ihre Toten so schnell wie möglich beerdigen. Wir werden die Sache nicht über Gebühr hinausziehen.»

Nun fühlte sich Klein wieder ganz in seinem Element. Freundlich, nicht ohne eine leicht gönnerhafte Note sprach er der Kommissarin das Vertrauen aus, dass die Behörden effizient und wie immer mit größter Rücksicht auf die religiösen Belange der jüdischen Gemeinschaft handeln würden. Sie verabschiedeten sich voneinander mit einem verbindlichen Lächeln, der Assistent mit dem unverständlichen Namen half ihm in den Mantel, reichte ihm den Hut, und in, wie er fand, wiederhergestellter Würde verließ Klein das Amtsgebäude.

Auf dem Rückweg nahm Klein das Tram. Mit ihm zusammen stieg am Rennweg eine lärmende Schulklasse ein. Er schaute auf die lachenden, feixenden Kinder, und es fiel ihm eine Bemerkung von David Bohnenblust ein, dessen Hebräischlehrer Nachum Berger auch einmal gewesen war: «Er ist fast zu nett.» Klein hatte damals nachgefragt, was David damit meine. «Er war immer auf unserer Seite», hatte David erklärt. «Als wären wir seine eigenen Kinder.»

Und dabei erinnerte sich Klein, dass er es wegen des Anrufs von Frau Bänziger und der folgenden Aufregung versäumt hatte, das Couvert von Davids Karte aus dem Papierkorb zu holen. Plötzlich machte er sich Vorwürfe, dass er den Kontakt mit David zu lange vernachlässigt hatte. Damals hatte er ihm geholfen, in seiner Krise, als er von zu Hause weggelaufen war, und ihn wieder auf die Beine gestellt. Aber hatte er ihn nach der Matur unbewusst vielleicht deshalb nach Israel vermittelt, um ihn los zu sein? «Ziehsohn», murmelte er. Eine fast etwas eifersüchtige Bezeichnung. Aber wenn sie zutraf, dann war er ein miserabler Ziehvater. Er hätte sich zumindest erkundigen müssen, ob David in regelmäßigem Kontakt mit seinen Eltern stand, vor deren grenzenlosen Ansprüchen er damals geflohen war. Immer mehr glaubte Klein, in den wenigen Zeilen von Davids Karte Verzweiflung zu erkennen. Die Möglichkeit, dass er sich das bloß einredete, verschwand fast vollständig hinter seinem schlechten Gewissen.

Als er gegen halb eins nach Hause kam, war Rivka bereits vom Konvertitinnen-Kurs heimgekehrt. Sie holte ihn rasch wieder in die Realität zurück. «Wo warst du denn? Warum erreicht man dich nicht? Unser Telefon klingelt ununterbrochen. Die Chewra Kadischa, die Efrat-Schule, das Gemeindesekretariat – alle suchen dich händeringend. Nachum Berger soll ermordet worden sein.»

«Deswegen war ich weg. Die Kommissarin hat mich auf die Wache bestellt, und ich hatte mein Telefon hier liegenlassen. Aber erstens ist noch nicht klar, dass es Mord war», sagte Klein lehrerhaft und wichtig, «zweitens bringt die Aufregung im Moment gar nichts. Wir müssen jetzt auf die Befunde warten – und auf die Freigabe des Mess. Sie sollen nicht gleich alle den Kopf verlieren.»

«Du hast ihn ja offenbar auch verloren, sonst hättest du das Telefon mitgenommen», meinte Rivka. «Und außerdem geht es hier auch um Kinder. Die Schüler in der Efrat sind vollkommen durcheinander. Ich fürchte, Rina auch – ich hole sie heute ausnahmsweise ab. Was hat die Kommissarin denn gemeint?»

«Gemeint hat sie nichts. Sie wissen nicht, ob er getötet oder nur verletzt worden und an Herzinfarkt gestorben ist.»

«Glauben sie, dass es Risches war?»

«Ich weiß nicht, was sie glauben. Sie müssen es halt herausfinden.»

«Naja.» Rivka wiegte den Kopf. «So, wie sie es damals bei

Rabbi Grünbaum herausgefunden haben.» Vor einigen Jahren war mitten in Wiedikon, nicht weit vom koscheren Restaurant, auf offener Straße ein Rabbiner aus Israel ermordet worden. Man vermutete antisemitische Motive. Doch der Mörder wurde nie gefunden. Das hatten die Zürcher Juden nicht vergessen.

«Wir werden sehen», nuschelte Klein und verzog sich in sein Arbeitszimmer. Tatsächlich quoll sein Telefon über vor Kurznachrichten, mündlichen und schriftlichen. Er ging alles durch, aß mit Rivka eine Kleinigkeit und machte sich unwillig daran, die wichtigsten Anrufe zu erledigen: mit dem Rektor der Efrat-Schule, dem Präsidenten der Chewra Kadischa und mit Frau Wild, die von weiteren Anrufen ins Büro berichtete. Es gab, wie Klein in den Jahren seiner Tätigkeit hatte feststellen können, bei einer Reihe von Gemeindemitgliedern den Reflex, in Momenten großer Bestürzung den Rabbiner anzurufen. Am Telefon wussten sie dann meistens gar nichts zu sagen, hörten auch gar nicht zu, sondern wiederholten immer wieder die schreckliche Nachricht und ihre Fassungslosigkeit, dann legten sie wieder auf.

Klein rief sie alle zurück, obwohl es ihn fast den ganzen Nachmittag kostete. Denn noch schlimmer, als sich die banale Ratlosigkeit der Leute anzuhören, war, sie damit alleinzulassen.

2

«Rabbiner? Das ist doch kein Beruf für einen anständigen jüdischen Jungen.» Mit diesem Urteil seines Vaters im Ohr war Klein aufgewachsen. Auch als er nach der Matur für ein Jahr die Jeschiwa in Israel besucht und einmal erwogen hatte, seine Talmudstudien fortzusetzen, ein Rabbinerdiplom zu erlangen und eine Laufbahn als Rabbiner in Deutschland oder in der Schweiz anzustreben, hatte er die Idee bald verworfen. Ein Grund war, dass er nicht jeden Morgen von Amtes wegen schon um sechs Uhr aufstehen wollte, um pünktlich beim Morgengebet zu sein. Außerdem wollte er seine Privatsphäre wahren. Wenn er Rabbiner wäre, würden jeder Schritt und jedes Wort von den Mitgliedern und dem Vorstand der Gemeinde beobachtet und kommentiert.

Deshalb war er am Ende an die Universität gegangen und hatte Geschichte studiert.

Auch Rivka hatte immer abgewinkt, wenn er erzählte, dass ihn das Rabbineramt eigentlich interessiert hätte. Als Rebbezen sah sie sich nicht. Sie war in der kleinen jüdischen Gemeinde von Bern aufgewachsen, sie hatten sich an einem der legendären jährlichen Fußballturniere der Schweizer Juden kennengelernt. Sie spielte im gegnerischen Team, und er hatte ihr einen Schuss ins Gesicht platziert. Er hatte sich danach um sie gekümmert – ihr Nasenbein war zum Glück nicht gebrochen, und aus der ersten, schmerzvollen Begegnung wurde rasch eine Liebesgeschichte. Rivka hatte die Beziehung zwar auch einmal für eine Weile beendet; sie hatte sich noch für andere Jungen interessiert. Damals hatte Klein um Claudette Weiss geworben – rückblickend war es wohl eher eine Pflichtübung. Das schönste jüdische Mädchen von Zürich durfte man nicht unbeachtet lassen, wenn man schon wider Willen frei war. Doch am Ende hatte nichts an Rivka vorbeigeführt. Auch wenn er, anders als chassidische Juden, den Begriff des «Beschertseins», der himmlischen Bestimmung eines Mannes und einer Frau füreinander, belächelte – besonders angesichts dessen, was er als Rabbiner so mitbekam –, in seinem und Rivkas Fall traf er zu.

Klein hatte sich schon mit seiner Diplomarbeit auf die jüdische Geschichte der Frühen Neuzeit spezialisiert, eine schöne (keine überragende) Doktorarbeit geschrieben und schließlich eine Stelle als wissenschaftlicher Mitarbeiter an einer kleinen Universität gefunden, zu der er von Zürich aus bequem pendeln konnte.

Doch diese Stelle hatte sich als Sackgasse erwiesen, in jeder Hinsicht. Zum einen hatte er sich verleiten lassen, statt eine Habilitation zu schreiben eine Edition unveröffentlichter Regesten zu übernehmen. Das Projekt war zweifellos sehr renommiert, und er erhoffte sich davon einige Beachtung in der Fachwelt. Doch es wurde ihm bald klar, dass die akribische Arbeit an Editionen nichts für ihn war. In wachsendem Rückstand zum vorgesehenen Zeitplan saß er zwischen seinen Dokumentkopien und langweilte sich zu Tode, zerfressen vom Gefühl, dabei seine Zeit zu vergeuden, während die ersten gleichaltrigen Forscher auf Professuren berufen wurden.

Hinzu kam, dass der Ort seines Wirkens ihm zunehmend zuwider war. Die Erkenntnis ließ sich nicht länger verdrängen, dass in dem katholisch inspirierten Institut, für das er arbeitete und das sich dem christlich-jüdischen Dialog verschrieben hatte, immer ein Christ der Chef und ein Jude der untergeordnete Mitarbeiter sein würde. Er hatte, als ihm das klar wurde, um einen Termin beim Rektor der Universität gebeten und ihm erklärt, dass das nicht zeitgemäß sei, dass ein Dialog nicht von oben nach unten geführt werden könne. Der Rektor hatte freundlich, aber unverbindlich reagiert, die Institutschefin hingegen hatte Klein am folgenden Tag regelrecht zusammengestaucht. Hinter ihrem Rücken! Zu intrigieren! Er könne froh sein! Bei seinem wissenschaftlichen Output!

Da war es ihm wie eine Erlösung erschienen, dass wenige Tage später der Anruf von der jüdischen Gemeinde kam. Der Präsident lud ihn zu einem Lunch ein und fragte ihn, ob er an der Nachfolge des scheidenden Rabbinatsassistenten interessiert sei. Er deutete an, dass eine Weiterbildung Kleins zum Rabbiner *on the job* für die Gemeinde ein durchaus denkbares, sogar erwünschtes Modell sein könnte. Rivka, die begriffen hatte, dass ihn die Tätigkeit an der Universität ins Elend führte, gab ihr Einverständnis. «Dann werde ich halt in Gottes Namen eine Rebbezen», hatte sie nur gesagt, doch ihr Blick signalisierte Zustimmung und sogar eine gewisse Freude auf die Herausforderung.

Klein hatte pro forma um drei Tage Bedenkzeit gebeten. Am zweiten Tag hielt er es nicht mehr aus, fürchtete plötzlich panisch, es könne ihm noch jemand zuvorkommen und er würde auf ewig hinter seinen Regesten sitzen, blockiert und zum interreligiösen Dialog mit einer Chefin verdammt, die ihn verachtete und niemals weiterkommen lassen würde. Er rief die Gemeinde an, räumte am nächsten Tag alle Ordner aus seinem Büro und schickte sie zum Editionsleiter nach Frankfurt zurück. Zwar behauptete Rivka noch lange, der eine Tag, an dem er vor Ablauf der Bedenkzeit zusagte, habe ihn zehn Prozent seines Gehalts gekostet. Aber solche Spekulationen waren ihm gleichgültig. Er fühlte sich befreit, ging wochenlang wie auf Wolken. Die drei Monate bis zum Amtsantritt in der Gemeinde saß er in seinem Institut am leergeräumten Tisch und begann sich auf das vorzubereiten, was er als rabbinische Karriere erachtete.

Nach drei Jahren Assistenz hatte die Gemeinde ihn schließlich auf der Basis einer Teilzeitstelle nach Jerusalem geschickt, um das Diplom zu erwerben. Von dem halben Schweizer Gehalt hatten sie mit damals einem Kind dort gut leben können, und Esthi, seine fast zehn Jahre ältere Schwester, die schon lange in Israel lebte, hatte ihnen in den tausend kleinen Dingen geholfen, die man wissen und kennen muss, um sich in diesem Land zurechtzufinden.

Heute, da Esthi viel durchmachte – ihr Mann litt an fortgeschrittener multipler Sklerose –, wäre der Moment gewesen, ihr etwas zurückzugeben. Es erfüllte Klein mit Schuldbewusstsein, dass er sie seit über zwei Jahren nicht besucht hatte. Nicht einmal bei den beiden kurzen Aufenthalten in Israel, die in seinen vollen Kalender gepresst werden mussten und bei denen jede Minute verplant gewesen war.

Als er damals, vor elf Jahren, als ordinierter Rabbiner aus Israel zurückgekommen war und das Amt übernahm, breitete sich vor ihm wie eine riesige grüne Wiese das Rabbinat in der größten jüdischen Gemeinde der Schweiz aus. Er wurde ohne größere Widerstände gewählt – «eine vo eus», wie sie in Zürich sagten, einer von uns, der weiß, wie wir ticken. Was sie nicht sagten, aber womöglich dachten: Wir wissen auch, wie er tickt.

Seither hatte Klein nicht nur gelernt, morgens früh aufzustehen (wobei halb sieben in der Regel reichte, und dann mussten die Kinder ohnehin geweckt werden), er war nun, als Endvierziger, mit diesem Amt regelrecht verschmolzen. Es gab lästige Dinge, gewiss, er konnte sich über vieles aufregen. Doch wenn er sah, was andere Leute bei ihren Arbeitsstellen erlebten, wenn er an seine Universitätszeit zurückdachte, dann dankte er Gott, mit dem er in einer komplizierten, insgesamt aber einträchtigen *on-and-off*-Beziehung lebte.

Kleins Mutter war schon während seines Doktorats gestorben. Sein Vater empfand über Gabriels neues Amt einen uneingestandenen Stolz, den er wie üblich mit einem träfen Spruch zu überspielen versuchte. Irgendwann war ihm das Bonmot eingefallen, Gabriel sei jetzt von Beruf Gläubiger, und weil er älter wurde, wiederholte er diesen Spruch, der tief in seine Kaufmannsseele blicken ließ, bei unzähligen Gelegenheiten, was ihm vor allem Rivka ein wenig übelnahm. Klein selbst konnte damit leben.

Es gab Aufgaben, an denen er besonders hing. Eine davon hatte ihn anfangs viel Überwindung gekostet: die wöchentlichen Besuche bei den Kranken und Alten der Gemeinde, jeweils am Freitagvormittag. Weil es ihm schwerfiel, hatte er Fortbildungen für Seelsorger besucht, und die hatten ihm sehr geholfen. So hatte er gelernt, wie mit Demenzkranken am besten umzugehen sei, um die er am Anfang einen großen Bogen gemacht hatte. Ein schwuler Kursleiter namens Ruedi mit Ostschweizer Dialekt und Raucherstimme hatte ihnen erklärt, man wisse aufgrund von elektronischen Messungen, dass das Gespräch mit einem Demenzkranken deutliche Impulse in seinem Hirn auslösten. «Vielleicht verstehen diese Menschen nicht mehr, was ihr sagt», hatte Ruedi erklärt. «Aber der Umstand, dass ihr mit ihnen sprecht, löst bei ihnen etwas aus. Erzählt eurem Gegenüber irgendetwas, aber am besten etwas, was euch wichtig ist, etwas Ernsthaftes. Es geht nicht spurlos an ihm vorbei. Du redest nicht an eine Wand, wenn du mit einem Demenzkranken sprichst.»

Klein hatte sich das zu Herzen genommen. Er begann bei seinen Besuchen in den beiden jüdischen Altersheimen gerade mit jenen Bewohnern, die, meist sorgfältig gekleidet und zurechtgemacht, aber mit leerem Blick vor sich hin dämmernd, in ihren Zimmern saßen, intensive Gespräche zu führen. Ernsthafte Themen – das waren etwa die Sitzungen mit der Jugendkommission, die wieder einmal ihr Budget für sinnlose Großveranstaltungen verschleuderte, statt die Jungen im Alltag abzuholen. Das war die absurde Idee des Vorstands, die Bibliothek der Gemeinde aufzulösen, um ein paar tausend Franken im Jahr zu sparen. Eine jüdische Bibliothek, unmittelbar vor dem Zweiten Weltkrieg gegründet, die fast als einzige im deutschsprachigen Raum den Holocaust überstanden hatte! In der das Erbe des Judentums, für das die Gemeinde doch angeblich einstand, aufbewahrt war. «Und wissen Sie, Frau Tannenbaum, was mir der Vorstand dazu sagt? ‹Ja, wänn du uf dini Sekretärin verzichtisch, dänn chönnd mer d' Bibliothek bhalte.› Eine solche Antwort bekommen Sie auf der ganzen Welt nicht, nur in unserer Gemeinde!» Oder er berichtete dem alten, verdämmernden Herrn Wolf von den Rabbinern der orthodoxen Gemeinden, die ihn als Rabbiner der Einheitsgemeinde und talmudisch weniger Belesenen nicht ernstnahmen. «Ich habe denen gesagt, sie müssen etwas unternehmen, damit die Preise des Koscherfleisches endlich sinken. Wenn ihre Klientel sich kein Fleisch mehr leisten kann, weil viel zu viel Geld in die Koscheraufsicht gesteckt wird, dann ist das vielleicht noch ihre eigene Sache – wenn unsere Mitglieder das Fleisch aus finanziellen Gründen in der Migros kaufen, dann ist das aber meine. Darauf heißt es dann: ‹We have the best Kashrut standard in the world. And this we have to keep, at any price.› Ja, und wissen Sie, Herr Wolf, was ich antworte? ‹Meinen Sie, dieser Standard sei davon abhängig, dass drei bezahlte Bärte um jedes Schnitzel stehen?›» Und in Erinnerung an Ruedis Worte fügte er gedankenverloren und unweigerlich dessen Ostschweizer Dialekt und rauchige Stimme imitierend hinzu: «Aber das ist dann wirklich an eine Wand geredet.»

Schon im Gymnasium war Kleins Talent, andere nachzuahmen, gut angekommen, und auch bei diesen Gesprächen ließ er ihm freien Lauf. Rabbiner Goldfarb, der Gemeindepräsident, die Mitglieder der Jugendkommission – alle hatten sie ihren Auftritt vor Herrn Wolf und Frau Tannenbaum. Wie die Hirnimpulse aussahen, die das bei seinem jeweiligen Gegenüber hervorriefen, wagte er sich gar nicht auszumalen. Eines Nachts war er aus einem Albtraum aufgeschreckt, in dem Frau Tannenbaum und Herr Wolf plötzlich aus ihren Rollstühlen aufstanden, mit dem Taxi ins Gemeindezentrum fuhren und dort frischfröhlich berichteten, was der Herr Rabbiner so alles von sich gegeben hatte.

Doch an diesem Freitag besuchte er nur die Spitäler und ließ die Altersheime schweren Herzens aus. Er hatte dem Rektor der Efrat-Schule versprochen, zu den völlig verstörten Schülern zu sprechen, bevor diese ins Wochenende gingen. Als er in der Schule ankam, saßen sie schon alle in der Aula, und im Gegensatz zu sonst herrschte kein Geschrei und kein Chaos. In gedrückter Stille saßen sie da, kaum miteinander tuschelnd, den Blick auf ihn gerichtet.

Er hatte kaum Zeit gehabt, für diese Ansprache, die ihm doch so wichtig war, etwas vorzubereiten. Er wollte vor allem darüber sprechen, dass Lehrer in ihren Schülern weiterleben, was die jüdische Tradition dazu Tröstliches zu sagen hat, und dass viele Menschen versuchen würden herauszufinden, was vorgestern Abend mit Moreh Nachum, dem Lehrer Nachum, wie er in der Schule auf Hebräisch genannt wurde, wirklich geschehen war. Doch als er zu sprechen begann und dabei in die vielen fragenden Kinderaugen schaute und dann an Berger dachte, den er mehr als einmal erlebt hatte, wie er sie mitgerissen oder zum Lachen gebracht hatte, da überkam es ihn, und vor der versammelten Schülerschaft traten ihm die Tränen in die Augen.

Er brauchte eine lange Minute, bis er die Augen wieder öffnen konnte, die Stimme wieder fand – und während dieser Minute stellte er fest, dass es ganz und gar still blieb im Raum. Durch die Tränen sah er verschwommen die versammelte Lehrerschaft in der ersten Reihe betreten vor sich hin blicken: Rektor Althoff, den jungen, schmächtigen Louis Dresden und einige andere neuere Lehrer, deren Namen er nicht kannte. Und dahinter die Kinder, die gebannt, mit angestrengten Gesichtern, in seine Richtung starrten.

Klein räusperte sich. «Ihr wisst vielleicht», sagte er, «dass man für Verstorbene, wenn man nach der Beerdigung sieben Tage Schiwa sitzt, immer einen Abschnitt aus der Mischna, den Worten unserer Weisen, lernt. Moreh Nachum ist noch nicht beerdigt, und leider hinterlässt er niemanden, der für ihn Schiwa sitzen wird. So können wir heute schon beginnen, für ihn zu lernen. Ich werde euch eine Mischna zitieren, von der ich denke, sie ist ganz in seinem Sinne, für sein eigenes Lebensprinzip, aber auch als Botschaft für euch Kinder.» Und er rezitierte, auf Hebräisch zunächst und dann auf Deutsch, jenen Spruch der Weisen, der ihm seit seiner Jugend der liebste war: «Sei mutig wie ein Panther, leicht wie ein Adler, schnell wie ein Hirsch und stark wie ein Löwe, den Willen deines Vaters im Himmel zu tun.»

Als er wieder auf die Reihe der Lehrer schaute, bemerkte er, dass nun alle Blicke auf ihn gerichtet waren, manche Köpfe nickten zustimmend. Louis Dresden hatte sein Gesicht in den Händen verborgen. Klein spürte, dass jedes weitere Wort überflüssig war. Er murmelte ein halblautes «Schabbat Schalom», wie man es einander am Freitag zu wünschen pflegt, und trat vom Rednerpult zurück.

Es verstand sich von selbst, dass er für den Schabbatgottesdienst eine völlig andere Predigt schreiben musste als die, die er gestern Vormittag begonnen hatte. Schon der lockere Einstieg mit dem zweiten Kaffee war jetzt unmöglich. Unkonzentriert und fahrig blätterte Klein in den Büchern, der herannahende Schabbat, an dem die Halacha das Schreiben streng verbot, saß ihm im Nacken. Zum ersten Mal, wenn auch nur für Sekunden, wünschte er sich seine langweiligen Regesten zurück.

Er hatte zwei oder drei Anläufe zu einer neuen Predigt gemacht und wieder gelöscht, als das Telefon läutete. Eine Zürcher Nummer, die er nicht kannte.

Es war Frau Bänziger. «Guten Tag, Herr Rabbiner. Ich wollte mich nach der Nachricht von Herrn Berger erkundigen. Haben Sie sie nochmals abgehört?»

Klein schlug sich an die Stirn. «Ich muss mich vielmals entschuldigen. Ich habe es vergessen. Ich werde es gleich nachholen. Soll ich Sie zurückrufen?»

«Es ist eben so...» Die Kommissarin druckste etwas herum. «Ich hätte Sie gerne noch in einer anderen Sache um Rat gefragt.»

«Ja, bitte?»

«Wir untersuchen die Mailkontakte von Herrn Berger aus den letzten sechs Monaten. Ob sich da etwas findet, was uns einen Hinweis geben könnte. Darunter sind etliche hebräische Mails, und wir bräuchten jemanden, der sie für uns liest und auf mögliche Hinweise durchsieht.» Sie stockte.

«Ja, und?», fragte Klein, so naiv wie möglich.

«Könnten Sie das nicht für uns tun?»

«Dürfen Sie denn diese Dinge einfach so jemandem zum Lesen geben?» Es war Klein etwas unangenehm (zugleich war er auch ein wenig stolz darauf), einer gestandenen Kommissarin eine Lektion in Datenschutz zu erteilen.

«Wir sind eben in einer ganz blöden Lage», sagte Frau Bänziger. «Die Übersetzerin, die wir sonst beauftragen, hatte im Urlaub einen Fahrradunfall und liegt in Spanien im Spital. Das kann Wochen dauern, bis sie wieder fit ist. Und für eine Sprache wie Hebräisch, die wir nicht oft brauchen, haben wir keine amtlichen Ersatzleute. Mein Chef meint, wenn ich jemanden kenne, der absolut vertrauenswürdig sei und eine Erklärung zur Einhaltung des Dienstgeheimnisses unterzeichne, dann sei das in Ordnung. Ja, und da habe ich eben an Sie gedacht.»

Klein räusperte sich. «Nun ja, das ehrt mich sehr. Wie lange hätte ich denn Zeit, um das anzuschauen? Und müsste ich alles übersetzen?»

«Nein, ich denke, in diesem Fall reicht es, wenn Sie zu jedem Mailwechsel eine Synopse schreiben. Wo wir Verdacht schöpfen, können wir dann weiterforschen. Es wäre halt wichtig, dass es rasch geht – übers Wochenende, wenn möglich.»

«Wochenende? Wissen Sie, in zweieinhalb Stunden beginnt der Schabbat, und da schreiben wir den ganzen Tag nichts.»

«Oder halt Anfang nächster Woche. So viel ist es nicht. Es würde mir sehr helfen.»

«Ich möchte natürlich gerne behilflich sein. Ich werde mich bemühen, es schnell zu erledigen. Aber wie kommt das Material zu mir? Ich kann jetzt unmöglich ...»

«Das ist kein Problem», unterbrach sie ihn, hörbar erleichtert. «Ich bringe Ihnen die Ausdrucke zu Hause vorbei.»

Kurz vor fünf Uhr, Klein hatte inzwischen geduscht und trug seinen Schabbatanzug, klingelte Frau Bänziger. Sie kam in die nach Braten, Hühnersuppe und Fischklöße duftende Wohnung, in der Rivka soeben die Kerzen vorbereitete, die sie in etwa einer Stunde zu Ehren des Schabbat anzünden würde. Rivka grüßte die Kommissarin freundlich, doch ihr Blick hatte etwas Prüfendes, um nicht zu sagen Sezierendes, das Klein gut kannte. Er bat Frau Bänziger in sein Arbeitszimmer und bot ihr den Gästestuhl an.

«Es tut mir leid, dass ich störe», sagte Frau Bänziger und zog aus ihrer Umhängetasche ein ziemlich dickes Couvert hervor. «Das sind die Ausdrucke der hebräischen Mails. Und hier», sie legte ein bedrucktes Papier auf den Schreibtisch, «ist das Vertraulichkeitsdokument, das ich Sie zu unterschreiben bitten müsste.»

Klein schaute es kurz an, sein Name stand schon darauf, Ort und Datum ebenfalls. Der amtliche Text schien ihm unverfänglich. Er unterschrieb, zweimal. Ein Dokument für die Polizei, eins für ihn.

«So sind Sie auch abgesichert», erklärte Frau Bänziger.

Nachum hatte Klein auf der Combox nur kurz mitgeteilt, dass er am Abend einen Termin habe. Seine Stimme, das stellte sogar die Kommissarin fest, klang ziemlich zufrieden.

«Ich sollte diese Aufnahme haben», erklärte Frau Bänziger und überspielte sie auf ihr Telefon. «Es klingt so, als habe er sich auf diesen Termin eher gefreut. Was nicht ausschließt, dass die Person, die er am Abend treffen sollte, der Täter war.»

In der Nacht wurde Klein vom Schreien Rinas geweckt. Er ging in ihr Zimmer. Sie saß aufrecht im Bett und sah ihn verstört an.

«Was ist denn? Böse geträumt?»

Rina antwortete nicht. Nur langsam löste sich ihr steifer Körper, und sie ließ es zu, dass Klein sie zudeckte und sich neben sie legte. Er erwachte am Schabbatmorgen in dem engen Bett mit schmerzenden Verspannungen. Als er seine eng an ihn gekuschelte Tochter betrachtete, fiel ihm ein, dass er das Couvert mit David Bohnenblusts Adresse immer noch nicht aus dem Papierkorb gefischt hatte. Er erhob sich ächzend und ging ins Arbeitszimmer. Der Korb war leer. Natürlich: Am Freitagmorgen war die Putzfrau dagewesen, und der Papierkorb war, außer dem Fußboden, das einzige Eckchen in seinem Arbeitszimmer, auf das sie Zugriffserlaubnis hatte. Er musste also, da die Schabbatgesetze das Telefonieren untersagten, bis heute Abend oder morgen warten. Dann konnte er Davids Eltern anrufen und die Adresse und Telefonnummer erbitten. Ja, es war ohnehin besser, sich zunächst einmal bei den Eltern zu melden.

Er kehrte in Rinas Zimmer zurück. Sie war inzwischen aufgewacht und lag mit offenen Augen im Bett.

«Was war denn heute Nacht?», fragte er sie. «Wovon hast du geträumt? Es muss ein ziemlich schlimmer Albtraum gewesen sein.»

«Ich weiß nicht mehr», sagte sie.

Rivka teilte es ihm allerdings später mit. «Sie hat sich an den Traum erinnert, aber sie wollte es dir nicht erzählen. Sie hat geträumt, die Efrat sei abgebrannt.»

3

Er hatte die Predigt überstanden. Die Synagoge war besser besucht gewesen als an einem normalen Schabbat, fast vollbesetzt. Offenbar trieb die Aufregung um den Mord – jede abgeschwächte Bezeichnung wäre dem Volksmund als zu kompliziert erschienen – in ihrer Mitte die Menschen an den Ort, wo sie sich Antwort erhofften. Nicht Antwort, wer der Täter war – darüber wurde inzwischen endlos spekuliert und gemunkelt –, sondern Antwort darauf, wie die Gemeinde mit einem solchen Fall umgehen sollte und was der Rabbiner dazu zu sagen hatte.

Von seinem Sitz aus, der sich an der Stirnwand, auf der Empore rechts neben dem Torahschrein befand, hatte Klein beobachtet, wie sich die Synagoge gefüllt hatte. Auch die Besucher schienen heute weniger heiter als sonst. Ein Ernst lag über den Menschen, wie sonst nur während der wichtigsten Gebete des Jom Kippur.

Die Gemeinde mochte ihre Synagoge aus dem späten neunzehnten Jahrhundert und litt zugleich an ihr. Denn ihre Lage an der Ecke Löwen- und Nüschelerstrasse gehörte heute zum teuersten Baugrund in Europa, aber für die religiöseren Juden der Gemeinde, die am Schabbat nicht fuhren, war diese Lage inzwischen ungünstig geworden, von ihren Wohnquartieren weit entfernt. Denn ein großer Teil von ihnen war inzwischen in den Süden der Stadt, nach Wollishofen und in die Enge gezogen, die wohlhabenderen in den höher gelegenen Teil um den Rieterpark. Nicht umsonst wurde die Gegend um Scheidegg-, Kurfirsten- und Bellariastrasse im Zürcher Volksmund Golanhöhen genannt. Doch zum Leidwesen der Gemeinde hatte die Stadt das Gebäude in den achtziger Jahren unter Denkmalschutz gestellt, so dass der Boden nicht anders genutzt werden konnte. Der Traum von einem gewinnbringenden Verkauf der Synagoge und einem Neubau an strategisch besserer Lage hatte sich damals zerschlagen. Also hatte man sie zumindest aufwendig renoviert.

Vor einigen Jahren, anlässlich eines Jubiläums ihrer Einweihung, hatte ein Zürcher Lokalradio ein Porträt der Zürcher Synagoge gemacht und Klein dazu befragt, was er am meisten daran mochte. Zur Überraschung der Journalisten hatte er gemeint, am meisten schätze er die modernen Klappsitze, die immer laut aufschnellten, wenn die Menschen sich für ein besonders wichtiges Gebet erhoben. Das sei wie ein Tusch, der das Gebet ankündige. Wenn sie sich hingegen setzten, wie für eine Predigt, dann klang es weniger laut, eher feierlich – als würden die Stühle die erhöhte Konzentration der Menschen, die auf ihnen saßen, vorwegnehmen.

Als er ans Rednerpult trat und in die Reihen seiner Mitglieder sah, in die Augen der Männer unten und der Frauen oben auf der Empore, da sah er nicht mehr die Angst und Ratlosigkeit der Kinder von gestern, sondern eine fiebrige, fast schon lüsterne Erwartung: Was wird er jetzt sagen? Ist er der Situation gewachsen? Viele hatten von ihren Kindern schon gehört, dass ihm gestern in der Schule vor seiner kurzen Ansprache die Tränen gekommen waren. Sie waren auf alles gefasst.

Klein sagte ohne Umschweife, dass die Ereignisse der letzten Tage es ihm kaum erlaubt hätten, eine vernünftige Predigt zu verfassen. Auch wenn man am Schabbat nicht über traurige Angelegenheiten sprechen solle, müsse er (und das wolle man ja auch von ihm hören) dennoch einige Überlegungen loswerden zu dem, was geschehen war. «Die Polizei sucht nach Motiven – das ist ihre Aufgabe, und ich vertraue den Beamten, dass sie das nach bestem Wissen tun. Doch was kann überhaupt ein ausreichendes Motiv dafür sein, einen anderen Menschen umzubringen?»

Von hier gelang ihm der Sprung in den Wochenabschnitt mühelos, denn dieser behandelte nebst der Weltschöpfung und der Geschichte der Vertreibung aus dem Paradies auch die von Kain und Abel. Aus dem Text der Bibel sei kaum zu erkennen, weshalb Abel eigentlich ermordet wurde – der Vers begann mit einem Ansatz: «Da sprach Kain zu Abel», doch was er sagte, erfuhr man nicht. Als Nächstes folgte gleich der Totschlag. Klein legte dar, dass die rabbinischen Interpreten der Antike alle möglichen Umstände und Motive in Erwägung gezogen hatten, um diesen Mord zu begründen: Besitz, Frauen, Macht. «Aber wer so viele Motive erkennt, zeigt damit nur, dass es eigentlich keins gibt, mit dem man einen Mord erklären kann. Wir lernen zwei Dinge aus dieser Geschichte. Erstens, dass Gott die Motive egal sind. ‹Das Blut deines Bruders schreit zu mir aus der Erde.› Das ist es, was Gott dem Kain entgegenschleudert. Das ist es, was Gott kümmert – ein Mensch hat einen Menschen getötet. Gott ist das Gegenteil von Mord – was immer wir über ihn wissen oder nicht wissen, Gott steht für das Prinzip der absoluten Wertschätzung des Lebens. Zweitens lehrt Kain uns gerade mit seiner ausweichenden Antwort, was unsere Aufgabe ist. ‹Bin ich meines Bruders Hüter?›, fragt er, der Mörder, scheinheilig. Und damit spricht er das Stichwort aus. Ja, ganz genau, das bist du, das hättest du sein müssen, das ist unser aller Aufgabe: Wir müssen uns umeinander kümmern, besser, mit mehr Zuneigung und Respekt. Wer weiß – wer weiß, was wir dann alles verhindern könnten. Ich wünsche Ihnen einen guten und tröstlichen Schabbat.»

Im Gedränge nach dem Gottesdienst, der wie immer mit einem kleinen Empfang endete, wurde Klein mit Lob überhäuft. Er schüttelte Hände, ernst, ohne das übliche Lächeln, er fühlte sich zugleich erhoben, leer und zum Platzen gespannt, wie ein Ballon, der ein kleines Stückchen über allen schwebt und von einem zum nächsten geschubst wird.

Als sie endlich aus der Synagoge traten, schenkte ihm Rivka ein Lächeln. «Du hast den Ton wieder einmal getroffen. Das kann keiner wie du. In dieser Situation die Leute abholen. Ich liebe dich.»

Sie, die Einzige, schien zu wissen, wie sehr ihm nur das, nur eine Liebeserklärung in diesem Moment helfen, ihn aus seiner Einsamkeit, aus seiner Ratlosigkeit holen konnte. Vielleicht war dies ja das einzige Mordmotiv überhaupt: keinen zu haben, der einen auffangen konnte, wenn man es brauchte, sich von keinem anderen Menschen geschätzt und geliebt zu wissen. Dann war einem auch die Existenz der anderen womöglich nichts mehr wert. Er schaute Rivka dankbar an. Aber sie, ganz die Rabbinersfrau, die sie früher niemals hatte werden wollen, war schon wieder ins Gespräch mit einer Dame vom Frauenverein vertieft. «Eine Sammlung im Andenken an den armen Herr Berger? Eine wundervolle Idee, Frau Idelsohn. Wir sprechen uns am Montag.»

Das Schabbatmittagessen war ruhig verlaufen. Dafna und Rina waren bei Freundinnen eingeladen, mit denen sie danach in den Jugendbund gingen. Seit jeher pflegten Kleins die Tradition, das sonst immer offene Rabbinerhaus am

Schabbat nach den arbeitsreichen Feiertagen einmal nicht für Gäste offenzuhalten und sich selbst etwas Zeit zu geben. Sie saßen seit langem wieder einmal zu zweit am Tisch. Sie sprachen und aßen nicht viel, lächelten sich gelegentlich an, sangen ein paar Schabbatlieder und das Tischgebet. In stiller Übereinkunft standen sie nach dem Essen auf, zogen einander durch die geräumige Wohnung und fielen, auf ihrem Bett angelangt, ungestüm übereinander her. Rivka trug ihre bordeauxroten Spitzendessous – waren ihre kleinen Liebesworte nach der Synagoge, über alle Sanftheit des Augenblicks hinaus, schon zärtliche Berechnung gewesen? Es zu denken, erregte ihn nur noch mehr. Alles, was sich in ihnen aufgestaut hatte, die nicht enden wollenden Verpflichtungen der Feiertage, der Schock der jüngsten Ereignisse, die Anspannung im Umgang mit den Kindern, die anstürmende Gemeinde – das alles entlud sich nun in ihren Körpern, die gemeinsam zurücktaumelten in die Leidenschaft ihrer Jugend.

«Es wird immer schöner mit dir», murmelte Rivka danach, halb im Schlaf. «Mit uns», ergänzte Klein. Den Arm noch um sie gelegt, die Lippen an ihrer warmen Schulter, auf die ihre rotbraunen Locken fielen, fühlte auch er sich in die sanfte Ruhe des Schabbat gewiegt, und beinahe war er schon weggedämmert, da zuckte es wie ein Blitz durch seinen Kopf. Etwas galt es noch zu erledigen, eine dringende, unangenehme Sache.

Er küsste seine schlafende Frau noch einmal sanft auf die nur halb zugedeckte Brust. Dann stand er auf, zog sich an, ging ins Esszimmer zurück, räumte den Tisch ab, holte aus dem Arbeitszimmer das Konvolut mit den ausgedruckten E-Mails Nachum Bergers an den gut beleuchteten Esstisch und begann zu lesen. Zuvorkommend, wie sie waren, hatten die Polizisten schon vorgearbeitet und die Mails nach Absendern und Empfängern, deren Mailadresse jeweils in lateinischen Buchstaben geschrieben war, geordnet, gelocht und in zwei Mappen geheftet. Das machte die Lektüre einfacher und zusammenhängender.

Die meisten Mails waren denkbar uninteressant. Berger war offenbar Teil einer Gruppe von Israelis in der Schweiz gewesen, die sich für verschiedene Unternehmungen trafen: Grillieren, israelische Filme anschauen und so weiter. Alle Mails mit dieser Empfängergruppe konnten wohl aussortiert werden, überhaupt die meisten Mails mit mehr als einem Empfänger. Klein fühlte sich etwas unwohl, derart in das Leben seines toten Bekannten einzutauchen, aber das gehörte zur Routine der Tätersuche, und besondere Geheimnisse schienen diese Mails nicht zu bergen. Immerhin war auffällig, dass viele Mails mit Israelis in der Schweizer Diaspora gewechselt wurden, während es kaum Verbindungen Bergers nach Israel selbst zu geben schien. Aufmerksamkeit weckte ein Mailwechsel mit einem Rabbiner in Deutschland, der offenbar einen dort lebenden Freund Bergers beleidigt hatte, da er die frühere Konversion seiner Frau zum Judentum nicht anerkannte und sich deshalb weigerte, die Kinder als Juden anzuerkennen. Diese Korrespondenz erreichte ein bemerkenswertes Maß an Unfreundlichkeit, kam dann aber Anfang August zum Erliegen und wurde nicht wieder aufgenommen. Ein Mordmotiv gegen Berger ergab sich daraus wohl kaum.

Klein las weiter, blätterte, wurde langsam wieder schläfrig, überlegte sich, das ganze beiseitezulegen und erst am nächsten Abend fortzufahren. Es ging schneller, als er gedacht hatte, wahrscheinlich würde er sich, wenn er weiter so rasch vorankäme, schon Montagmorgen bei Frau Bänziger melden können – kurze Synopse des gesamten Bestandes, nichts gefunden, gern geschehen.

Da fiel ihm plötzlich vor Schreck die Kinnlade herunter.

«Nachum, dies ist ein Hilferuf! Eine Warnung für dich. Josef hat deine SMS gelesen. Er hat mich geschlagen. Soll er mich schlagen. Und soll er zum Rabbiner gehen. Aber er hat gedroht, dich umzubringen! Nachum, ich habe kein Handy mehr, und er hat die Telefone mitgenommen und mich zu Hause eingeschlossen, nur meinen alten Computer hat er vergessen. Ich fürchte mich für dich, mein Geliebter. Pass auf dich auf.»

Die Mailadresse des Absenders lautete «gilag», dahinter der Name des Providers, eine Unterschrift fehlte. Geschrieben worden war die Nachricht vor genau einem Monat, kurz vor Rosch Haschana. Mehr von «gilag» gab es nicht. Klein stand auf und begann nachdenklich im Zimmer umherzuwandern. Offenbar gab es Seiten von Nachum Berger, die er nicht kannte. Er hatte zuweilen auch schon gedacht, Berger, der schon so lange ohne Frau lebte, könnte homosexuell sein. Und in bangen Momenten hatte er Schlimmes befürchtet. Rivka, die Allwissende, hatte es ihm, als sie einmal über Berger gesprochen hatten, natürlich vom Gesicht abgelesen. «Du meinst, er ist vielleicht pädophil», hatte sie gesagt. «Er kann zu gut mit Kindern.»

«Das ist ein schrecklicher Verdacht. Den darf man gar nicht äußern, ohne Anhaltspunkte.»

«Ich äußere keinen Verdacht, ich lese nur deine Gedanken», hatte Rivka damals gesagt.

Und später Davids Bemerkung über Berger: «Er ist fast zu nett.»

Doch es war nie irgendetwas auch nur annähernd Belastendes vorgefallen oder gemeldet worden. Diese Mail musste von einer Ehefrau stammen, mit der Berger ganz offensichtlich eine Affäre pflegte und die aus orthodoxen Kreisen kam. Wieso sonst den Rabbiner als wichtigste Instanz erwähnen? Damit war kaum er selbst gemeint, sondern ein Rabbiner einer der orthodoxen Gemeinden. Dort war ein außereheliches Verhältnis eine blanke Katastrophe, der soziale Tod der Frau, ein Stigma für ihre Kinder, wenn sie später verheiratet werden sollten – und so weiter. Nicht nur die Frau, auch der gehörnte Ehemann hatte alles Interesse an der Vertuschung – und am Tod des Liebhabers? Klein ging aufgeregt im Zimmer umher, er zermarterte sich das Hirn, wer die Absenderin sein könnte. «Wer ist Josef, wer ist Josef», sprach er mechanisch vor sich hin, doch er war viel zu nervös, um eine konkrete Person zu dem Namen zu finden. Und was bedeutete «gilag»?

Klein ließ sich auf das Sofa fallen, griff hinter sich in die Bar und nahm die Kirschflasche und ein Schnapsglas. Am Schabbat erlaubte er sich ein Gläschen. Er schenkte ein, nippte – er liebte den guten alten Basler Dybli, mehr als jeden noch so extravaganten Whisky, wie er seit einiger Zeit bei den jüngeren, arrivierten Mitgliedern seiner Gemeinde in Mode war. «Manche trinken den Schnaps und manche die Etikette», hatte Kleins Vater bisweilen gesagt.

Als hätte es nur dieser paar Tropfen Alkohols in seinen Hirnwindungen bedurft, kam ihm in den Sinn, auf wen das alles passte – alles! Josef Gut, der Betreiber des Koscherladens, Mitglied in einer orthodoxen Gemeinde. Seine Frau hieß Gila, Gila Gut also – («gilag») –, sie war gebürtige Israelin Mitte vierzig, schrieb folglich hebräisch, war etwas füllig, aber nicht unattraktiv, mit gestylter Perücke, wie sie die orthodoxen Frauen in Zürich trugen. Tatsächlich war ihm aufgefallen, dass sie seit einiger Zeit nicht mehr im Laden arbeitete, aber das konnte ja viele Gründe haben. Er wusste nichts über die Ehen in anderen Gemeinden (und in seiner eigenen Gemeinde, wie er zuweilen konsterniert feststellte, auch sehr wenig). Ihre Tochter Ruthi, fiel ihm ein, war sogar mit seiner Rina in derselben Klasse. Sie war das einzige Kind der Guts, das, aus welchen Gründen auch immer, nicht die orthodoxe Knaben- oder Mädchenschule besuchte, sondern die koedukativ geführte Efrat-Schule.

Josef Gut war kein besonders intelligenter oder gutaussehender, eher ein unauffälliger Mann. Klein kannte ihn noch aus der Jugendzeit, sie waren ungefähr im selben Alter. Als Jugendliche hatten sie sich eine Zeitlang regelmäßig sonntags getroffen, zusammen mit etwa fünfzehn anderen Jugendlichen, meist aus den orthodoxen Gemeinden, und auf der Klopstockwiese Fußball gespielt. Diese Jungen kurvten sonst auf ihren Velos hastig durch Wiedikon und den Kreis 4, jeder Tourist, der sich damals, vor dem Bau der Westumfahrung, von Norden her auf dem Weg ins Bündnerland im Auto durch die Weststraße quälen musste, sah sie vor der kleinen Synagoge an der Ecke Erikastraße in ihren dunklen Anzügen ihren Schwatz abhalten, unter dem Arm den Samtbeutel mit Tallit und Tefillin, oder am Schabbat mit ihren viel zu großen schwarzen Hüten. Es war immer beeindruckend, sie mit wehenden Schaufäden, eine Hand auf dem Kopf zum Festhalten der großen schwarzen Kippa, beim Fußball zu erleben. Es gab darunter wahre Talente, brillante Techniker. Josef Gut gehörte nicht dazu, er wurde als langsamer, technisch limitierter Spieler immer in die Verteidigung verbannt. Er hatte Klein dort manche Schramme beigebracht, aber er hatte sich immer sofort entschuldigt. Er war kein aggressiver Typ gewesen, und abgesehen von den jugendlichen Fußballspielen hatte Klein von ihm keine bleibenden Erinnerungen, weder von damals noch von heute. Hatte er in letzter Zeit etwas verhärmter ausgesehen, verbitterter? Hatte er mehr weiße Haare, wirkte er grimmiger? Keine Projektionen, lieber Gabriel!

Also: Gila Gut, fest eingesessen in ihrem Leben und ihrem Laden und ihrer orthodoxen Gemeinde, mit so etwas wie fünf oder sechs Kindern, hatte sich in den schlanken Endfünfziger und Primarlehrer Nachum Berger verliebt und eine Affäre mit ihm unterhalten? Es schien verrückt, aber gehe und ergründe die menschliche Natur! Und wenn man das zu Ende dachte – ja, er hatte es ja schon zu Ende gedacht, bevor er den Namen hatte. Zu Bergers Ende.

Er ging zum Tisch zurück und las nochmals die Mail durch – welch seelische und physische Not und zugleich welche Hingabe aus diesem kurzen Text sprachen! Josef Gut schlug seine Frau. Es mochte ein Zeichen seiner Hilflosigkeit sein, seiner Demütigung und der verzweifelten Lage, in die ihn ihre Untreue brachte. Aber es fiel Klein schwer, ja es war ihm unmöglich, das zu entschuldigen. Und bringt, wer seine Frau schlägt, auch ihren Liebhaber um? Mit Ansage? Ist das nicht leeres Gerede? Aber warum dann erst einen Monat später? Oder war es eine Affekthandlung, war es zum Streit gekommen bei einer Aussprache, war es eben gar kein Mord, sondern nur Gewaltanwendung, der ein Herzinfarkt folgte? War es überhaupt Josef Gut, der an diesem Abend bei Nachum Berger gewesen war?

Gabriel, du bist kein Kriminalist, versuchte er sich zu beruhigen, lass die Polizei ihre Arbeit machen! Am Montag reibst du diese Mail Frau Bänziger unter die Nase, soll sie damit machen, was sie für richtig hält. Deine Aufgabe ist einzig, hebräische E-Mails zu lesen. Vom Rest verstehst du nichts. Du hast ein Dokument unterschrieben, und daran hältst du dich, basta.

Im Türspalt erschien Rivkas erstauntes Gesicht. Sie war im Morgenmantel. «Gabriel, was hast du denn? Was wanderst du durch den Salon? Ist es wieder wegen dieser Berger-Geschichte?»

Klein nickte stumm.

«Kann ich dir irgendwie helfen, mein Lieber?»

«Nein.»

«Was sind denn das für Papiere auf dem Tisch?»

Er trat eilig an den Tisch, und als müsse er sie vor Rivka schützen, raffte er panisch die beiden Mappen zusammen und stopfte sie in das Couvert zurück. «Das hat mir die Kommissarin gegeben. Ich darf dazu nichts sagen, nicht mal dir. Es tut mir leid.»

«Kein Problem. Ich sehe nur, dass dich etwas umtreibt.»

Klein lächelte schief. «Das kommt davon, wenn man sich am Schabbat mit den falschen Dingen beschäftigt.»

4

Frau Bänziger kam ihm am Montag zuvor. Kurz vor acht klingelte sein Telefon.

«Herr Rabbiner, die Leiche von Herrn Berger wird heute im Lauf des Tages freigegeben. Sie können für morgen die Beerdigung planen.»

«Wunderbar!», entfuhr es Klein. «Ich meine …»

«Schon gut, ich verstehe, dass Sie erleichtert sind. Mit der Beerdigung wird doch zumindest ein Teil dieser Geschichte zur Ruhe kommen.»

«Ich wollte Sie ohnehin anrufen wegen der E-Mails, die ich gelesen habe.»

«Sie sind schon so weit?»

«Ja – und da ist etwas, was ich Ihnen zeigen möchte.»

«Passt es Ihnen heute?»

«Am liebsten gleich.»

«In einer halben Stunde in meinem Büro?»

«Ich bin schon unterwegs.»

Doch in dem Moment, als Klein aus dem Haus trat, setzten unvermittelt seine Gewissensqualen ein. Schaut ihn euch an: Der brave Soldat Klein marschiert zur Frau Kommissarin und lässt frisch-fröhlich den Josef Gut hochgehen. Der kleine Denunziant Klein ist mächtig stolz, dass er in der Fremdsprache Hebräisch eine Mail gefunden hat, das er der Bänziger vorlegen kann. Gut gemacht, mein lieber Klein, wird sie sagen und deinen jüdischen Bruder festnehmen, schon sitzt er in der Kiste!

Und nicht nur das! Plötzlich werden alle wissen, was da

alles schiefläuft im Hause Gut, und das hat dann mehr Folgen als die Schidduchim, die ihnen durch die Lappen gehen. Die Frau eine Ehebrecherin, der Mann unter Mordverdacht – versuch mal, einen Koschermarkt zu betreiben, mit dieser Reputation! Kein Schwanz kauft da mehr bei dir ein, ob schuldig oder nicht. Die haben dichtgehalten, wochenlang, Höllenquallen erlitten, um ihr Geschäft und die Kinder zu schützen. Aber Klein braucht nur eine Mail zu lesen, am Schabbesnachmittag, nachdem er guten Sex mit seiner Frau hatte, noch einen feinen Kirsch draufgeschüttet, und, hopp, hat er sie am Wickel, die Guts. Und dann gleich Montagmorgen melden: Ich hab was, der Gut Josef, der könnte es gewesen sein. Schauen Sie, was hier steht! Hab ich mir selber zusammengereimt, bin ich nicht gut? Ein cleverer Kerl? Ein aufrechter Bürger?

Obwohl es nieselte und kühl geworden war, brach Klein der Schweiß aus. Er hätte natürlich ablehnen müssen am Freitag. Gerade als Rabbiner konnte er doch nicht Übersetzer spielen für die Polizei. Er trug Verantwortung für die Juden hier, seien sie nun in seiner Gemeinde oder nicht. Was für ein Narr war er, ein eitler Narr! Weil sie sich so bedürftig gegeben hatte mit ihrem ungelenken Charme am Telefon, die gute Frau Bänziger, weil er sich gebauchpinselt gefühlt hatte. Und jetzt konnte er praktisch nicht mehr zurück. Er hatte bereits geprahlt mit seiner Entdeckung, was war er doch wichtig für das Kriminalkommissariat der Zürcher Stadtpolizei!

Klein verspürte Übelkeit. Er setzte sich am Paradeplatz auf eine Bank, dort gab es keine Seesicht, dafür geschniegelte Banker und herausgeputzte Geschäftsfrauen mit straff anliegenden Haaren und Vuitton-Taschen auf dem Weg in ihre luftigen Büros.

Es gab, das wusste er, auch eine ganz andere Perspektive auf die Sache. War nicht ein Mitglied seiner Gemeinde, ein guter Bekannter, ein beliebter Lehrer, ein Jude der Stadt Zürich getötet worden? Vor einigen Wochen wurde im Wochenabschnitt aus dem 5. Buch Mose das 21. Kapitel vorgelesen: Wenn ein Erschlagener gefunden wurde zwischen zwei Städten, und man wusste nicht, wer ihn erschlagen hatte, dann sollten die Ältesten und die Richter der nähergelegenen Stadt hinaus zum Fundort ziehen. Sie sollten ein Kalb nehmen, es zum nächstgelegenen Fluss bringen und auch die Priester herbeiholen, um das Gewicht des Zeremoniells zu verstärken. Dann sollten sie dem Kalb das Genick brechen, ihre Hände über der Tierleiche waschen und ausrufen: «Unsere Hände haben dieses Blut nicht vergossen.» Genau zu dieser Stelle hatte er seine Predigt gehalten. «Was für ein archaischer, barbarischer Brauch! Überhaupt: seine Hände in Unschuld waschen! Kennen wir das nicht von woanders?» Und dann hatte er tief in die Schatztruhe der jüdischen Gelehrsamkeit gegriffen, um die Passage verständlich zu machen. Maimonides sagte im *Führer der Verirrten*: «Wenn man einem großen Tier das Genick bricht, erregt dieser Akt Aufsehen, und das Brüllen des Tieres wird die Menschen erzittern lassen, und jeder, der etwas über den Mord weiß, wird erschütterten Herzens sein Wissen preisgeben. So werden die Mörder gefunden werden.» Das Barbarische des Akts ist eine Schocktherapie als Ermittlungsmethode. Wenn die Gesellschaft vom Mord noch nicht aufgeschreckt ist, wird sie nun alles tun, um den Täter zu finden. Abravanel schrieb in seinem Bibelkommentar: «Die Schuld fällt auf die Ältesten und geistigen Führer zurück. Sie haben es nicht durchsetzen können, dass die Gesetze eingehalten werden, sie haben darin versagt, den Mörder ausfindig zu machen.» Indem sie ihre Unschuld bezeugen, gestehen sie ihre Schuld ein.

War es also nicht eine heilige Pflicht, und gerade seine, des Rabbiners, heilige oder auch verdammte Pflicht und Schuldigkeit, dass herausgefunden wurde, wer Nachum Berger auf dem Gewissen hatte?

Er saß im kalten Nieselregen vor einem der Bankpaläste, als warte er auf das nächste Tram. Doch er wartete auf Gott, und der kam nicht. Oder vielleicht war er schon längst da, wie er einst dem Propheten Elija erschienen war in der Wüste, nicht im Feuer, nicht im Lärmen, nicht im Sturm, sondern als leise, feine Stimme. Doch im Zentrum von Zürich um zwanzig nach acht an einem Werktag hörte man keine leisen, feinen Stimmen.

Erst nach vierzig Minuten und ziemlich ausgelaugt kam Klein auf der Wache an. Frau Bänziger öffnete diesmal selbst, der Assistent war nicht da. «Ach, sehr schön! Kommen Sie herein, Herr Rabbiner.» Ihr Ton war sehr viel freundlicher als beim letzten Mal, nun ja, er hatte ihr einen Dienst erwiesen – und hatte ihr sogar noch zusätzliche Erkenntnisse in Aussicht gestellt.

«Also, heute gegen vier kann die Leiche freigegeben werden. Das steht inzwischen fest.»

«Danke», sagte Klein mit etwas heiserer Stimme. «Ich werde die Beerdigungsgemeinschaft der Gemeinde informieren. Sie übernimmt die Angelegenheit.»

«Etwas zu trinken? Sie klingen erkältet.»

«Danke, es ist nur die Kälte draußen. Wenn ich einen Tee bekommen könnte, wäre das sehr liebenswürdig.»

Frau Bänziger rief die Sekretärin an. «Kommt gleich», erklärte sie. «So, und nun erzählen Sie mal, was Sie herausgefunden haben.»

«Wenn Sie erlauben», sagte Klein, «würde ich zuerst gern wissen, was die Befunde ergeben haben. Ist Herr Berger an den Schlägen oder an Herzversagen gestorben?»

«Es war Herzversagen», antwortete die Kommissarin. «Wir gehen davon aus, dass er zwei Schläge auf den Schädel bekam, den Hämatomen zufolge ziemlich heftige, mit einem Gegenstand, den wir in der Wohnung allerdings nicht identifizieren konnten. Doch selbst wenn die leichte Schädelfraktur, die daraus resultierte, zum Tod geführt hätte, wäre das nicht so rasch geschehen, wie es das Herzversagen bewirkte. Sein Herz scheint während der Schläge ausgesetzt zu haben.»

«Und dass er schon vorher tot zusammengebrochen war und der Täter ihn danach malträtierte – ist das unmöglich?»

Frau Bänziger sah ihn mit leicht zusammengekniffenen Augen an. «Worauf wollen Sie hinaus, Herr Rabbiner? Wollen Sie jemanden schützen?»

Er hatte immer gemeint, nur Rivka könne in ihm lesen wie in einem offenen Buch. Offenbar war diese Gabe auch anderen Frauen eigen.

«Sehen Sie, Frau Kommissarin, was ich hier gefunden habe.» Er zog die Mail von Gila Gut hervor und übersetzte sie und nannte die vermutete Absenderin.

«Ja, das werden wir schnell verifiziert haben», meinte die Kommissarin. «Vielen Dank für diesen Hinweis.»

«Aber die Sache ist sehr heikel», fügte Klein hinzu. Er erklärte ihr das Risiko für den Laden, für das Ansehen der Familie und der Frau, so gut er konnte.

«Und nun haben Sie Angst, dass dort die Hölle losbricht, wenn wir den Mann verhaften», meinte Frau Bänziger.

Klein nickte stumm.

Die Sekretärin kam mit seinem Tee. Als sie wieder draußen war, fuhr Frau Bänziger fort:

«Seien Sie erst mal unbesorgt, Herr Rabbiner. Eine solche Mail allein beweist noch gar nichts. Sie ist ein Anhaltspunkt, aber kein sehr starker. Das sind Drohungen, die jemand in großer Wut ausspricht, und sie jagen seiner Frau im Augenblick einen Schrecken ein, weshalb sie ihrem Liebhaber diese Mail schreibt. Aber dann passiert einen Monat lang nichts, da ist dieser Affekt erst mal verpufft. Wenn der Ehemann den Liebhaber dann überhaupt noch umbringen will, dann vorsätzlich, mit einer Waffe, und nicht so, mit einem Briefbeschwerer oder Aschenbecher. Natürlich müssen wir der Spur nachgehen, man darf nichts ungeprüft lassen. Sollte es beispielsweise Fingerabdrücke oder DNA-Spuren von diesem Herrn Gut in der Wohnung geben, dann sieht die Sache schon wieder anders aus. Das muss ich abklären. Das einzige, worauf wir sicher keine Rücksicht nehmen können, ist, ob die Verhaftung eines potentiellen Täters ihm oder seiner Familie ungelegen kommt. Wenn wir danach vorgingen, könnten wir das Kommissariat dichtmachen.»

«Das ist mir klar», sagte Klein.

«Das macht es nicht leichter, ich weiß es.»

Klein nahm ein paar Schlucke von seinem Tee. «Verfolgen Sie denn noch andere Spuren?», wollte er wissen.

«Das darf ich Ihnen im Moment leider wirklich nicht sagen», erklärte Frau Bänziger. «Wir tun alles, um den Täter zu finden.»

Auf dem Heimweg war Klein erleichtert. Ob er nun diese Mail übersetzt hatte oder ob es jemand anderes getan hätte – sie wäre ohnehin untersucht worden. Ob seine Vermutung zutraf, wer sich hinter «gilag» verbarg, musste auch erst geklärt werden.

Die Einwände der Kommissarin klangen plausibel, und er konnte nach diesem Gespräch fast nicht mehr begreifen, in welcher Seelenpein er sich vorhin auf den Weg gemacht hatte. So zufrieden war er, dass er beinahe vergessen hätte, in der Gemeinde anzurufen, damit die Überführung auf den Friedhof Oberer Friesenberg organisiert wurde.

«Wird erledigt», sagte Frau Wild am Telefon. «Und auf wann setzen wir die Beerdigung an?»

«Morgen um vierzehn Uhr», entschied Klein.

Bis jetzt hatte Klein verdrängt, dass er eine Grabrede auf Nachum Berger würde halten müssen. Nun, da der Beerdigungstermin feststand, gab es keinen Aufschub mehr.

Grabreden waren schwierig, aber auch interessant. Man erfuhr dabei vieles über die unterschiedlichen Schicksale in der Gemeinde. Ein alter Mann, der zurückgezogen in einem Vorort von Zürich gelebt hatte und vor einigen Jahren gestorben war, hatte während der dreißiger Jahre als Rheinmatrose auf einem Schweizer Frachter gearbeitet und zwei deutsche Juden irgendwo in Deutschland nachts in den Frachtraum gebracht und in Basel unbemerkt herausgelassen. Seine Kinder erzählten Klein davon und zeigten ihm Dankesbriefe und Fotos der beiden Geretteten. Offenbar war ihr Vater damals von einer jüdischen Untergrundorganisation angesprochen worden, die Fluchtwege organisierte – sie hatten wohl irgendwie erfahren, dass er selber Jude war. Mit Hilfe eines Kollegen hatte der Matrose die Rettung der beiden bewerkstelligt. Doch als sie das Unternehmen wiederholen sollten und zwei jüdische Mädchen an Bord kamen, flog die Sache auf, weil eins der Mädchen an asthmatischem Husten litt. Der Kapitän des Frachters hörte sie bei seinem abendlichen Rundgang und übergab die Mädchen bei Kehl der deutschen Polizei. Der jüdische Matrose wurde gefeuert und entging nur knapp einem Strafverfahren. Auf Umwegen, durch Vermittlung eines der geretteten Brüder, war er schließlich als Lagerist bei einem Altmetallhändler in Zürich untergekommen. Jahrelang hatte er mit der Furcht gelebt, die Beteiligung an der Rettungsaktion würde ihm noch irgendwann strafrechtliche Verfolgung oder sonstige Schwierigkeiten einbringen. Erst zwei Jahre vor seinem Tod hatte er seinen Kindern die Geschichte erzählt und die Dokumente gezeigt.

So faszinierend wie diese waren nicht alle Lebensgeschichten, aber die Schicksale vieler Gemeindemitglieder eröffneten sich Klein erst nach ihrem Tod aus den Erzählungen der Angehörigen. Berger, das ging aus den Unterlagen seines Personaldossiers hervor, die Klein sich in der Efrat-Schule aushändigen ließ, war in Israel vor knapp achtundfünfzig Jahren geboren und nach einem Verkehrsunfall, der die Mutter getötet und den Vater zum Krüppel gemacht hatte, bei seinen jeckischen Großeltern aufgewachsen. Mit ihnen hatte er nur Deutsch gesprochen. Er war, wie er in seinem Lebenslauf angab, geschieden, besaß ein Lehrerdiplom und hatte zunächst an einer Grundschule bei Tel Aviv unterrichtet. Mit neunundzwanzig Jahren hatte er Israel verlassen und eine Lehrerstelle an der jüdischen Schule Tzemach David in Chicago angetreten. Drei Jahre lang hatte er dort unterrichtet und die folgenden sechs Jahre lang für eine jüdische Buchhandlung gearbeitet. Vor ziemlich genau zwanzig Jahren war er in die Schweiz gekommen. In seinem Bewerbungsschreiben von damals, das in leicht fehlerhaftem Deutsch abgefasst war, stand, dass er sich darauf freuen würde, nach einem Abstecher in die Buchhandelsbranche wieder als Lehrer zu arbeiten. Er habe bis in die USA über die Efrat-Schule nur Gutes gehört, und die Aufgabe würde ihn auch deshalb reizen, weil er spüre, wie ihm der Kontakt zu den Kindern zu fehlen beginne.

Eigentlich wusste Klein nun alles, was er brauchte, um einen Lebenslauf für die Grabrede zu formulieren, der sich ja vor allem auf Bergers letzte, die Zürcher Jahre konzentrieren sollte. Doch irgendetwas an dieser Biographie irritierte ihn, und er vertiefte sich weiter in die Dokumente.

Der damaligen Bewerbungsmappe war auch ein Arbeitszeugnis von der Tzemach-David-Schule aus Chicago beigefügt. Unterschrieben war es vom Rektor, einem Rabbi Avigdor Dauber. Es war recht ausführlich und lobte Bergers Arbeit in den höchsten Tönen. Klein kannte die Fachausdrücke im Englischen nicht so genau, dass er hätte sagen können, ob sich hinter einzelnen Formulierungen Vorbehalte verbargen – und sicher hätten das auch die damaligen Verantwortlichen der Efrat-Schule nicht erkannt. Auf den ersten Blick schien alles in Ordnung zu sein, sogar hervorragend. Doch weshalb war Berger nach nur drei Jahren gegangen? Die einzige Bemerkung in dem Zeugnis lautete: «Mr. Berger has lately decided to leave our school and to turn to other fields of occupation. We are very sorry to lose an excellent teacher and educator.»

«Lately decided … very sorry to lose». Das mochten Standardformulierungen sein. Aber sie erschienen Klein rätselhaft. Als wäre irgendetwas hereingebrochen über Berger, die Schule, oder beide.

Die Zeit drängte, er hatte noch einige Termine heute, und er musste die Grabrede schreiben. Dennoch notierte er sich für alle Fälle die Telefonnummer der Tzemach-David-Schule. Natürlich war ungewiss, ob der Rektor von damals überhaupt noch lebte, aber das ließ sich ja herausfinden.

Er brachte den Ordner ins Sekretariat zurück, bedankte sich und ging.

Der Tote lag in dem kleinen Raum neben der Abdankungshalle auf dem Friesenberg aufgebahrt. In diesem besonderen Fall hatte die Gemeinde eine durchgehende Wache organisiert. Die ganze Nacht über sollten abwechselnd Gemeindemitglieder in dem Raum bei dem Toten weilen. Vielen war das unangenehm, manchen auch unheimlich, weshalb die meisten es vorzogen, wenn überhaupt, dann zu zweit zu wachen. Klein hatte sich ausbedungen, von elf Uhr abends bis ein Uhr morgens allein dort zu sitzen. Er würde die zwei Stunden Ruhe nutzen und einen Band mit neuen Aufsätzen über das Buch Hiob studieren. Die Erzählung über den Bewohner des Landes Uz, den Gott einen «schlichten, geraden Mann» nannte und zugleich in einer Wette dem Satan in die Hand gab, passte auf den Friedhof. Klein hatte den hebräischen Aufsatzband schon länger im Regal stehen, war aber noch nicht zum Lesen gekommen.

Er traf eine Viertelstunde zu früh auf dem Friedhof ein. Die zwei Mitglieder der Chewra Kadischa, die dort Wache hielten, waren für sein vorzeitiges Kommen dankbar und verschwanden rasch in der dunklen Herbstnacht.

Klein trat in den Kühlraum, wo der Sarg unter einem schwarzen Tuch aufgebahrt lag. Schon am frühen Abend war er hier gewesen und hatte der Chewra Kadischa geholfen, den Toten zu waschen und ihn in das traditionelle weiße Gewand zu kleiden, in dem Juden begraben werden. Die Leiche war von der Autopsie etwas entstellt, die Blutergüsse am Kopf gut sichtbar. Die Stimmung unter den Männern war noch gedrückter als sonst bei solchen Anlässen. Nun aber war er allein mit Bergers sterblichen Überresten. Er stand vor dem Sarg, die Hände vor dem Bauch verschränkt. Es herrschte vollkommene Stille. Klein hatte das Gefühl, in diesem Sarg liege, zusammen mit dem Körper, eine Fülle von Geheimnissen. Den Toten fochten sie nicht mehr an, doch die Lebenden schüttelten sie durch und trieben sie durch Wechselbäder von Ungewissheit, Angst und Staunen.

Vom kleinen Wachzimmer aus rief Klein in Chicago an, wo es jetzt vier Uhr nachmittags war. Die Sekretärin der Tzemach-David-Schule war ratlos, als er ihr den Namen Avigdor Dauber nannte. «Er war Rektor an Ihrer Schule, vor über zwanzig Jahren», ergänzte er.

«Alright, einen Moment», sagte sie. Er hörte, wie sie mit jemandem im Hintergrund sprach. «Ich verbinde Sie mit meiner Kollegin Connie. Sie arbeitet viel länger hier als ich, sie könnte Ihnen vielleicht weiterhelfen.»

Connie wusste tatsächlich Bescheid. Rabbi Dauber war seit fünfzehn Jahren pensioniert, und er lebte in einem Altersheim. Sie besuche ihn sogar gelegentlich. «Er ist nicht sehr gesund, aber geistig ist er voll da. Soll ich ihm etwas ausrichten?»

«Nein, ich müsste ihn persönlich etwas fragen. Kann man ihn denn erreichen?»

«Rabbi Dauber ist nicht immer imstande zu telefonieren. Es ist besser, wenn Sie mir Ihre Nummer geben. Er kann Sie dann zurückrufen. Wäre das für Sie in Ordnung?»

Klein gab ihr seine Nummer, obwohl ihm klar war, dass er, wenn überhaupt, die Informationen erst nach seiner Grabrede erhalten würde. Vielleicht erinnerte sich Dauber tatsächlich noch an Nachum Berger. Und vielleicht rief er tatsächlich zurück. Aber vielleicht, so gestand Klein sich ein, war das Ganze auch nur eine große Schimäre, die er sich ausgedacht hatte, weil er diesen Tod nicht ertragen konnte oder vielmehr: diese Mischung aus Rätselhaftigkeit und Banalität, die ihn umgab.

Er vertiefte sich in das mitgebrachte Buch über Hiob, eins jener zahlreichen Bücher, die hier keiner zur Kenntnis nahm, weil es sie nur auf Hebräisch gab. Das Judentum könnte so viel spannender sein, dachte er, so viel mehr als der Grillplausch am Unabhängigkeitstag Israels und die Mühsal des Putzens vor Pessach. Die meisten seiner Mitglieder hörten zum Ende des Religionsunterrichts auf, sich mit dem Judentum intensiver zu befassen. Sie wurden Ingenieure, Anwältinnen oder Ärzte und lächelten über eine Religion, bei deren Verständnis sie auf dem Stand von Zwölfjährigen stehengeblieben waren.

Klein genoss die fast zwei Stunden absoluter Ruhe, die er dem Toten im Raum neben sich verdankte. Und er las einen Aufsatz über Hiob, der ihn zum Staunen brachte. Der Autor, ein israelischer Professor, behauptete, dass Hiobs Kinder nie gestorben seien – dass seine zehn Kinder, über die wir am Anfang der Geschichte lesen, dieselben seien wie die zehn, die am Ende des Buches erwähnt werden. Das Haus, das am Anfang über den Kindern Hiobs zusammenbrach, habe «die Knaben» getötet. Doch «Knaben» war an anderen Stellen des Buches die Bezeichnung für Hiobs Knechte, nicht für seine Söhne, und schon gar nicht für die Töchter. Der Autor brachte noch andere Belege für seine Behauptung – sie schien literarisch fundiert zu sein.

«Ich weiß», schloss er, «dass ich Jahrtausende einer Tradition gegen meine Thesen habe und dass sie einen Teil der Tragik Hiobs eliminieren. Ich weiß, dass wir das Buch vollkommen anders lesen müssen, wenn Hiob in Armut und Krätze mit Gott rechtet und mit seinen selbstgerechten Freunden diskutiert, während seine Kinder nicht in ihren Gräbern liegen, sondern sich zu dieser Zeit irgendwo herumtreiben. Doch das kann mich nicht daran hindern, den Text genau zu lesen. Ist nicht gerade diese akribische Lektüre das wertvollste Erbe, das Juden von ihren Vorfahren erhalten haben?»

Aufgewühlt starrte Klein vor sich hin. Die Tradition konnte man nicht in Frage stellen, wenn man zu wenig, sondern nur, wenn man zu viel begriff – das war es doch, was er seinen Mitgliedern immer einbläute. Dann las er den letzten Absatz noch einmal. Er schaute zum Fenster, hinter dem im dunklen Kühlraum die Leiche Nachum Bergers lag. Wenn Hiob seine Kinder gar nie verloren hatte – war dann nicht womöglich, weit über Hiob hinaus, noch vieles andere anders, als er immer geglaubt hatte?

5

In dieser Nacht schlief Klein wenig. Zwar erschien die Ablösung für die Totenwache um ein Uhr morgens pünktlich, doch bis er zu Hause war, Reste vom Mittagessen gegessen und das Nachtgebet gesprochen hatte und dann endlich schlief, war es schon nach zwei Uhr. Und um halb sieben klingelte der Wecker. Übernächtigt schlurfte er kurz nach sieben in den Saal über der Synagoge, wo sich täglich zwischen zehn und zwanzig Unermüdliche zum Morgengebet trafen.

Es fiel ihm auf, dass heute während des Gebets unter den Anwesenden ungewöhnlich viel geflüstert und gesprochen wurde. Entgegen seiner Gewohnheit zischte er sogar einmal mahnend und laut, um für Ruhe zu sorgen, was halbwegs gelang. Doch gleich im Anschluss an das Gebet – er war noch dabei, seine Gebetsriemen auszuziehen – näherte sich ihm einer der Männer, der junge Gideon Meyer.

«Guten Morgen, Herr Rabbiner. Haben Sie das schon gesehen?»

Gideon hielt Klein ein aufgeschlagenes Exemplar der Gratiszeitung entgegen, die in diesen unzähligen hässlichen blauen Kästen auflag und die Klein in der Regel mied wie die Pest. Gideons Daumen deutete auf einen fetten Titel: «Festnahme im Fall Berger» stand dort – offenbar waren die Leser schon darüber informiert, was der «Fall Berger» war. Und weiter: «Bei dem noch ungeklärten Tod des Zürcher Primarlehrers Nachum Berger (57) ist es gestern Montag zu einer Festnahme gekommen. Die Stadtpolizei verhaftete den

46-jährigen Josef G. wegen des Verdachts auf Körperverletzung mit Todesfolge. Wie die Polizei mitteilte, stehen die Ermittlungen gegen G. im Zusammenhang mit einem vermutlichen Eifersuchtsdelikt. G.s Frau (43) soll eine außereheliche Beziehung mit Berger unterhalten haben. Sowohl der Getötete wie der Verdächtige gehören der jüdischen Gemeinde Zürichs an. Wie die zuständige Kommissarin der Stadtpolizei, Karin Bänziger, auf Anfrage erklärte, wird gegen G. nicht wegen Mordes ermittelt. ‹Wir gehen davon aus, dass das Opfer unter Gewalteinwirkung an Herzversagen gestorben ist.› Berger war am vergangenen Donnerstagmorgen tot in seiner Wohnung in Zürich Enge aufgefunden worden.»

Unter dem Artikel ein kleines Foto von Berger, daneben ein größeres von Josef Gut, mit grobgepixelter Augenpartie – wie immer in solchen Fällen leicht zu erraten für alle, denen der Dargestellte vertraut war, und damit anonym nur für die, die ihn ohnehin nicht kannten.

«Sie wissen, wer das ist, dieser Josef G.», sagte Gideon, und sein Gesichtsausdruck wie sein Ton verrieten, dass er selbst es offenbar auch wusste.

«Ja, natürlich», sagte der Rabbiner.

«Auch nicht alles so ‹eieiei› bei diesen Charedim, was?», meinte Gideon, der wusste, dass Klein hin und wieder seine liebe Mühe mit deren Rabbinaten hatte.

«Was hat denn das mit den Charedim zu tun?», antwortete Klein unwirsch. «Es ist einfach ein Unglück!»

«Aber wussten Sie denn, dass Guts Frau und Nachum Berger …»

«Was redest du denn da für einen Bockmist!», fuhr Klein den überraschten Gideon an – die anderen Männer blickten nun ebenfalls erschrocken herüber. «Nachum Berger ist noch nicht mal unter der Erde, und ihr beginnt schon mit eurem blöden Gequatsche? Etwas Besseres habt ihr nicht zu tun? Wir sehen uns auf der Beerdigung. Er war ja auch dein Lehrer, nicht wahr? Oberer Friesenberg, um zwei.»

Ohne weiteren Kommentar oder Gruß stapfte Klein aus dem Betsaal. Die Männer schauten einander betreten an.

Als er nach Hause kam, erwartete ihn Rivka schon mit der Nachricht, Rina habe von der Schule aus angerufen, alles gehe drunter und drüber, Ruthis Vater sei im Gefängnis, weil er den Moreh Nachum umgebracht habe.

«Ja, ist groß in der Zeitung heute Morgen, wahrscheinlich schon die halbe Nacht im Internet. Ist denn Ruthi Gut in die Schule gekommen?»

«Soweit ich Rina verstanden habe, nicht.» Sie stand ihm gegenüber. «Und was machst du jetzt?»

Die Frage seiner Frau traf Klein wie ein Messer in die Brust. Er brüllte los: «Was heißt, ‹Was machst du jetzt?› Was soll ich denn machen? Was soll ich denn, bitte sehr, in deinen Augen machen? Die sind ja noch nicht mal in unserer Gemeinde!»

Rivka sah ihn scharf an. «Ich meinte bloß: Was willst du an der Beerdigung erzählen? Wieso regst du dich denn so auf? Hast du etwas mit dieser Verhaftung zu tun? Waren das die Dokumente, die du am Schabbat angeschaut hast?»

Kleins Zorn war bereits verraucht. «Entschuldige, Rivka. Es wächst mir alles über den Kopf. Ich möchte nur, dass Ruhe einkehrt. Schon heute Morgen in der Synagoge haben sie mich bestürmt mit dieser Nachricht. Sensationsgier, wenn du mich fragst. Lass uns frühstücken.»

«Hast du was damit zu tun?»

«Hör zu. Alles, was ich gemacht habe, war, ein paar hebräische Mails von und an Nachum Berger für die Polizei zu übersetzen. Ich dachte, ich sei ihm das schuldig. Und wahrscheinlich war ich das auch.»

«Und aus diesen Mails ging hervor, dass Josef Gut Nachum Berger umgebracht hat?»

«Aus diesen Mails ging noch gar nichts hervor. Ich hatte diese Verhaftung nicht erwartet. Können wir jetzt was essen? Ich habe Brötchen mitgebracht.»

Nach dem Frühstück rief er bei Kommissarin Bänziger an. Unter ihrer Direktwahl meldete sich eine Männerstimme: «Drulovic.»

«Guten Morgen, hier Rabbiner Klein von der Cultusgemeinde. Könnte ich mit Frau Bänziger sprechen?»

«Guten Morgen, Herr Rabbiner. Wir sind uns schon mal begegnet, als Sie letzte Woche hier waren» – Drulovic also war der Name des Assistenten, den er damals nicht verstanden hatte –, «Frau Bänziger ist noch nicht da. Sie sollte jeden Augenblick kommen.»

«Hatte wohl einen anstrengenden Abendeinsatz», bemerkte Klein bissig. Er bereute es sofort.

«Wie meinen Sie?», fragte Herr Drulovic. Offenbar war er so freundlich, sich dumm zu stellen.

«Nichts, nichts», sagte Klein rasch. «Können Sie ihr ausrichten, sie möge mich zurückrufen? Sie hat ja meine Nummer.»

«Selbstverständlich, mache ich gern», sagte Herr Drulovic mit routinierter Höflichkeit.

Klein starrte vor sich hin. Rivka hatte natürlich recht – zum zweiten Mal in wenigen Tagen war ihm eine Rede zwischen den Fingern zerronnen. Er konnte ja unmöglich die vorbereitete Grabrede auf Berger halten, jetzt, wo Josef Guts Verhaftung und Bergers Verhältnis mit dessen Frau in aller Munde war. Nun war es sinnlos, in artigen Sätzen Bergers etwas undurchsichtige Vergangenheit möglichst stringent darzustellen, jeden Schritt zu seinen Gunsten auszulegen, bis das Fanal der großartigen, leider jäh unterbrochenen Tätigkeit in Zürich kam, dessen Zeuge wir alle geworden sind … Jetzt standen andere Dinge im Raum, und Klein hätte viel darum gegeben, wenn heute ein Freitag gewesen wäre oder ein Halbfeiertag oder irgendeiner dieser Tage, an denen die Freude oder Vorfreude es aus Gründen der Tradition verbietet, eine Grabrede zu halten.

Es war ihm klar, dass er es machen musste wie am letzten Schabbat in der Synagoge: sich von der Situation tragen lassen, von den Blicken der Menschen, ohne Vorlage sprechen, nur mit wachen Sinnen die Stimmung erspüren, die ihm entgegenschlug. Ansonsten musste er noch etwas erledigen, nachdem sich Frau Bänziger nicht meldete: Er suchte im Telefonverzeichnis und tippte, nach kurzem Zögern, die gefundene Nummer.

Er hörte es drei- oder viermal läuten, und beinahe hätte er aus Nervosität wieder aufgelegt. Doch da meldete sich eine Kinderstimme: «Hier Ruthi Gut.»

«Ruthi, hallo, hier spricht Rabbiner Klein. Der Vater von Rina. Könnte ich mit deiner Mutter sprechen?»

«Einen Moment, bitte.»

Er hörte ein Rascheln, Ruthis Stimme im Dialog mit einer anderen Stimme, die zunehmend heftiger wurde.

«Hallo», meldete sich wieder Ruthis Stimme.

«Ja.»

«Meine Mami kann jetzt nicht.»

«Ruthi, bitte sag ihr, es ist sehr, sehr wichtig. Es geht um deinen Papi.»

Nochmals hörte er Ruthis Stimme nach hinten sprechen: «Er sagt, es geht um Papi. Es sei superwichtig … Einen Moment», sagte sie gleich darauf in den Apparat.

Klein atmete auf. Die Stimme von Gila Gut meldete sich, eine ziemlich ausdruckslose, aber angenehme Stimme mit israelischem Akzent: «Ja, bitte?»

«Frau Gut, hier Gabriel Klein. Es tut mir leid, dass ich Sie störe, ich weiß, dass es im Moment womöglich ungelegen …»

«Was wollen Sie, Herr Rabbiner Klein?»

Ja, was wollte er eigentlich? Frau Gut hatte ihren eigenen Rabbiner, oder vielleicht hatte sie ihn auch nicht mehr. War es das schlechte Gewissen, das ihn trieb? Wollte er sich entschuldigen, dass er ihren Mann ins Gefängnis gebracht hatte? Oder wollte er sich etwa ihren Dank dafür abholen?

«Ich dachte, es könnte nützlich sein, wenn wir uns einmal zu einem Gespräch treffen. Ich bin ein kleines bisschen involviert in diesen Fall von Nachum Berger …»

«Was heißt das, Sie sind involviert?», fragte Frau Gut.

«Nun ja, ich hatte deswegen einige Male mit der zuständigen Kommissarin zu tun. Vielleicht könnten Sie mir ein paar Dinge erklären.»

«Und Sie meinen, die kann ich der Frau Bänziger nicht selbst erklären?»

Indem sie Frau Bänzigers Namen nannte, wies sie ihn in seine Schranken. Klein bekam Angst, aufdringlich zu wirken. «Sehen Sie, Frau Gut, ich möchte Sie nicht unter Druck setzen. Davon haben Sie schon genug. Manchmal fragen Polizisten Dinge nicht, weil sie gar nicht auf die Idee kommen, sie zu fragen. Sie kennen das Judentum nicht. Sie kennen unsere

Gemeinden nicht. Und wir kommen gar nicht auf die Idee, dass sie uns nicht verstehen. Ich wolle Ihnen anbieten, die Sache gemeinsam durchzugehen. Ich meine, nicht nach der Rechtslage wie mit einem Anwalt, sondern einfach so, wie sie sich abgespielt hat oder abgespielt haben könnte, und warum. Es ist ein Angebot, und Sie können es ablehnen, dafür habe ich volles Verständnis. Sie können es sich auch überlegen. Ich wollte einfach sagen, dass ich für Sie da bin, wenn Sie glauben, Hilfe zu brauchen.»

Das war ihm jetzt gut gelungen, fand er, es klang freundlich, nicht zudringlich – ein Angebot eben. Er hörte, wie sie erstmals zögerte. Ihre zuvor abweisende Stimme war offener, aber auch unsicherer.

«Und wozu soll das gut sein?»

«Ob es zu etwas gut ist, wissen wir oft erst im Nachhinein. Die Entscheidung liegt voll und ganz bei Ihnen.»

«Und wo sollte so ein Gespräch denn stattfinden?»

Das war eine überraschende, aber nicht unangebrachte Frage, an die er keinen Gedanken verschwendet hatte. Man sah, dass sie die kulturellen Hürden der Orthodoxie stärker verinnerlicht hatte als er. «Lassen Sie mich überlegen.»

Dass das Gespräch weder in ihrer noch in seiner Wohnung stattfinden konnte, schon wegen der aufmerksamen Augen in ihren Gemeinden, war klar. Ein Spießrutenlauf in sein Gemeindebüro, durch die Sicherheitsschleuse am Eingang, vorbei an gelangweilten Müttern, die im Foyer auf ihre Kinder warteten, und an den Sekretärinnen kam ebenso wenig in Frage. Man konnte aber auch schwerlich in irgendeinem Café zusammenkommen – zumindest nicht in der Stadt Zürich. Vielleicht irgendwo in einem Vorort.

Klein nannte ihr den Namen eines biederen, etwas heruntergekommenen Cafés in Zollikon, wo er einmal mit Dafna etwas getrunken hatte, während sie auf ihren Zahnarzttermin gewartet hatten. Mittlerweile war der mit ihnen bekannte jüdische Zahnarzt weggezogen. In diesem Café war die Chance, auf bekannte Gesichter zu treffen, gering.

Gila Gut kannte das Café nicht, war aber bereit, ihn dort zu treffen, morgen Nachmittag, unter einer Bedingung.

«Ich höre?»

«Bitte kommen Sie mit Ihrer Frau.»

Gabriel stutzte einen Moment und verstand. Gila Gut wollte jede Gefahr einer weiteren Rufschädigung vermeiden. «Wenn sie kann – und wenn sie will», sagte er.

«Sonst lassen wir es eben bleiben.»

«Ich gebe Ihnen Bescheid.»

Er murmelte eine Abschiedsformel und wollte schon auflegen, da meldete sich nochmals ihre Stimme.

«Herr Rabbiner Klein?»

«Ja?»

«Danke.»

Sowie das Gespräch beendet war, zeigte der Apparat einen verpassten Anruf an. Frau Bänziger hatte versucht, ihn zu erreichen. Er rief sie zurück.

«Ich dachte mir schon, dass Sie heute Morgen anrufen würden», sagte Frau Bänziger. Sie schien noch an einer Morgensemmel zu kauen.

«Naja, das war ein ziemlicher Schock, was da in der Zeitung stand. Nach unserem Gespräch gestern.»

«Nach unserem Gespräch gestern habe ich Herrn Gut hierher bestellt. Er hat sofort zugegeben, dass er an diesem Abend bei Berger war. Zwar streitet er ab, ihn getötet zu haben. Es gebe dort aber garantiert Fingerabdrücke von ihm. Ein Alibi für die Tatzeit hat er auch nicht. Und deshalb war die Mail, die Sie mir gezeigt haben, nicht sehr hilfreich für ihn. Wir haben ihn festgenommen, zur weiteren Abklärung.»

Klein hätte gerne etwas zu Gunsten von Gut gesagt – er wusste nicht, warum. Aber er durfte das Vertrauen von Frau Bänziger in seine Neutralität nicht endgültig verspielen. Deshalb fragte er nur: «Was ist denn seine Version?»

«Herr Rabbiner, Sie stellen immer die eine Frage zu viel», antwortete Frau Bänziger nicht unfreundlich.

Die breite Doppeltür wurde geöffnet, und vor Klein erhoben sich Hunderte von Mitgliedern seiner Gemeinde. Er hatte gebangt, es könnten viel weniger sein. Allerdings waren fast keine Mitglieder der orthodoxen Gemeinden da, obwohl Berger zu Lebzeiten viele Kontakte dorthin gepflegt hatte. Zumindest sah Klein auf den ersten Blick nur wenige der charakteristischen schwarzen Hüte. Das Bekanntwerden seiner Affäre mit Gila Gut und die Solidarität mit ihrem inhaftierten Mann hatten Berger in diesen Kreisen posthum alle Sympathien verscherzt. Hingegen waren viele seiner ehemaligen Schüler da. In seinem kurzen Rundblick über die Menge sah Klein auch Gideon Meyer stehend an die Wand gelehnt. Offenbar war ihm der Wutanfall des Rabbiners nach dem Morgengottesdienst in die Glieder gefahren.

Der Sarg wurde auf dem Bahrenwagen hereingerollt. Klein schritt zum Rednerpult und begann mit der Lektüre des Zidduk Hadin, des traditionellen Beerdigungsgebets. Danach setzten sich die Leute. Nun war es an ihm, die richtigen Worte für sie zu finden, die Worte, die ihm den ganzen Tag über nicht eingefallen waren.

Er spürte keine Schwingungen von dieser Menge ausgehen, er konnte ihre Haltung nicht einschätzen. Es blieb ihm genau eine Sekunde, um in sich hineinzuhören. Von seinem Schmerz, wie er ihn am Freitag in der Efrat-Schule empfunden hatte, war nicht mehr viel übrig, drei Tage und etliche Turbulenzen später – zum Glück. Aber auch die intuitive Kraft seiner Predigt am Schabbat konnte er nicht abrufen. «Keiner kann das wie du», hallte in ihm Rivkas Stimme.

Und plötzlich stellte er fest, dass in der ersten Reihe, in elegantem schwarzen Kleid und Hut, mit dunkler Brille und blütenweißem Taschentuch, das sie in diesem Augenblick unter den Brillenrand schob, Claudette Weiss saß. Eine stilechte Witwe, schoss es ihm durch den Kopf. Als habe Nachums Tod ihr unvermittelt die Möglichkeit verschafft, die so lange erträumte Rolle seiner Gefährtin zu übernehmen! Oder war es sogar ein Akt versteckter Rache, dass sie nun tat, woran er sie nicht mehr hindern konnte? Und wem galt dieser Auftritt? Der versammelten Trauergemeinde? Oder nur jemand bestimmtem? Unverkennbar war, dass Claudette hier etwas inszenierte, und angesichts der Tatsache, dass der Mann der anderen Frau, die mit Nachum etwas gehabt haben sollte, unter Verdacht stand, ihn getötet zu haben, war diese Inszenierung noch irritierender, als sie es ohnehin gewesen wäre.

Klein spürte, dass seine Hände feucht wurden. Er fühlte die Blicke der Trauergäste auf sich geheftet. Schließlich holte er Luft und begann: «Wenn wir heute an der Bahre von Nachum Berger, seligen Angedenkens, stehen, tun wir das mit einer Menge komplexer, widersprüchlicher Gefühle. Was wir von ihm wissen und kennen, seine Liebenswürdigkeit, Begeisterungsfähigkeit, seine beeindruckende und vielseitige Bildung mischen sich mit dem Entsetzen über sein offenbar nicht gewaltloses Ende, aber auch mit unserem Halbwissen über Dinge, die heute in der Zeitung stehen. Wenn ich jetzt gleich einige Stationen aus dem Leben des von uns Gegangenen aufzähle, dann im Bewusstsein, dass wir über Menschen immer nur das Oberflächlichste wissen können und viel zu wenig über die Tiefe ihrer Güte wie auch über ihre inneren Kämpfe und ihre Sehnsüchte. Nachum Berger lebte den größten Teil seines Lebens allein – seiner Eltern in früher Jugend beraubt, nach wenigen Jahren geschieden, lebte er an Orten, in denen er immer wieder als Fremder beginnen und sich einleben musste. Sein Leben ist in vieler Hinsicht ein unvollendetes. Wir müssen uns darum bemühen, dass zumindest die Umstände seines Endes erkannt werden und Gerechtigkeit geübt wird – was immer dies mit dem Verdacht zu tun haben wird, von dem wir heute ebenfalls in der Zeitung lesen mussten.»

Dann verlief es wie immer: Sie schoben die Bahre, nach jüdischem Brauch alle paar Schritte innehaltend, zum ausgehobenen Grab, der Sarg, ebenfalls nach jüdischem Brauch die einfachste schmucklose Fichtenholzversion, wurde rumpelnd in die Tiefe gelassen. Der Rabbiner ließ als erster drei Schaufeln Erde aus dem Heiligen Land auf den Sarg fallen – weil, wie es hieß, die Auferweckung der Toten nur denen vergönnt ist, die in heiliger Erde begraben liegen. Als schließlich in großen, lehmigen Brocken die fette Zürcher Erde in die Grube geschaufelt wurde und das tiefe rechteckige Loch auszufüllen begann, da sah Klein noch einmal das lächelnde Gesicht Bergers vor sich. Hätte sein schwaches Herz schon früher zu schlagen aufgehört, eine Woche oder nur einen Tag – es wäre niemand an ihm schuldig geworden.

Da Berger keine Angehörigen hatte, sprach Klein selbst

den Totenkaddisch – eine Spende des Schulvereins Efrat hatte die Gemeinde dazu verpflichtet, dass in jedem Gebet, elf Monate lang, der Kaddisch für Berger gesagt würde. Klein machte den Anfang, wie es sich für den Rabbiner gehörte.

In der Nähe des Friedhoftores löste sich die Trauergesellschaft auf. Während die meisten zielstrebig aus dem Friedhof strebten, zurück zum unterbrochenen Tagwerk, standen einige noch unentschlossen im Eingangsbereich, als hätten sie Scheu, diesen Ort, diesen Anlass, diesen Toten einfach hinter sich zu lassen. Unter ihnen bemerkte Klein zu seiner Überraschung auch den jungen Israeli, den er kürzlich mit Nachum Berger zusammen in die Laubhütte eingeladen hatte. Er ging hin und schüttelte ihm die Hand. Er konnte sich, wie öfters in letzter Zeit, an den Namen seines Gegenübers nicht erinnern, was er jeweils durch besondere Herzlichkeit auszugleichen versuchte. «Ich schätze es sehr, dass Sie gekommen sind», sagte er. «Schade, dass wir uns hier wieder treffen müssen, ich hätte Sie lieber woanders in der Gemeinde gesehen.»

Der junge Mann lächelte verkrampft. «Da lerne ich einmal ein Mitglied der Gemeinde etwas näher kennen, und zehn Tage später wird er beerdigt», meinte er.

«Kommen Sie zu unseren Anlässen», entgegnete Klein halb bitter, halb ermunternd, «dann lernen Sie viele kennen, die länger leben.»

Erst als er sich von dem jungen Mann wegdrehte, sah er, in dunklem Kostüm, Karin Bänziger. Sie stand im Hintergrund und beobachtete das letzte sich auflösende Häuflein Menschen. Klein ging ihr entgegen.

«Schöne Grabrede», sagte sie. «Viel Engagement, man spürt, wie nahe Ihnen das geht.»

Klein war sich nicht sicher, ob in ihrer Stimme Ironie mitschwang. «Ich hätte sie, ehrlich gesagt, hier nicht erwartet», sagte er.

«Man muss eben überall die Augen offen halten.»

«Um was zu sehen?»

«Herr Rabbiner Klein», sie blickte ihn von der Seite her an. «Wir haben doch einen Fall zu lösen.» Und sie ergänzte, diesmal unzweifelhaft ironisch: «Wir – die Polizei, meine ich.»

«Aber Sie haben doch Herrn Gut …»

«Wir haben einen Verdächtigen. Aber wir haben auch noch weitere Spuren von einer unbekannten Person.»

Das war doch eine Neuigkeit! Und gestern hatte sie ihn noch schroff abgefertigt, als er nach anderen Spuren gefragt hatte. «Und diese unbekannte Person vermuten Sie auf Bergers Beerdigung?»

«Wie ich gesagt habe: Man muss die Augen offen halten.»

Klein hatte noch einige Hände zu schütteln. Aus den Augenwinkeln sah er, dass Frau Bänziger einige Meter von ihm entfernt stehen geblieben war und die sich verabschiedenden Besucher beobachtete.

Als sich die letzte Handvoll Trauergäste auf dem Friedhofsareal verlor und Frau Bänziger eher zögernd ebenfalls auf den Ausgang zusteuerte, holte er sie mit einigen raschen Schritten ein. «Darf ich Sie in die Stadt fahren?»

Frau Bänziger schaute ihn von der Seite an, nicht sonderlich überrascht, wie ihm schien. «Das wäre sehr nett, wenn es für Sie keinen allzu großen Umweg bedeutet. Ich habe mein Auto gerade heute zum Service bringen müssen.»

«Zur Wache?» fragte Klein, als sie losfuhren.

«Ja, bitte.»

Eine Weile lang herrschte Schweigen. Doch Klein spürte

den Blick der Kommissarin auf sich ruhen. Er verbiss sich die Frage, ob ihr jemand Verdächtiges aufgefallen sei.

Schließlich begann sie zu sprechen. «Diese elegante Frau in Schwarz in der ersten Reihe», sagte sie. «Hätte ich die näheren Familienverhältnisse von Herrn Berger nicht gekannt, hätte ich gesagt: die trauernde Witwe. Oder vielleicht die fassungslose Schwester. Beides scheint ja nicht in Frage zu kommen. Wissen Sie, wer das war?»

Klein schmunzelte. «Claudette Weiss. Sie ist mir auch aufgefallen. Das dürfte sie auch bezweckt haben.»

«Wer ist Claudette Weiss?»

Klein fasste zusammen, was es über die schöne Claudette Weiss und den verblüffend zurückhaltenden Nachum Berger zu sagen gab – und über Claudettes weiteres Schicksal nach ihrer Abweisung durch Berger. Zu seinem eigenen Erstaunen hielt er auch die Gedanken nicht zurück, die ihm selber gekommen waren, als er Claudette da hatte sitzen sehen.

«Und Sie sind sicher, dass die wirklich nie was miteinander hatten?»

«So sicher, wie man in solchen Fällen sein kann.»

«Naja, auch ein Rabbiner weiß wohl nicht alles über seine Gemeinde.»

«Sagen wir es so: Irgendwann erfährt der Rabbiner alles – aber in der Regel als letzter.»

«Der Herr Dresden macht auch einen bekümmerten Eindruck», sagte Frau Bänziger mit einem Blick aus dem Fenster. An der Busstation stand, etwas abseits der anderen Wartenden, den Kopf zwischen den Schultern und die Hände in den Taschen seines Regenmantels vergraben, Louis Dresden.

Sie musste ihn nach dem Todesfall vernommen haben.

«Haben Sie mit allen Lehrern der Efrat-Schule gesprochen?»

«Mit den meisten. Denen, die ihn länger kannten. Aber der Herr Dresden war ja ohnehin der, der ihn gefunden hatte am Morgen nach der Tat.»

«Ach so – sehen Sie, wieder etwas, was der Rabbiner als letzter erfährt.»

Frau Bänzigers Telefon klingelte. «Ach herrje, ich hatte ja ganz vergessen, den Ton abzustellen!», rief sie, während sie in ihrer Tasche danach kramte. «Na, ein Glück, dass während der Beerdigung kein Anruf kam! Da hätten Sie mich während der Trauerrede sicher böse angeschaut», sagte sie lächelnd.

Doch ihr Ton bekam etwas besorgt Unwilliges, als sie den Anruf entgegengenommen hatte. «Oh nein! Der Arme! Und wie geht es ihm jetzt? Nein, nein, das ist in Ordnung – nein wirklich, ich komme. Bis gleich.» Sie legte auf. «Setzen Sie mich bitte irgendwo ab, an einer Tramstation am besten. Ich fahre nicht ins Büro.»

«Kann ich Sie woanders hinfahren? Ich bin nicht besonders in Eile.» Klein hatte für diesen Nachmittag alle Termine abgesagt. Das tat er immer, wenn eine Beerdigung anstand – auch die Termine, die von der Zeit her noch gereicht hätten. Es widersprach seinem Verständnis von einer Beerdigung, dem Abschied von einem Menschenleben, dass man auch nur in die leiseste Versuchung kommen durfte, auf die Uhr zu schauen, während hier das Ende einer Existenz bezeugt wurde, sei es mit oder ohne trauernde Angehörige. Andere rangen sich die Stunde, für die sie zum Friedhof eilten, der kostbaren Arbeitszeit ab – undenkbar und unnötig, dass sie wegen einer Beerdigung um zwei Uhr ein wichtiges Treffen um vier Uhr platzen ließen. Aber er war dafür da, Zeit zu haben für seine Mitglieder, im Leben und in den Tagen nach ihrem Tod.

Frau Bänziger wirkte einen Moment verunsichert. «Es ist etwas weit vom Schuss», meinte sie. «Hinten in Höngg.»

«Kein Problem», meinte er.

«Wirklich? Das wäre mehr als nett!»

Klein nickte nur kurz. «Klar doch.»

Frau Bänziger wusste, dass sie Klein immerhin eine Erklärung für die geänderte Route schuldete. «Mein Neffe Marco», bemerkte sie. «Er scheint eine Magen-Darm-Grippe zu haben. Hat sich im Kinderhort schon viermal erbrochen.»

«Der Arme!», meinte Klein. «Haben sie ihm ein Medikament gegeben?»

«Ich weiß nicht. Jedenfalls muss ich ihn jetzt abholen und wohl auch zum Arzt bringen, zumindest wenn er nicht aufhört zu erbrechen. Ist das nicht typisch? Ausgerechnet an dem Tag, an dem man mal das Auto nicht hat?»

Die Kommissarin rief im Büro an und meldete sich für den Rest des Nachmittags ab. Den Grund nannte sie nicht.

«Sie wissen, wie das mit Familie ist, nehme ich an», sagte Frau Bänziger. «Wenn nicht aus eigener Erfahrung, dann als Rabbiner. All diese Konstellationen, in denen ein Glied nicht funktioniert und das ganze Netzwerk da sein muss, um das aufzufangen.»

Einen Moment lang herrschte Schweigen.

«Meine Schwester», fuhr sie fort, «ist alleinerziehend. Und sie ist vollkommen überfordert. Deshalb lösen mein Bruder und ich uns ab – abwechselnd holen wir zweimal die Woche Marco vom Hort ab und nehmen ihn bis zum Abend mit. Ich bin schon fast ein halbes Mami geworden.» Der letzte Satz schien sie zu amüsieren.

«Sie haben keine eigenen Kinder?»

«Nein. Ich hatte das nicht vorgesehen. Auch langfristige Partnerschaften machen mich nervös. Ich bin keine unausstehliche Person, glaube ich. Aber wenn ich länger als ein paar Wochen mit jemandem die Wohnung teilen muss, werde ich aggressiv. So habe ich schon drei oder vier Männer vergrault. Im Grunde gefällt mir das Alleinsein. Die Konzentration auf das Arbeiten, und den Rest der Zeit autonom gestalten – auch die Beziehungen gestalten, wie man will. Und dann wird man unverhofft zur Ersatzmutter für ein Kind. Drei Jahre schon. Und nun ist Marco sechs. Auch wenn er in die Schule kommt, wird das nicht gleich aufhören.»

Frau Bänzigers Offenheit überraschte Klein – er hatte sie sich zugeknöpfter vorgestellt, nach den bisherigen Erfahrungen. Er sah flüchtig zu ihr hinüber und glaubte erstmals in ihrem Gesicht etwas Verletzliches zu finden. Vielleicht sollte ihr dichter, wirrer schwarzer Haarschopf gerade von dieser Verletzlichkeit ablenken.

«Aber das ist doch auch etwas Schönes, die Verantwortung für ein Kind», meinte er.

«Ich habe selbst nie ein Kind gewollt. Marco ist lieb, wir kommen gut miteinander aus. Aber man fragt sich dann schon, wie und wofür man sein Leben plant, wenn einem so ein Kind plötzlich in den Schoß fällt. Und plötzlich am hellen Nachmittag zu erbrechen beginnt, während sich im Büro die Akten türmen.»

«Ich kann Sie auch zum Arzt bringen, wenn es hilft.»

Abrupt winkte Frau Bänziger ab. «Kommt nicht in Frage. Damit er Ihnen noch das Auto vollkotzt.»

«Das wird sich vermeiden lassen.» Doch er spürte, dass er jetzt eine Grenze überschritten hatte.

Ihre Stimme klang nun kalt, amtlich und fast scharf: «Ich schätze es wirklich, dass Sie so freundlich sind, mich zum Hort zu bringen. Aber damit ist es auch gut.»

Das duldete keine Widerrede und klang nach dem deutlichen Wunsch, dass aus einem Gefallen, für den man sich kurz bedanken konnte, nichts Verpflichtenderes würde.

Kleins Auto erklomm die lange Limmattalstrasse, linkerhand breiteten sich unter dem grauen Himmel die Zürcher Industriequartiere aus, nüchterne Gewerbebauten und die Schienenstränge, an deren Rand nun ein neues Trendquartier entstand, mit Technoparks, teuren Lofts und den Büros, die von den Banken aus Spargründen aus der City an die Peripherie ausgelagert wurden. Rechts erhoben sich die terrassenartig bebauten grünen Hügel des Höngg-Quartiers. Eine Weile waren sie gezwungen, hinter dem gemächlichen Tram zu fahren, dann, nach zwei, drei Abzweigungen, waren sie am Ziel. Frau Bänziger stieg aus, dankte nochmals und schritt in ihrem dunkelblauen Beerdigungskostüm auf die gläserne, buntbemalte Tür des Hortes zu, ihrem Neffen Marco entgegen.

Klein wendete den Wagen, fuhr in die Stadt hinunter und beschloss, sein Auto nicht zu Hause, sondern auf dem Gemeindeparkplatz in der Lavaterstrasse zu parken. Rivka hatte ihm gesagt, sie brauche den Wagen heute Nachmittag nicht. Beim Bahnhof Enge bemerkte er erneut Louis Dresden, der inzwischen mit dem öffentlichen Verkehr auch hierher gelangt und gerade dabei war, die Straße zu überqueren. Immer noch ging er in geduckter Haltung. Inzwischen hatte er statt seiner Kippa eine Schirmmütze aufgesetzt und tief ins Gesicht gezogen. Klein dachte daran, wie Dresden nach seiner Ansprache in der Efrat-Schule das Gesicht in den Händen vergraben hatte. Der Anblick des Kollegen, der tot in seiner Wohnung gelegen hatte, musste ihm schwer zugesetzt haben.

Klein wollte in die Lavaterstrasse einbiegen, doch er zögerte einen Moment. Plötzlich war ihm eingefallen, dass Rina kurz vor den Feiertagen erzählt hatte, die Lehrerin habe sie während der Stunde zum Lehrerzimmer geschickt, um ein Buch zu holen, das sie dort vergessen hatte. Vor der Tür des Lehrerzimmers habe sie dann von drinnen Streit gehört. Es waren Louis Dresden und Nachum Berger. Das hatte sie erstaunt, weil die beiden als ein Herz und eine Seele galten. Rina war sehr stolz gewesen, weil sie den Wortwechsel auf Hebräisch verstanden hatte und sogar eine Wendung aus dem Talmud erkannte. Dresden hatte Berger offenbar vorgeworfen, er sei nicht fair und habe die Bedingungen selbst geändert, und Nachum hatte ihm mit der talmudischen Formel geantwortet: «Ganz Israel ist füreinander verantwortlich», und dann offenbar noch angefügt: «Das gilt auch für dich, Louis.»

Da hatte Rina an die Tür des Lehrerzimmers geklopft, das Gespräch war verstummt, und als sie eintrat, hätten die beiden Männer sie betroffen angeschaut.

Klein hatte damals seine Tochter getadelt. Lauschen gehörte sich nicht. Ansonsten hatte er sich über den Inhalt des Streits keine weiteren Gedanken gemacht. Das klang nach einer Diskussion zwischen Lehrern, wie sie an Schulen vorkommt: Jemand hat den Stundenplan zu seinen Gunsten geändert oder den Umgang mit einem Problemschüler ohne Absprache neu gestaltet. Das ging ihn nichts an, und es interessierte ihn auch nicht.

Doch nun erschien ihm Rinas Bericht in einem anderen Licht. Die sichtbare Niedergeschlagenheit Dresdens nach Nachums Tod. Der Umstand, dass ausgerechnet er es gewesen war, der Nachum gefunden hatte. Stand das in einem Zusammenhang mit ihrem Streit? Worum war es in dem Streit gegangen?

Unvermittelt bemerkte Klein, dass er bestimmt schon eine halbe Minute mit laufendem Blinker mitten auf der Straße stand. Hinter ihm hupten schon mehrere Autos. Er beschloss spontan, Dresden einzuholen, stellte den Blinker ab und hätte, als er nach vorne schoss, beinahe einen älteren Herrn auf dem Fußgängerstreifen überfahren. Dieser sprang gerade noch zur Seite und begann sofort fürchterlich zu fluchen.

Dresden ging inzwischen vom Bahnhof Enge in Richtung Museum Rietberg die Seestrasse entlang, der Efrat-Schule zu.

Klein holte ihn ein, verlangsamte auf seiner Höhe, vor der Treppe, die zur Kirche Enge emporführte. Er ließ das Fenster hinunter. «Herr Dresden, haben Sie einen Moment Zeit?»

Dresden schaute irritiert ins Auto hinein, dann klärte sich seine Miene etwas auf. «Ach, Herr Rabbiner. Naja, in zwanzig Minuten haben wir Lehrerbesprechung. Etwas Zeit habe ich noch.» Er stieg zu Klein in den Wagen. «Worum handelt es sich?»

Klein fuhr los. Von hinten näherte sich das Tram, und er wollte nicht erneut ein Verkehrsschlamassel verursachen.

«Sie machen mir in den letzten Tagen einen sehr niedergeschlagenen Eindruck. Hängt es mit Nachum Bergers Tod zusammen?»

«Ja. Ich denke schon. Es war ein grauenhafter Anblick. Ein schrecklicher Moment, als ich ihn da liegen sah.»

«Standen Sie Nachum nahe?»

«Wir waren gute Kollegen. Mehr als gute Kollegen. Mein Anfang hier vor drei Jahren als Lehrer war nicht leicht. Ich hatte Autoritätsprobleme, es gab Eltern, die versuchten, mich von der Schule zu entfernen. Er hat mich damals unter seine Fittiche genommen. Er war wie ein Vater zu mir.»

Als Dresden frisch aus Frankfurt nach Zürich gekommen war, hatte er Klein einmal erzählt, dass er in Israel geboren und als Baby adoptiert worden sei. Seine Adoptiveltern waren später mit ihm nach Deutschland gezogen. Vielleicht suchte ein Mensch, der in Adoption aufwuchs, an jedem neuen Ort wieder einen Vater.

«Und gab es nie Streit zwischen Ihnen?»

Klein hatte inzwischen gleich vor der Efrat einen Parkplatz gefunden und den Wagen hingestellt. Er sah, wie sein Gegenüber plötzlich den Körper reckte. Die Augen unter der Schirmmütze hatten einen misstrauischen Ausdruck bekommen.

«Nein, es gab keinen Streit. Wieso fragen Sie das?»

«Rina hat Sie im Lehrerzimmer heftig streiten gehört, damals vor den Feiertagen, als sie dort etwas holen musste. Worum ging es da, Herr Dresden?»

Dresdens Körper lockerte sich. Er lächelte bemüht. «Hören Sie, Herr Rabbiner, über diese Diskussion möchte ich mit Ihnen nicht reden, wenn Sie erlauben. Das war etwas Privates.»

Also war es jedenfalls nicht um Lehrpläne oder Erziehungsmaßnahmen gegangen.

«Nachum ist tot, und jemand ist an diesem Tod beteiligt. Da gibt es nichts Privates mehr, was ihn betrifft.»

«Sie meinen, weil ich mich vor ein paar Wochen mit ihm gestritten habe, sei ich verdächtig, an seinem Tod schuld zu sein? Das ist ja lächerlich. Wie kommen Sie dazu?» Dresden öffnete die Tür.

«Ich habe nicht gesagt, dass Sie verdächtig sind. Aber immerhin stellt sich dann die Frage, warum gerade Sie die Leiche gefunden haben.»

«Sie entschuldigen, Herr Rabbiner, aber das muss ich mir wirklich nicht anhören.» Dresden machte Anstalten auszusteigen.

«Von mir nicht. Von Kommissarin Bänziger schon.»

Dresden sah ihn an, nun offen hasserfüllt. «Sie wollen mich bei der Polizei anschwärzen?»

«Wie Sie wahrscheinlich wissen, ist Josef Gut verhaftet worden. Aber war er der Täter? Was ich verhindern will, ist, dass ein Unschuldiger leiden muss. Ich beschuldige Sie ja gar nicht. Aber wenn Sie mit mir nicht reden und es Verdachtsmomente gibt, dann muss ich das doch der Polizei melden. Sie wissen ja: Ganz Israel ist füreinander verantwortlich.»

Ob Dresden Nachums Zitat wiedererkannte, war nicht ersichtlich. Doch er zog resigniert seinen Fuß wieder ins Auto und schlug die Tür zu. «Also, wenn Sie es genau wissen wollten: Nachum Berger hatte mir Geld geliehen. Zwölftausend Franken. Als letztes Jahr unser zweites Kind geboren wurde, mussten wir umziehen, und wir waren völlig blank. Kein Geld für die Mietkaution, kein Geld für die neuen Möbel, die wir dringend benötigten. Da habe ich ihn gefragt, ob er mir aushelfen könnte.»

«Warum ihn? Warum nicht Ihre Eltern oder Schwiegereltern?»

«Meine Eltern sind selbst übel dran. Vor ein paar Jahren hatte mein Vater einen Unfall, er konnte sein Geschäft nicht weiterführen, und die Versicherung zahlte kaum etwas. Ewiger Rechtsstreit, ich erspare Ihnen die Details. Jedenfalls ging unser Geschäft und praktisch das ganze Vermögen meiner Eltern drauf. Heute arbeitet mein Vater als Portier im jüdischen Altenheim. Ein Rachmones-Job, sie kommen kaum über die Runden. Und meine Frau ist die Älteste von sieben Geschwistern. Da sind solche Extras nicht drin.»

«Und nun konnten Sie das Geld nicht zurückzahlen.»

Dresden ereiferte sich. «Natürlich habe ich es zurückgezahlt. Wir hatten abgemacht, dass ich ihm zweihundert Franken pro Monat zurückzahle. Zinsfrei. Das war sehr anständig von ihm, und das konnte ich auch leisten.»

«Und weshalb dann der Streit?»

«Vor den Feiertagen kam er zu mir und sagte, er bräuchte den ganzen Betrag bis Ende Jahr. Er wolle heiraten.»

«Nun gut. Ich nehme aber doch an, Sie hatten einen Vertrag geschlossen.»

«Ja. In dem Vertrag stand aber, dass die Rückzahlungsmodalitäten aufgrund unvorhergesehener schwerwiegender Gründe geändert werden könnten. Er hatte das damals als Sicherheit gewollt, mir aber versichert, dass das nicht zum Tragen käme. Und nun dies. Ich fühlte, wie mir der Boden unter den Füßen weggezogen wurde. Plötzlich sollte ich innert vier Monaten fast zehntausend Franken beschaffen.»

«Und wie sind Sie verblieben?»

«Gar nicht. Nachum sagte, er wolle vor den hohen Feiertagen nicht in einen Streit geraten. Wir würden die Sache nachher gütlich zu regeln versuchen.»

«Nachher, das wäre jetzt gewesen.»

Jede Wut war aus Dresdens Gesicht gewichen, die Augen waren flehentlich auf Klein gerichtet. «Sie müssen mir glauben, Herr Rabbiner! Ich habe Nachum nicht umgebracht. Ich habe mir über die Feiertage alle möglichen Lösungen überlegt, wie ich ihm das Geld zurückzahlen könnte. Er wollte mich ja nicht vernichten. Es hätte sich ein Weg gefunden.»

Klein schaute auf die Straße, in Gedanken. «Aber schuldenfrei sind Sie jetzt, oder? Da es offenbar auch keine Erben gibt …»

«Sie müssen nicht meinen, dass mich das tröstet. Im Gegenteil, es bereitet mir Schuldgefühle, dass ich von einem solchen Verbrechen profitiere.»

«Hat denn die Polizei Ihre Fingerabdrücke genommen?»

«Ja, routinemäßig, wie man mir sagte. Man wusste ja, dass ich in der Wohnung war. Allerdings habe ich nur die Türklinke berührt. Als ich Nachum drinnen tot liegen sah, habe ich gleich die Polizei angerufen und die Wohnung sofort verlassen, um vor der Haustür zu warten. Ich wollte nicht allein mit dem Toten bleiben.» Dresden öffnete wieder die Türe, diesmal behutsam und leise. «Herr Rabbiner, ich sollte nun langsam zur Sitzung gehen, wenn es Ihnen recht ist.»

Klein nickte langsam. Als Dresden schon ausgestiegen war, rief er ihn nochmals zurück. «Eine Frage habe ich noch, Herr Dresden. Wissen Sie, ob die Polizei den Vertrag zwischen Nachum und Ihnen in seiner Wohnung gefunden hat?»

«Ich wurde bis jetzt nicht darauf angesprochen», sagte Dresden. «Sie entschuldigen, ich muss nun wirklich …»

«Und in welcher Sprache war der Vertrag abgefasst?»

«In welcher Sprache?», fragte Dresden ungläubig zurück. «In hebräischer Sprache. Nachum hatte ihn geschrieben, aber ich kann genügend Hebräisch, um ihn zu verstehen. Weshalb?»

«Nur so, nicht wichtig. Auf Wiedersehen, Herr Dresden.»

Dresden schlug die Tür zu und ging mit raschen Schritten davon.

6

Erst am folgenden Morgen beim Frühstück, als die Kinder aus dem Haus waren, getraute sich Klein, Rivka zu fragen, ob sie bereit sei, mit ihm zusammen Gila Gut zu treffen.

«Wieso denn das? Was hast du denn mit ihr zu schaffen?»

«Ich denke, sie kann im Moment Hilfe gebrauchen. Ich bezweifle, dass sie die von ihrem Umfeld bekommt.»

«Ist das wieder mal dein Messiaskomplex?» Den Begriff hatte Rivka erstmals verwendet, als er damals spätabends David Bohnenblust vom Bahnhof heimgeschleppt hatte.

«Nenn es, wie du willst. Es liegt mir halt daran.»

«Es hat doch was mit diesen Übersetzungen für Frau Bänziger zu tun», sagte Rivka.

«Jetzt fang nicht wieder damit an. Dann sag ich den Termin halt ab.» Klein erhob sich und machte zwei Schritte zur Tür, um seinen Verdruss deutlich zu machen und seine Unlust, das Thema weiter zu erörtern.

«Ich begleite dich, wenn du mit dieser blöden Geheimniskrämerei aufhörst. Entweder du machst deine Dinge für dich, oder du ziehst mich mit rein und sprichst dann aber auch Klartext. Ich sitze ja sonst wie eine Idiotin da bei diesem Treffen.»

Klein zögerte einen Moment. Dann setzte er sich wieder hin und erzählte ihr von der entscheidenden Mail, Frau Bänzigers Reaktion darauf und den Folgen.

«Du denkst, du hättest die Sache vertuschen sollen. Oder diesen Mail-Ausdruck zum Verschwinden bringen. Das hätte keiner gemerkt.»

Dass er den Ausdruck, den ihm die Polizei anvertraut hatte, tatsächlich einfach hätte entfernen und vernichten können, war ihm nicht einmal in den Sinn gekommen, bis jetzt zumindest nicht. Das war seine verdammte Geradlinigkeit, mit der er schon manches vermasselt hatte.

«Dir tut es gar nicht um den Gut leid, ob er es nun gewesen ist oder nicht, sondern um seine Frau. Hab ich recht?»

«Irgendwie wohl schon. Und um die Kinder.»

«Und nun möchtest du den großen Helfer spielen, um zu retten, was zu retten ist.»

Er schaute sie resigniert an. «So wird es wohl sein.»

«Und gleichzeitig bist du noch ein kleiner Detektiv, der so ein bisschen auf eigene Faust ermitteln will, weil die Bänziger dich nicht ranlässt.»

Rivka konnte sehr deutlich sein. Er stopfte sich mechanisch ein Stück Brot in den Mund. «Was soll ich denn tun?»

Aber Rivka überhörte seine wehleidige Frage. «Also gut. Nachdem das nun geklärt ist, kannst du Gila Gut zusagen. Ich komme. Und kümmere mich darum, dass Rina nach der Schule zu einer Freundin geht.»

Rivka rührte schon seit gefühlten drei Minuten in ihrem Tee und hielt den Blick konsequent an Klein vorbei gerichtet. Ihre schlechte Laune war kilometerweit zu riechen. Aber immerhin, sie war mitgekommen.

«Du hättest auch ein etwas netteres Lokal aussuchen können», sagte sie schließlich.

Besonders anziehend war dieses Café wirklich nicht, es versprühte den zweifelhaften Charme der achtziger Jahre, düstere Farben, mattes Licht in bräunlichen runden Glaslampen. In einer Ecke des Cafés tagte ein Damen-Kaffeeklatsch.

«Menopausentee» hätte Kleins Vater das genannt – seine Witze waren zwar meistens über der Gürtellinie gewesen. Aber eben nicht immer.

«Zumindest niemand hier, den wir kennen», versuchte Klein zu besänftigen. Er nahm einen Bierdeckel und ließ ihn zwischen Daumen und Mittelfinger auf dem Tisch rollen. Vor dem Fenster trotteten drei Kinder mit bunten Windjacken und hochgezogenen Kapuzen vorbei. Die Kellnerin telefonierte neben der Küche und lachte unanständig laut. Die Kaffeeklatsch-Damen packten Spielkarten aus.

«Lass doch den blöden Bierdeckel sein», sagte Rivka ungehalten.

«Meinst du, die kommt überhaupt?»

«Und wenn nicht, haben wir jedenfalls ein traumhaftes neues Lokal kennengelernt», raunzte sie.

Kurz nach vier Uhr sah Klein, der mit dem Gesicht zum Fenster saß, wie ein großer Familienkombi älterer Bauart rasant auf den Parkplatz einfuhr und nachlässig parkte. In ziemlicher Eile stieg eine Frau aus. Gila Gut.

«Sie ist da.»

«Hoffe ich doch», sagte Rivka, ohne sich umzublicken.

Zielstrebig trat Gila Gut an ihren Tisch, entschuldigte sich für die Verspätung, hängte den Mantel an die Garderobe, kam zum Tisch zurück und setzte sich neben Rivka. Gegenüber den beiden Frauen fühlte Klein sich plötzlich, als sollte über ihn Gericht gehalten werden.

Gila Gut war stark geschminkt, parfümiert, sorgfältig gekleidet. Auch die Perücke hatte sie frisiert. Gerade jetzt, dachte Klein, wird sie sich keine Blöße in ihrer Erscheinung geben. Sie bestellte bei der herbeigeeilten Kellnerin eine Cola und schaute Klein an – herausfordernd, wie er fand.

Es war wohl an ihm, das Gespräch zu eröffnen. «Danke, dass Sie gekommen sind.»

«Danke, dass Sie sich die Zeit nehmen, Herr Rabbiner», sagte Gila. «Ich muss aber spätestens um viertel vor fünf wieder gehen. Mein Sohn hat einen Arzttermin. Tut mir leid.»

Klein fühlte sich nun endgültig zum Bittsteller degradiert, dem ein knappes Gespräch gewährt wurde. Es war bald zehn nach vier – und Hast war das letzte, was ein solches Gespräch vertrug. Es gleich abzubrechen, hätte aber auch nichts gebracht.

«Ja, Frau Gut, dann möchte ich nicht lange herumfackeln. Wissen Sie, ich kenne die Mail, die Sie an Nachum Berger geschrieben hatten, damals kurz vor Rosch Haschana. In der Sie schreiben, Ihr Mann wolle Nachum umbringen. Ohne diese Mail hätte die Polizei nie einen Verdacht gegen Ihren Mann gefasst.»

«Wieso kennen Sie diese Mail?» Gila erhielt ihre Cola, beachtete sie aber gar nicht.

«Frau Bänziger hat sie mir gegeben, mit der Bitte um Übersetzung. Ihre übliche Übersetzerin ist krankgeschrieben.» Klein warf einen kurzen Seitenblick zu Rivka. In dieser Version klang es so, als hätte er keine Alternative gehabt.

«Ja, diese Mail! Frau Bänziger hat sie mir auch unter die Nase gehalten. Ich habe ihr gesagt, dass das alles nicht so ernst zu nehmen ist. Josef ist doch ein harmloser Mensch. Ich war in diesem Moment völlig überdreht, hysterisch. Er hatte mich in der Wohnung eingeschlossen. Alle Schlüssel und Telefone und die Kinder mitgenommen. Und er hatte gerufen, dass er Berger umbringen werde. Da geriet ich in Panik. Deshalb habe ich das geschrieben.»

«Er hat Sie geschlagen.»

«Er hat mich fest an den Armen gepackt, das tat weh, und dann hatte er mich aufs Bett geworfen. Wir hatten früher nie solche Szenen. Es fühlte sich an wie Geschlagenwerden.»

«Er hat die SMS auf Ihrem Telefon gelesen. Das zeugt nicht von einer sehr friedlichen Beziehung.»

«Das war bloß ein unglücklicher Zufall. Reine Arglosigkeit. Wir erwarteten Nachricht von unserer Ältesten, wann ihr Zug ankommt, damit wir sie abholen können. Er hörte das Klingelzeichen auf meinem Handy und schaute nach. Er ahnte nichts. Und dann war es eben Nachum.»

«Was hatte er geschrieben?»

«Was weiß ich. Das Übliche halt: ‹Ich denke an dich. Du bist meine große Liebe.› Was wir uns halt schrieben.» Gila trank nun doch einen Schluck und schaute erstmals auf die Uhr. Noch nicht ganz halb fünf.

«Und das haben Sie alles Frau Bänziger erzählt.»

«Natürlich habe ich das Frau Bänziger erzählt. Aber ich weiß nicht, ob sie mir das geglaubt hat.»

«Ihr Mann wird wohl Ähnliches erzählt haben.»

«Ich nehme es an. Ich bin ja bei seinen Vernehmungen nicht dabei. Und sehen darf ich ihn im Moment auch nicht.»

Nun sagte erstmals auch Rivka etwas. «Frau Gut, es geht mich zwar nichts an, aber wie kam es zu dieser Beziehung zwischen Ihnen und Nachum Berger?»

Gila Gut zögerte einen Moment, blickte Rivka an, dann Klein. Doch es schien ihr klar zu sein, dass das Gespräch nichts brachte, wenn dieses Thema nicht direkt angesprochen wurde.

«Ich war in meiner Ehe nie sehr glücklich. Aber es gibt Wichtigeres. Dass das Geschäft läuft, dass die Kinder gut aufwachsen und so weiter. Mein Mann ist kein böser Mensch, aber er strahlt überhaupt keine Herzenswärme aus. Und ich glaube, dass er mich auch nie geliebt hat. Natürlich, wir leben als Mann und Frau, aber ich dachte oft, dass er mehr seine Pflicht vor Gott erfüllt und Kinder zeugt, als dass er mit mir zusammen sein möchte. Wie gesagt, man richtet sich darin ein. Eines Abends hatten wir ein Gespräch mit Nachum Berger. Er war ja Ruthis Lehrer, und sie ist unser einziges Kind, das auf die Efrat-Schule geht. Weil sie Lernschwierigkeiten hatte und die orthodoxe Schule ihr nicht entsprach, weil die Efrat dafür besonderen Unterricht anbietet, hatte man uns dazu geraten. Mein Mann spottete immer über die Efrat-Schule. Es stimmt, dass man in jüdischen Dingen weniger lernt als in den charedischen Schulen. Aber Ruthi ist ganz zufrieden dort. Es war eines dieser üblichen Elterngespräche. Wir wollten zusammen hingehen, doch eine Stunde davor rief Josef mich an, ich solle alleine hin. Er wollte seinen wöchentlichen Schiur nicht verpassen. Nachum hatte eine intensive Ausstrahlung, er nahm die Dinge, die ich sagte, in einem Maß ernst, dass ich erschrak. Das hatte ich lange nicht erlebt, so viel Anteilnahme. Das war im vergangenen Januar. Ende Februar dann, als es nochmals so kalt geworden war, rief er im Laden an. Er hatte seine Handschuhe beim Einkaufen dort vergessen, wir sollten sie ihm auf die Seite legen, er komme sie anderntags holen. Ich sagte, ich könne sie ihm auf dem Heimweg vorbeibringen. Ich tat das ohne Hintergedanken. Doch als er mir die Tür öffnete und ich ihm die Handschuhe in die Hand drückte, fragte er mich, wie es mir gehe. Eine belanglose Frage. Und doch hatte ich das Gefühl, hier stehe der einzige Mensch, der sich wirklich für mich interessiert, für den ich nicht nur Köchin, Putzfrau, Verkäuferin, Mami bin. Ich dachte, das ist vielleicht die letzte Chance im

Leben, jemanden zu finden, der mich richtig festhält. Und bevor ich mich versah, umarmten wir uns, noch im Türrahmen.»

«Eine Romanze», meinte Rivka lakonisch.

«Ja», sagte Gila, und ihre Augen bekamen etwas Träumerisches. «Wir waren ein Liebespaar. Aber wissen Sie, wir haben nie beieinander gelegen!»

«Was?», entfuhr es Klein. Eine unerwartete Bemerkung – und eine seltsam biblische Ausdrucksweise.

«Hören Sie, ich habe Prinzipien. Ich bin eine fromme Frau. Ich weiß, dass Gott alles sieht. Und ich weiß, dass er barmherzig ist. Er versteht die Nöte seiner Juden. Aber er duldet nicht den Verstoß gegen seine heiligsten Gebote.»

«Mit einem Mann in geschlossenen Räumen zusammen zu sein, ist für eine verheiratete Frau doch auch ein Problem. Halachisch gesehen, meine ich. Ich nehme an, Sie wissen das.»

«Mir geht es nicht um ein Problem oder kein Problem. Mir geht es um meine Beziehung zum Heiligen Gelobt sei Er. Und ich weiß, dass es alles zerstört hätte zwischen Nachum und mir, wenn wir beieinander gelegen hätten. Er war doch auch sehr fromm. Bei ihm war es eine fröhliche Frömmigkeit.»

Klein war wie erschlagen von dieser zugleich naiven und raffinierten Form, es mit seinem Gott zu richten. «Das alles haben Sie Frau Bänziger erzählt?»

«Ach, Frau Bänziger. Glauben Sie, die versteht, was es heißt, eine fromme Jüdin zu sein? Ich denke, sie glaubt mir kein Wort. Selbst mein Mann glaubt mir ja nicht.»

«Und warum wollten Sie sich nicht scheiden lassen und Berger heiraten? Das hätte doch alle Probleme gelöst.»

«Ich wollte. Nachum wollte nicht.»

«Und warum?»

«Er sagte, er sei traumatisiert von seiner ersten Ehe. Und er wisse nicht, ob er ein guter Ehemann sei.»

«Damit haben Sie sich abspeisen lassen? Sie brannten doch darauf, mit ihm in jeder Form zusammenzuleben.» Die Wendung «bei ihm zu liegen» kam Klein nicht über die Lippen.

«Ist das denn jetzt wieder ein Verhör?», fragte Gila und schaute auf die Uhr. Zwanzig vor. Sie öffnete ihre Handtasche.

«Kein Problem, ich zahle», sagte Klein. «Es tut mir leid, das ist natürlich kein Verhör. Ich will Sie nicht aufhalten.»

Nun blieb Gila aber plötzlich sitzen. «Wissen Sie, wir hatten ja auch nach dieser Mail, die Sie kennen, noch Kontakt. Wir fanden schon Wege. Und während der Feiertage, zwischen Jom Kippur und Sukkot, hat mir Nachum einmal gesagt, er habe sich entschieden, mich zu heiraten. Es würde wohl noch eine Weile dauern, aber er arbeite daran. Vielleicht in einem halben Jahr oder einem Jahr.»

«Wusste Ihr Mann das?»

«Ich habe ihm am Ende der Feiertage gesagt, dass ich mich scheiden lassen wolle. Ich würde Nachum heiraten.»

«Und was hat er gesagt?»

«Mein Mann hat seit der Sache mit der SMS nie mehr mit mir gesprochen. Nur noch das Nötigste, vor den Kindern. Er hat mir nicht geantwortet.»

«Offenbar war er ja aber dann am Mittwoch bei Berger. Wussten Sie, dass er hingehen wollte?»

«Nachum hatte mir am Tag zuvor mitgeteilt, dass sie eine Besprechung hätten, ja.»

«Wissen Sie, zu welcher Uhrzeit das war?»

«Nein. Unser Mitarbeiter im Laden, der Joni Landau, hat

mir gesagt, Josef sei vor sechs weggegangen und um sieben wiedergekommen. Joni ging dann gegen halb acht nach Hause. Mein Mann kam erst spät heim, das stimmt. Aber am Mittwochabend arbeitet er oft noch bis zehn im Laden. Prüft das Lager. Schreibt Rechnungen. Das ist sein Büroabend.»

«Kein Alibi», sagte Klein.

«Ich glaube, im Moment vermutet die Polizei aber, dass da noch ein Zweiter war, mit dem zusammen Josef Nachum getötet hat», sagte Gila. «Angeblich gibt es noch Spuren von einem Unbekannten.»

«Ich weiß», sagte Klein.

«Und was denken Sie, Frau Gut?», fragte Rivka leise. «Könnte Ihr Mann etwas mit der Sache zu tun haben?»

Gila Gut schaute auf die Uhr. «Ach nein! Ich habe mal wieder die Zeit nicht im Griff! Fünf vor fünf!» Sie verabschiedete sich knapp, warf sich den Mantel über. Durch den noch heftiger gewordenen Regen sah Klein durch das Fenster ihre Silhouette, wie sie gehetzt ins Auto stieg und davonbrauste.

«Und?», fragte Rivka sarkastisch. «Zufrieden, mein Lieber?»

«Glaubst du, dass Josef Gut der Täter ist?»

«Glaubst du, dass Berger und Gila Gut sich ein halbes Jahr lang nur Schmachtbriefe geschrieben und ganz festgehalten haben?»

«Dass Juden zu jeder Frage eine Gegenfrage haben, war mir bekannt. Bei Jüdinnen ist es mir neu.»

Als sie wieder zu Hause waren, rief Klein Rabbi Goldfarb an, den Kollegen aus der orthodoxen Gemeinde mit dem «best Kashrut standard in the world». Trotz grundsätzlicher Differenzen und gelegentlicher Sticheleien pflegten sie insgesamt ein Verhältnis von distanzierter Freundlichkeit. Soweit wie möglich mischten sie sich gegenseitig nicht in ihre Angelegenheiten. Wo es sich nicht vermeiden ließ, suchten sie nach Kompromissen – wobei Klein das Gefühl hatte, Goldfarb verstehe das Wort «Kompromiss» in erster Linie so, dass sein Gegenüber nachzugeben habe. Klein revanchierte sich zuweilen mit kritischen Bemerkungen, doch sie wussten beide, dass sie aufeinander angewiesen waren. Die jüdische Gemeinde Zürichs war klein, und Grabenkämpfe konnten existenzgefährdend sein. Sie hatten sich deshalb damit arrangiert, auf zwei Planeten zu leben und am selben Strick zu ziehen.

Klein erhielt monatlich eine Liste aller Gefangenen im Kanton, die sich als jüdisch bezeichneten. In der Regel ging er jeweils einige Tage nach Erhalt der Liste in die Gefängnisse und besuchte alle Insassen, die danach verlangten. Manche hatten besondere religiöse Bedürfnisse wie koscheres Essen oder hebräische Bücher, für die er sich dann auch einsetzte. Die neue Liste hatte er noch nicht erhalten, er vermutete aber, dass Josef Gut im Untersuchungsgefängnis an der Rotwandstraße untergebracht war, mitten im Kreis 4 und nur wenige hundert Meter von seiner Wohnung und seinen Kindern entfernt. Er wollte dem Rabbi der orthodoxen Gemeinde nicht ungefragt ins Handwerk pfuschen.

«Raw Goldfarb, ich wollte Sie fragen, ob Sie schon mit Josef Gut Kontakt aufgenommen haben und ob ich etwas für ihn tun kann.»

«Ich konnte ihn gestern besuchen. Es geht ihm nicht besonders gut. Ich habe immerhin dafür sorgen können, dass er koscheres Essen bekommt. Nur Tefillin wollen sie ihn nicht legen lassen. Sie meinen, er könnte sich damit erhängen.»

Klein hörte das Unverständnis in Goldfarbs Stimme – wie konnte man auf die Idee kommen, ein frommer Jude würde sich mittels seiner Gebetsriemen das Leben nehmen!

«Aber dieses Problem haben wir Gott sei Dank gelöst», fuhr Rabbi Goldfarb fort. «Sie geben ihm jeden Tag die Tefillin, und jemand ist bei ihm, bis er fertiggebetet hat. Zuerst wollten sie, dass das eine Polizistin ist, dann musste ich ihnen sagen, ein Mann im Raum allein mit ihm wäre besser. Viel Aufregung, aber wir konnten es regeln.»

Rabbiner Goldfarb schienen die halachischen Herausforderungen, die Josef Guts Haft mit sich brachten, beinahe mehr zu interessieren als die Frage, ob Gut eines Gewaltverbrechens schuldig war.

«Das heißt, er hat rabbinischen Beistand von Ihrer Seite», merkte Klein an.

«Wir tun, was wir können. Zwei Mitglieder unserer Gemeinde haben angeboten, alle seine Anwaltskosten zu übernehmen.»

Klein hielt einen Moment die Luft an, bevor er die Frage wagte: «Und wie schätzen Sie die Sache selbst ein?»

«Die Sache selbst?» Goldfarbs Stimme hatte einen Unterton. Etwas verunsichert und etwas giftig. «Sie meinen, ob ich Josef Gut verdächtige, ein Mörder zu sein?»

«Nicht ob Sie ihn verdächtigen», beschwichtigte Klein. «Nur wie Sie es einschätzen.»

«Worin besteht der Unterschied?» In Goldfarb schien der Talmudist erwacht, diese wundervolle Mischung aus Jurist und Sprachforscher.

«Der Verdacht zielt auf die Person», sagte Klein. «Bei der Sache geht es um den Ablauf, der zum Tod von Nachum Berger geführt hat.»

«Sie meinen, ob Josef Gut mit dem Tod von Berger zu tun hat, obwohl er kein Mörder ist? Ob er ihn im Affekt erschlagen hat?»

«Etwas in dieser Richtung.»

«Ich weiß nicht, ich weiß nicht.» Goldfarbs Stimme klang nun resigniert. «Ich habe Gut jedenfalls geraten, nichts mehr selbst zu sagen, nur noch den Anwalt sprechen zu lassen.»

Klein sagte nichts, und Goldfarb fühlte sich dadurch ermuntert, nach einer Pause anzufügen: «Er sagt Dinge, die er in seiner Situation nicht sagen sollte. Dass er diese Rechtsprechung nicht akzeptiert, weil für ihn nur das jüdische Gesetz mit zwei Zeugen und Vorwarnung des Täters als Grundlage eines Schuldspruchs überhaupt Bedeutung hat. Dass seine Frau eine Sota gewesen wäre, wenn noch der Tempel stünde.»

Josef Gut, verbittert, eingesperrt, verängstigt, hatte wohl das biblische Modell des Gottesurteils über die der Treulosigkeit verdächtigte Frau im Kopf: Ein Priester legte im Tempel ein Pergament mit dem göttlichen Namen in eine Schüssel Wasser, bis sich die Tinte auflöste, und verabreichte diesen Trank der Frau. Wurde sie davon krank, so war sie des Ehebruchs überführt. Die Durchführbarkeit dieses Gottesurteils war von der jüdischen Tradition in den rabbinischen Schriften zwar faktisch aufgehoben worden. Entscheidend war aber, dass diese Äußerungen Josef Gut arrogant und seine Haltung in einem schlechten Licht erscheinen ließen.

«Erzählt er solche Dinge auch den Ermittlungsbehörden?», fragte Klein besorgt.

«Offenbar. Einer von den Leuten, die ihn dort verhören, hat mich gefragt, was Sota bedeutet. Ich habe gesagt, es sei ein Begriff aus der Bibel. Heute nicht mehr aktuell.»

Klein stellte sich vor, welche Überwindung es seinen über alle Maßen frommen Kollegen gekostet haben musste, das zu sagen.

«Sie haben Angst, er beschert uns Juden einen schlechten Ruf.»

«Sich und uns Juden. Sie werden glauben, wir wollen hier das Gesetz umstürzen.»

«Sie haben gut daran getan, ihm Schweigen zu verordnen», sagte Klein. Vermutlich war Rabbi Goldfarb in ganz Zürich die einzige Autorität, auf deren Worte Josef Gut noch hörte. «Wenn Sie denken, dass ich mit irgendetwas helfen kann, melden Sie sich bitte», fügte er an, als hätte Rabbi Goldfarb dieser Aufforderung bedurft.

Um acht Uhr an diesem Abend trafen sich die üblichen acht oder neun Männer für den Mittwochabendkurs im Betsaal der Synagoge. Es war das erste Mal seit Bergers Tod. Als sie hier das letzte Mal gesessen hatten, war er gestorben. Manche hatten Klein angerufen, ob der Kurs nicht während der Trauerwoche für Nachum abgesagt werden sollte. Klein hatte geantwortet, gerade im Andenken an einen Verstorbenen gezieme es sich, Torah zu lernen. Also waren sie alle gekommen. Doch die Beklommenheit war groß. Die Pressemeldung und die umlaufenden Gerüchte hatten ihre Spuren hinterlassen. Klein lud sie ein, ihre Gedanken über Nachum Berger und seinen Tod zu äußern. Doch die meist älteren Männer des Kreises, sonst kaum je um einen witzigen Spruch verlegen, saßen stumm und ratlos da und blickten auf die dunkelbraune große Tischplatte oder auf ihren geschlossenen Talmudband, aus dem sie heute nichts lernen würden.

Einer brach schließlich das Schweigen. «Ihre Predigt vom

Schabbat fand ich sehr gelungen. Über Kain und Abel, meine ich. Dass wir mehr zueinander schauen müssen.»

Einige nickten zustimmend.

Es war offensichtlich, dass niemand sonst etwas sagen wollte, also hakte Klein nach. «Über Kain und Abel wollte ich mit Ihnen heute Abend tatsächlich nochmals sprechen.»

Die Köpfe hoben sich, die Männer schauten ihn an, froh, aus ihrem Schweigen erlöst zu sein.

«Das eigentliche Unglück an der Geschichte ist doch, dass Gott Kains Opfer nicht annimmt und nur das von Abel. Warum eigentlich? Warum verschmäht Gott die Früchte des Ackerbauern Kain, und die Tieropfer von Abel nimmt er an? Kain hat doch die Initiative übernommen, er war der erste, der opferte. Der Erfinder des Opfers überhaupt.»

Die Männer suchten nach Antworten. Einige kannten die berühmteste Erklärung der Bibelkommentatoren: Kain habe «von den Früchten der Erde» genommen, also minderwertige Ware. Abel hingegen habe «die Erstgeborenen» geopfert, also das Beste seiner Herden.

Klein hatte diese Argumente erwartet. Er wiegte den Kopf. «Finden Sie, ehrlich gesagt, diese Antwort einleuchtend? Erstens steht nicht ausdrücklich, dass Kains Früchte schlecht waren. Und selbst wenn: Ist Gott ein Gourmet? Ein mehliger Apfel schmeckt ihm nicht, aber eine besonders ausgesuchte Lammschulter nimmt er gerne?»

Die Männer lächelten, protestierten.

«Es geht darum, wie man Gott dient», sagte einer.

«Um die Hingabe», sagte ein anderer.

«Um die Dankbarkeit», ein dritter.

«Ich weiß nicht recht», sagte Klein. «Klingt alles nett – aber doch auch ein wenig auswendig gelernt, nicht wahr?»

Einige lachten auf, andere blickten ihn gespannt an.

«Ich persönlich glaube, Kain hatte ein völlig anderes Problem.» Klein erklärte, dass Kains Opfer «von der Frucht der Erde» wie eine Kompensation wirke für die Sünde seiner Eltern, die eine verbotene Frucht gegessen hatten und vertrieben worden waren. «Kain opferte die Sache, mit der sich seine Eltern versündigt hatten. Er wollte also mit diesem Opfer Sühne für das Vergehen der Eltern. Es rückgängig machen. Er wollte ins Paradies zurück. An den Ort, wo es den Baum des Lebens gab, der ihn hätte unsterblich machen können. An den Ort, wo, wie unsere Weisen sagten, nie ein Mensch ein Tier tötete oder gar verzehrte. Gott hat Kains Opfer nicht angenommen. Dieser Weg ist versperrt, lieber Kain, nimm's zur Kenntnis. Abel aber tötet Tiere. Er weiß, dass der Tod zur Realität gehört. Das honoriert Gott. Seinen Realitätssinn.»

«Und was hat das mit Nachum Berger zu tun?», wagte einer der Männer zu unterbrechen.

«Womöglich hat es mehr mit der Person zu tun, die seinen Tod verursacht hat», meinte Klein nachdenklich. «Ob das nun Josef Gut war oder nicht. Es war wohl jemand, der, wie Kain, aus Wut gehandelt hat. Es gab irgendwelche Realitäten, mit denen er sich nicht abgefunden hat, und deshalb hat er zugeschlagen. So glaube ich jedenfalls.»

Es herrschte angespanntes Schweigen.

«Aber vielleicht gibt es auch einen anderen Grund dafür, dass Kain Abel tötete. Vielleicht hat es trotzdem etwas damit zu tun, dass Gott Abels Opfer angenommen hatte, weil er das Teuerste, das Beste bereit war zu töten. Das wollte Kain überbieten. Und was war besser und teurer als eines der wenigen Menschenleben, die es auf Erden gab? Also erschlug er Abel. Als Opfer.»

«Da hat er aber etwas gründlich missverstanden», sagte einer der Männer.

«Das schließen wir aus Gottes Reaktion», sagte Klein. «Aber Abraham war später auch bereit, das ihm Liebste zu töten, seinen Sohn Isaak. Das hatte Gott ihm so befohlen, auch wenn er es dann gerade noch rechtzeitig widerrief. Und bei Abraham finden wir es toll, dass er dazu bereit war.»

«Ja, und was lernen wir daraus für Nachums Tod?», scholl die Frage aus dem Publikum.

«Ich weiß nicht, ob wir etwas lernen. Aber es kann doch sein, dass der Grund, einen Menschen zu töten, nicht der nächstliegende ist, sondern ein verborgener.» Wie die Torah mit einem Bet beginnt statt mit einem Alef, dachte er für sich.

«Kann sein, kann auch nicht sein», grummelten die Männer. Sie waren offenbar gespalten in eine Partei, die Gut für schuldig, und eine, die ihn für unschuldig hielt, und gerieten darüber in eine heftige Diskussion.

Klein hatte einen Basler Dybli spendiert und kleine Plastikbecher mitgebracht. Er schenkte allen ein. Sie beruhigten sich, tranken in Erinnerung an den Verstorbenen ein melancholisches Lechaim und gingen durch die nebligen Straßen zurück in ihre Häuser. Der Regen hatte aufgehört.

Zwei Tage später absolvierte Klein mit Begeisterung seine Besuche bei den Alten und Kranken, die er letzte Woche wegen seiner Ansprache an die Kinder der Efrat-Schule hatte ausfallen lassen. Besonders seinen dementen Gesprächspartnern Frau Tannenbaum und Herrn Wolf erzählte er in aller Ausführlichkeit von den Ereignissen der letzten Tage, von seinem Kontakt mit Karin Bänziger, dem Treffen mit Gila

Gut, dem Telefongespräch mit Rabbi Goldfarb. Von Josef Gut, dem sie die Gebetsriemen im Gefängnis abgenommen hatten und der sie nun, in Gegenwart eines männlichen Polizisten, wieder legen durfte.

«Wenn Sie mich fragen: Das Ganze ist wie ein absurder Film», meinte Klein. «Nichts passt zusammen in dieser Berger-Sache. Und dort, wo es am schlechtesten zusammenpasst, läuft alles irgendwie bei mir zusammen. ‹Ein Jagen nach Wind›, heißt es im Predigerbuch. Sie kennen das wahrscheinlich. ‹Selber schuld›, werden Sie sagen, ‹lassen Sie die Finger davon, Herr Rabbiner, und kümmern Sie sich um Ihren Job.› Aber es lässt mich nicht los. Es lässt mich nicht los!»

7

Hinsichtlich zweier Dinge hatte Klein sein Rabbinatsamt zunächst völlig falsch eingeschätzt. Das eine waren die Besuche bei den Kranken, die ihm so lieb geworden waren. Das andere waren die regelmäßigen Bar- und Bat-Mizwa-Feiern der dreizehnjährigen Knaben und zwölfjährigen Mädchen seiner Gemeinde, deren rituelle Volljährigkeit begangen wurde. Auf die hatte er sich anfangs gefreut. Nette, unbelastete Abende, eine kleine Rede halten, anständiges Essen, eine rundum angenehme Beschäftigung. Doch diese Vorfreude hatte sich als unbegründet herausgestellt.

Es war die reine Qual, Dutzenden solcher Anlässe im Jahr beizuwohnen. Das Essen war immer ungefähr dasselbe, von denselben drei koscheren Caterern zubereitet, die es in Zürich gab, mal etwas feudaler, mal bescheidener. Und da er Süßspeisen zugetan war, nahm er in der ersten Zeit mehrere Kilos zu, weil er sich bei den Desserts nie zurückhalten konnte. Außerdem waren die Feste oft etwas gar aufwendig gestaltet. Zuweilen saß das Kind, um das es eigentlich gehen sollte, wie Staffage im ganzen Getue, das angeblich zu seiner Ehre betrieben wurde. Natürlich waren die Feste für manche Mitglieder der Gemeinde finanziell ein Pappenstiel, andere gaben dafür ihr letztes Hemd. Als die Rabbiner der orthodoxen Gemeinden darüber nachzudenken begannen, die explodierenden Kosten zu deckeln und Budgetgrenzen für Feste festzulegen, erinnerte sich Klein, dass dies auch in der Frühen Neuzeit in etlichen Gemeinden schon praktiziert worden war: rabbinische Verfügungen gegen zu viel Luxus. Er erwog, das auch in seiner Gemeinde einzuführen. Rivka redete es ihm schnell aus: «Du machst dich unbeliebt, und nützen wird es einen Dreck. In den orthodoxen Gemeinden sind die Rabbiner geistige Oberhäupter. Du bist doch für unsere Mitglieder nur der teuerste Angestellte.»

Besonders schwierig zu bewältigen an diesen Anlässen war für Klein aber die grauenvolle Langeweile. Er ging ja meistens allein, als Amtsperson, saß mit denselben Leuten am Tisch, den Lehrern, Kantoren und anderem «Tempelgerät», wie sein Vater das Kultuspersonal der Gemeinde genannt hatte. Viele neue Gesprächsthemen ergaben sich da nicht. Die Darbietungen bestanden für gewöhnlich aus uninspirierten Reden und bemüht gereimten Versen von Unternehmensberatern oder Juristen aus dem Freundes- und Familienkreis. Als Höhepunkt des Unterhaltungsteils wurde unweigerlich der Lebenslauf des jungen Jubilars als Powerpointschau gegeben, von den Windeln bis zur Pubertät. Die Eltern hatten ganze Abende lang Bilder geordnet, den Bildern sogar Untertitel oder Sprechblasen beigegeben, um den Gästen das zu bieten, was sie selbst auch schon geboten bekommen hatten. Man hätte, dachte Klein oft, eine Standardpräsentation erstellen können, bei der nur die individuellen Köpfe der Protagonisten ausgetauscht würden.

Das alles hatte dazu geführt, dass Klein immer als Erster seine kleine Ansprache hielt und bald nach dem Hauptgang ging – spätestens wenn er sah, dass jemand sich am Beamer in der Saalmitte schaffen zu machen begann. Seiner Linie hatte das auch gut getan.

Auch heute, Sonntagabend, schaffte er es bei einer solchen Feier im Saal eines Kirchgemeindehauses, sich knapp vor Beginn der Präsentation davonzumachen. Im Foyer befanden sich die üblichen Grüppchen von Leuten, denen es drinnen zu langweilig geworden war und die sich hier unterhielten.

Er nahm an der Garderobe seinen Mantel und wollte in die frische Abendluft hinaustreten. Doch da hörte er leise seinen Namen, und zu ihm trat Claudette Weiss, die als Verwandte des Bar-Mizwa-Vaters auch zum Fest eingeladen war und die er schon zu Beginn des Abends gesehen und kurz gegrüßt hatte.

«Hast du einen Moment Zeit, Gabriel?»

«Naja, ich wollte gerade gehen.»

«Warte, ich begleite dich ein Stück. Ich muss nur meinen Mantel finden.»

«Hast du dich denn schon verabschiedet?»

«Nein, ich komme dann wieder zurück.»

Klein war müde, doch er wollte Claudette, die offenbar ein dringendes Anliegen hatte, nicht rundweg abweisen – Rücksicht wie persönliche Neugier sprachen dagegen.

Etwas seltsam fühlte es sich dennoch an, mit ihr gemeinsam durch die Nacht zu spazieren, wie fünfundzwanzig Jahre zuvor, als er sie zwei-, dreimal ins Kino eingeladen hatte und nie weiter bei ihr kam, als sie brav nach Hause begleiten zu dürfen – bis sie ihm klipp und klar erklärte, dass es das jetzt wohl gewesen sei. Doch Gedanken an damals schienen Claudette heute nicht zu beschäftigen.

Das Wetter war besser geworden, aber kaum wärmer seit vergangener Woche. Sie gingen, um sich zu wärmen, nicht so langsam nebeneinander, wie es einem ruhigen Gespräch angemessen gewesen wäre. Allerdings waren Claudette Weiss schon durch ihre Absätze Grenzen gesetzt. Sie hängte sich bei ihm ein, was ihm unangenehm war. Den Rabbiner mit einer

Frau am Arm anzutreffen, die nicht seine war, hätte manches klatschsüchtige Gemeindemitglied sicher erfreut, und es gab auch aus religiöser Sicht Gründe dagegen. Doch Klein wehrte sich nicht. Er spürte ihren Arm nicht locker in seiner Armbeuge, sondern schwer, lastend, um Stütze bittend, die nicht nur dem erschwerten Gang auf den Stilettos geschuldet schien.

Claudette, die um das Gespräch gebeten hatte, sagte nichts. Klein machte deshalb den Anfang, den sie wohl von ihm erwartete. «Die Beerdigung von Nachum ging dir nahe.»

«War wohl schwer zu übersehen», lächelte Claudette bitter. Bitter, wie Klein bei einem Seitenblick feststellte, aber nicht ohne Stolz.

«Du bist sogar der Kommissarin aufgefallen, die Nachums Fall betreut.»

«Die war da?»

«Ja. Und sie hat mich nachher gefragt, wer diese trauernde Witwe gewesen sei, da Nachum doch keine hinterlasse.»

«Sie fand das unangemessen.»

«Ich fand es unangemessen. Ihr ist egal, ob es angemessen ist. Wenn sie sich dafür interessiert, hat es andere Gründe.»

«Was soll das heißen?»

«Naja, sie hat diesen Fall zu lösen. Warum meinst du, dass sie zu dieser Beerdigung kommt?»

«Sie verdächtigt mich, dass ich mit Nachums Tod etwas zu tun habe? Wegen meines Outfits an seiner Beerdigung?»

«Sie hat nicht gesagt, dass sie dich verdächtigt», sagte Klein. «Du bist ihr einfach aufgefallen. Und es war ja nicht nur die Kleidung. Du hast dich doch regelrecht inszeniert. Wieso eigentlich?»

Claudette schwieg.

Klein bohrte weiter. «Wolltest du denn nicht genau darüber mit mir sprechen? Über Nachums Tod?»

«Ja, das ist richtig», bestätigte Claudette. «Aber wir sprechen ja die ganze Zeit nur von mir, nicht von ihm.»

«Lässt sich das denn trennen, in diesem Fall?»

Unvermittelt begann sie zu weinen. Wie ein kleines Mädchen blieb sie in der kühlen Nachtluft stehen, löste ihren Arm von seinem, griff in ihr Handtäschchen und kramte ein Taschentuch hervor, in das sie geräuschvoll hineinschneuzte.

«Du hast ihn geliebt», konstatierte Klein. «Über all diese Jahre hast du nicht loslassen können.»

Sie nickte schniefend.

«Und dann hast du am selben Tag in der Zeitung gelesen, dass er was mit der Frau von Josef Gut gehabt haben soll. Und du fragtest dich: Warum sie und nicht ich? Warum lässt er sich mit einer streng orthodoxen, verheirateten Mutter von sechs Kindern ein, und mich hat er verschmäht, als wir beide jung waren, und dann erneut, als ich geschieden aus Amsterdam zurückkam?»

Während er sprach, hatte sich Claudette wieder gefangen. Sie wischte sich, so gut es ging, das zerlaufene Make-up weg und setzte sich wieder in Bewegung, nun ohne sich bei Klein einzuhängen. «Er hat mich nicht verschmäht.»

«Ihr habt was miteinander gehabt?»

«Kurz, ja. Vor fünfzehn Jahren.»

«Und dann?»

«Er hat die Sache beendet. Nach wenigen Tagen. Er erklärte mir, dass er keine Bindung mehr wolle nach seiner gescheiterten Ehe. Dass es ein Fehler gewesen sei, mir Hoffnungen zu machen, mit mir zu schlafen. Wir trennten uns dann in einem schrecklichen Streit, weil er mir unterstellte, ich hätte es darauf angelegt, von ihm schwanger zu werden, um ihn an mich zu binden.»

«Stimmte das denn?»

Claudette blieb wieder stehen. Sie schaute Klein empört an. «Natürlich stimmte das nicht. Ich nahm damals die Pille. Ich hätte auch gar kein Kind gewollt ohne die Sicherheit einer Heirat.»

Sie waren schon ein ziemliches Stück gelaufen. Klein sah, dass Claudette trotz ihres warmen Mantels fror. «Soll ich dich nicht wieder zurückbegleiten an das Bar-Mizwa-Fest? Du kommst sonst erst zum Ende wieder.»

«Zum Teufel mit der Bar-Mizwa», rief Claudette, und ihr altes Temperament, das Klein gut gekannt hatte, drang wieder durch.

«Aber ich denke nicht, dass du über die Kluft von fünfzehn Jahren Eifersucht auf Gila Gut entwickeln musst. Menschen ändern sich. Sie werden älter, einsamer, verzweifelter. Und womöglich war das ohnehin nur eine platonische Geschichte. Bei den Ultraorthodoxen kann das schon genügen, um Aufregung zu stiften. Wenn überhaupt Josef Gut …»

«Zum Teufel mit Josef Gut!», schrie Claudette so laut, dass sich die wenigen Menschen auf der Straße nach ihnen umdrehten. «Zum Teufel mit seiner Frau! Nachum und ich haben einander geliebt. Wir waren füreinander gemacht. Es hat mein Leben zerstört, mir diese blöde Ehe mit Simon eingebracht. Und nun ist er tot. Meinst du, ich wollte mich wichtig machen an der Beerdigung? Mich inszenieren, wie du das nennst? Die Aufmerksamkeit einer Kommissarin auf mich ziehen? Ich wollte ganz einfach, dass jemand um ihn trauert, wie es sich gehört. Vielleicht nicht Schiwa sitzt und Kaddisch sagt, aber dass er jemanden zurücklässt auf dieser Welt.»

«Du hattest ihm verziehen?»

«Ich hatte ihm längst verziehen. Ich sah, dass er selber ein Gefangener seiner Bindungsängste war.»

«Und das wolltest du mir sagen. Heute Abend.»

«Ich wollte dir sagen, dass jemand in deiner Gemeinde um Nachum Berger ernsthaft trauert. Zu Hause eine Kerze für ihn brennen hat. Ich dachte, so etwas interessiert den Rabbiner einer Gemeinde, wenn seine Mitglieder umeinander trauern.»

Es war nichts Neues für Klein, dass Menschen ihm anvertrauten, worüber sie sonst mit niemandem sprechen konnten. Er stellte sich vor, dass Claudette nach der Nachricht von Nachum Bergers Tod nächtelang in die Kissen geweint hatte, dann erneut einen Schock erlitt, als sie von der Inhaftierung Josef Guts und ihren Begleitumständen hörte, und dass sie sich bewusst wurde, wie einsam sie am Ende mit dieser Trauer war – so einsam beinahe wie der Tote selbst. Da bot sich der Rabbiner, ein Jugendfreund, wie man das wohl nennen durfte, mit umfassender Schweigepflicht, geradezu an, ihm das Herz auszuschütten.

Und wer würde einst um Claudette trauern? Oder würde Nachums Tod sie von diesem Druck, vielleicht auch dieser Schimäre einer unerfüllbaren Liebe befreien, und sie würde doch noch irgendwann ihr Glück mit jemandem finden? Vielleicht lagen auch diese Fragen, die für Claudette entscheidend waren, dem Gespräch zugrunde, das sie führten.

Sie kamen an einem Taxistand vorbei. Klein lotste Claudette zu einem Wagen. Sie schien etwas wacklig und auf ihren Absätzen kaum mehr stehen zu können. Plötzlich wirkte sie, als hätte sie zu viel getrunken, was ihm aber während des Gesprächs zuvor trotz ihrer Emotionalität nicht aufgefallen war. Claudette setzte sich in den Fonds des Taxis. Noch bevor Klein die Tür schloss, nannte sie dem Fahrer ihre Adresse. Sie verabschiedete sich nicht und schaute stur geradeaus. Er sah dem Taxi hinterher, bis es um die Ecke bog.

Claudette, dachte er. Du hättest jeden haben können. Und bist dem Mann verfallen, der dich nicht wollte. Warum eigentlich nicht? Das mit den Bindungsängsten kam Klein unplausibel vor.

Er bemerkte plötzlich, wie er vor sich hin grinste. Da hatte eine Karin Bänziger alles getan, um bindungslos durchs Leben zu kommen, und am Ende wurde sie zur Ersatzmutter ihres Neffen. Und Claudette Weiss, die seit zwanzig Jahren von Nachum Berger träumte und sogar einen Versuch mit einem anderen Mann gemacht hatte, saß einsam und resigniert da. Doch vielleicht war es ja Claudette, die in Wirklichkeit Bindungsängste hatte, vielleicht war alles ganz anders gewesen. Nun gab es ohnehin nur noch ihre Version der Geschichte.

Klein zog sein Telefon heraus, um den Ton wieder zu aktivieren. In dem Moment begann es in seiner Hand zu vibrieren. «Externe Nummer», stand auf dem Display.

«Hier Klein.»

«Spreche ich mit Rabbi Klein?», fragte eine Frau auf Englisch. «Hier ist Megan von der Mount-Sinai-Altersresidenz in Chicago. Ich gebe Sie an Rabbi Dauber weiter.»

Rabbi Avigdor Dauber! Er rief tatsächlich zurück.

Rabbi Dauber hatte eine zittrige Stimme und sprach mit osteuropäischem Akzent. Ohne Umschweife kam er zur Sache. «Rabbi Klein, was kann ich für Sie tun?»

«Erinnern Sie sich an Nachum Berger? Er war einmal Lehrer an der Tzemach-David-Schule. Als Sie dort Rektor waren. Vor über fünfundzwanzig Jahren.»

«Nachum? Natürlich erinnere ich mich. Einer der besten Lehrer, die wir je hatten. Leider blieb er nur kurz, vier oder fünf Jahre. Was ist mit ihm?»

Klein schluckte. «Er ist vorletzte Woche verstorben.»

Es war einen Moment still. Dann hörte Klein, wie Rabbi Dauber halblaut den Segensspruch beim Empfangen einer Todesnachricht sprach. Ihm hatte dieser religiöse Reflex gefehlt, als Frau Bänziger ihn vor zehn Tagen angerufen hatte.

«Das tut mir leid. Er war doch noch nicht alt.»

«Er war siebenundfünfzig.»

«Woran ist er gestorben?»

Klein stockte. Sollte er «Herzversagen» antworten? Das war nicht falsch, und es würde den greisen Rabbi Dauber nicht so aufregen wie «Mord» oder ein ähnlich gewalttätiges Wort. Doch instinktiv spürte Klein, dass das die falsche Antwort wäre. Wenn er mehr über Bergers Vergangenheit wissen wollte, dann war der Verweis auf Gewalt besser nachvollziehbar.

«Es ist so, dass – Nachum Berger Opfer eines Gewaltverbrechens geworden ist.»

«Sie meinen Mord?»

«So etwas Ähnliches.»

«Oh Gott im Himmel!», rief Dauber. «Und dafür musste er von Chicago in die Schweiz ziehen!», fügte er an.

«Wie meinen Sie das?»

«Man sagt doch, die Schweiz sei viel friedlicher als unsere Stadt hier. Weniger Kriminalität. Hat man den Täter denn gefasst?»

«Es gibt einen Verdacht, aber wir wissen nichts Genaues.» Klein machte eine kurze Pause. «Rabbi Dauber, wonach ich Sie fragen wollte: Aus Bergers Unterlagen habe ich erfahren, dass er nur drei Jahre an Ihrer Schule war. Sie haben ihm ein sehr gutes Arbeitszeugnis geschrieben dafür, aber es klang so, als sei sein Abgang nicht ganz freiwillig gewesen.»

«Sie sind ein sehr aufmerksamer Leser!», rief Dauber. «Ich weiß zwar nicht mehr, was ich damals geschrieben habe, aber an die Geschichte erinnere ich mich noch gut.»

«Gab es Übergriffe auf Schüler?»

«Sie meinen sexuelle Übergriffe? Gott behüte, nein. Wie kommen Sie darauf? Hat man ihn dessen beschuldigt?»

«Nein, keineswegs. Es war nur eine Vermutung.» Klein hatte sich zu weit vorgewagt, er spürte den Unwillen in Daubers Stimme, als dieser weitersprach.

«Nein, Nachum Berger war mit den Kindern fantastisch. Sie liebten ihn, alle. Und nie eine Klage. Sein Problem war anderer Art.»

Also ein untragbares Verhältnis mit einer Frau, dachte Klein sofort.

Dauber, der, wie Klein erst jetzt feststellte, schwer atmete und deshalb immer wieder kurze Pausen einlegte, fuhr fort: «Nachum wurde beschuldigt, aus Israel geflohen zu sein, weil er sich nicht von seiner Frau scheiden lassen wollte. Keinen Get ausstellen, verstehen Sie? Das israelische Oberrabbinat hat Druck gemacht auf unsere Rabbiner, und die haben Druck gemacht auf mich, dass ich ihn nicht an der Schule behalten könne. Sie wollten ihn dazu bringen, wieder nach Israel zu gehen und die Scheidung zu vollziehen.»

«Aber das ist nicht gelungen.»

«Natürlich ist das nicht gelungen. Nachum wechselte zu einem Buchhändler, und obwohl das auch ein jüdisches Geschäft war, hat sich kein Mensch mehr darum gekümmert, was aus ihm wird.»

Rabbi Dauber schien noch heute einen Groll gegen jene zu hegen, die ihn seinerzeit dazu gezwungen hatten, Berger zu entlassen. Das war für den Rektor offenbar mehr Anlass zu Empörung als der Vorwurf, Berger habe seine Frau in Israel sitzengelassen.

«Aber Lehrer konnte er nicht mehr sein in den USA», spann Klein den Faden weiter. «Deshalb kam er später in die Schweiz, um wieder in einer Schule arbeiten zu können. Weil er Deutsch konnte.»

«So steht zu vermuten», meinte Rabbi Dauber.

«Das heißt auch, dass er die Scheidung bis heute nie vollzogen hat?»

«Das nehme ich an. Sonst hätte er seine Angelegenheiten regeln und wieder bei uns arbeiten können. Er wusste, dass ich ihn sofort mit Handkuss genommen hätte.»

«Ich danke Ihnen, Rabbi Dauber. Alles Gute.»

Als er aufgelegt hatte, zitterte er, nicht nur der Kälte wegen. «Geschieden» hatte Berger auf seinem Personalbogen in der Efrat-Schule eingetragen. Offensichtlich eine glatte Lüge. Und er hatte Gila Gut, die sich scheiden lassen und ihn heiraten wollte, hingehalten, dann aber offenbar vorgehabt, die Sache zurechtzubiegen. Um das Finanzielle zu regeln, wollte er von Dresden das geliehene Geld schneller zurück. Und seiner Geliebten hatte er konkrete Hoffnungen gemacht. «Es würde wohl noch eine Weile dauern, aber er arbeite daran», so hatte es Gila gesagt. Er arbeite daran.

Offenbar hatte er keine Skrupel gehabt, den Personalbogen falsch auszufüllen, aber er wollte um keinen Preis ein Bigamist sein. Das war viel zu gefährlich, er hätte schlafende Hunde geweckt und wäre rasch entlarvt worden.

Die Scheidungsproblematik im Judentum war hinlänglich

bekannt. Im Gegensatz zur Eheregelung in einem säkularen Staat konnte eine jüdische Ehe formell nur vom Mann geschieden werden. Zwar hatten schon die Weisen des Talmud verfügt, man müsse unwillige Männer, deren Frauen die Scheidung wollten, schlagen, bis sie einwilligten, und der Staat Israel verschaffte dem Recht der Frauen notfalls Nachdruck, indem er renitente Männer mit Beugehaft belegte. Aber wenn ein Mann aus Israel floh, waren die Möglichkeiten beschränkt, den Druck aufrechtzuerhalten, wie Bergers Beispiel zeigte.

Seit einigen Jahren wurden jüdische Ehen vor allem in der Diaspora mit Verträgen verbunden, die den Mann auch außerhalb Israels zivilrechtlich in die Pflicht nahmen, wenn er keinen Scheidebrief ausstellte. Klein hatte oft genug verliebte Paare solche Zusatzverträge unterzeichnen sehen, belustigt oder mit sichtlichem Unwohlsein. Doch hier lag die Situation anders. Bergers Frau saß in der Ehefalle, und es war kein Wunder, dass Berger sich gehütet hatte, je wieder nach Israel zurückzureisen.

Nachdenklich schritt Klein auf der nächtlichen Straße einher. Plötzlich blieb er stehen. Aber das veränderte ja auch die Motivlage erheblich! Ein besseres Motiv, Berger umzubringen, als der vielleicht beleidigte, aber doch offenbar recht harmlose Josef Gut oder die mit dem Schicksal hadernde Claudette Weiss hatte ja die Ehefrau von Berger! Sie war nach jüdischem Verständnis eine Aguna, also durch die nicht gelebte Ehe gefangen und ohnmächtig an ihn gebunden! Für sie war nur ein toter Nachum ein guter Nachum. Aber warum erst jetzt – es war unmöglich, in Zeiten des Internets, dass sie nicht längst wusste, wo ihr Mann lebte. Und vor allem: Warum gerade in einem Moment, als Berger sich, Gila zuliebe, schließlich doch hatte scheiden lassen wollen? Oder hatte Berger Gila nur etwas vorgespielt und ihr leere Versprechungen gemacht, wie er seinerzeit schon die Efrat-Schule und zehn Jahre zuvor die Tzemach-David-Schule in Chicago angelogen hatte? Dagegen sprach, dass er das Darlehen an Dresden zurückforderte und diesem sogar verraten hatte, dass er heiraten wolle.

Und dann war es ja auch kein Mord, es war Totschlag, oder irgendwas anderes. Womöglich ohne Tötungsabsicht. Zum Haareraufen kompliziert!

Sein Telefon läutete erneut. Es war Rivka. «Schatz? Kommst du wieder mal heim? Es ist nach elf.»

«Ja. Was gibt es denn?»

«Nichts Besonderes. Mich gibt es, frisch geduscht und eingecremt. Lass doch diese Bar-Mizwa-Fritzen sitzen.»

«Ich bin schon so gut wie da», flüsterte Klein und schloss im selben Moment, so leise wie möglich, die Haustür auf.

Die Kleins staunten selbst darüber, dass ihr Sex mit den Jahren immer besser wurde. In den ersten Monaten hatten sie sich noch kennenlernen müssen, da war einiges verkrampft und schwierig gewesen. Die lange Zeit zusammen hatte sie lockerer gemacht, experimentierfreudiger, vertrauter und in gewisser Weise sogar verliebter. Als Klein die Schlafzimmertür öffnete, spürte er seine Frau schon, bevor er sie sah. Heute würde es nicht die wilde, ausgehungerte Leidenschaft des Schabbat sein. Jetzt lag Rivka im Bett, in dem seidenen Trägernachthemd, das, bei genauer Betrachtung, schon etwas abgewetzt war, aber immer noch seinen Zweck erfüllte. Sie verführte ihn heute sanft, mit ihren Düften, mit der Geschmeidigkeit ihrer Haut, die gegen Alterung gefeit schien, mit der straffen Weichheit ihrer Brüste, denen nicht anzusehen war, dass sie zwei Kinder gesäugt hatten. Wie in Zeitlupe bewegten sie sich, sie brauchten keine Choreographie der Höhepunkte, sie war ihnen längst in unendlichen Varianten eingeschrieben in die Körper – dieses strikte, resolute Füreinander, an das sie sich hielten, dieses bedingungslose Zugehören wiegte und rüttelte sie beide zu den Gipfeln des Begehrens.

Erschöpft lagen sie danach nebeneinander, Rivkas Hand auf seinem Bauch.

«Und? Wie war deine Bar-Mizwa?», fragte sie unvermittelt.

«Die Bar-Mizwa war wie immer», sagte er. «Komisch war, dass mich Claudette nachher abgepasst hat.»

«Claudette Weiss?»

«Ja.»

«Ich habe gehört, sie habe bei Nachums Beerdigung eine lächerliche Show abgezogen. Trauernde Witwe gespielt.»

«Ja. Sogar die Kommissarin ist auf sie aufmerksam geworden.»

«Verdächtigt sie Claudette, dass sie etwas damit zu tun hat?»

«Weiß ich nicht. Es gibt ja keine richtigen Anhaltspunkte. Obwohl sie am Ende auch eine Rechnung mit Nachum offen hatte.» Er erzählte ihr das ganze Gespräch mit Claudette.

«Und? Glaubst du immer noch, dass das mit Gila Gut rein platonisch war?», fragte ihn Rivka herausfordernd.

«Ist ja gut», lächelte er. «In Beziehungssachen immer Frauen fragen.»

«Nicht Frauen», korrigierte sie belehrend, «sondern deine Frau.»

Er erzählte ihr auch vom unverhofften Anruf Rabbi Daubers.

«Das Leben ist voller Überraschungen», meinte Rivka, nun doch etwas bestürzt. Es war einfach zu viel, was da alles über Nachum Berger bekannt wurde. Das Bild des zurückhaltend frommen Mannes hatte seltsame Ausbuchtungen bekommen.

«Ich muss dieser Scheidungsgeschichte nachgehen», meinte Klein.

«Ist das nicht Sache der Polizei?»

«Soll ich vielleicht Frau Bänziger zum israelischen Oberrabbinat schicken?»

«Die Sache lässt dich nicht los, was?», meinte Rivka. «Aber warte nur, ich lass dich auch nicht los.»

Er spürte ihren sanften, festen Griff, unter dem sich sofort seine Lust wieder einstellte. «Gut zu wissen», flüsterte er.

8

Auch wenn das Judentum kein Beichtgeheimnis kennt – Claudette hatte sich Klein als Seelsorger anvertraut, vielleicht auch als altem Freund, wenn er das war. Frau Bänziger würde er von seinem Gespräch mit Claudette jedenfalls nichts erzählen. Es gab ohnehin keinen konkreten Hinweis, dass sie mit Nachums Tod etwas zu tun hatte – mochte sie nun der Kommissarin aufgefallen sein oder nicht.

Aber er wälzte die Frage, ob er Frau Bänziger über seine neue Entdeckung bezüglich Bergers Vergangenheit informieren sollte. Wie würde sie reagieren? Vermutlich so: «Mein lieber Herr Rabbiner, wenn Sie Ihren Herrn Gut wiederhaben wollen, dann bringen Sie mir den, dem die anderen Fingerabdrücke gehören, oder bringen Sie mir zumindest ein Alibi für Herrn Gut, oder bringen Sie mir überhaupt irgendetwas mit Fleisch am Knochen. Wenn Sie glauben, dass Herr Gut keiner Fliege was zuleide tun kann, ist das schön für Sie. Aber wer gegenüber seiner Frau die Beherrschung verliert, kann sie ja wohl auch gegenüber deren Liebhaber verlieren, oder etwa nicht?»

Für diese Polizisten war das Ganze ein großes Puzzle aus Motiven, Indizien und Leuten, die zufällig zur falschen Zeit am falschen Ort waren oder zumindest nicht am richtigen.

Nein, er würde nicht zu Frau Bänziger gehen. Es ging hier auch um Dinge, die sie gar nicht recht verstehen würde. Ein Scheidebrief ja oder nein, Druck von Rabbinern, heiraten, nicht heiraten – was konnte eine Karin Bänziger davon begreifen? Glaubte sie nicht womöglich, dass fromme Juden ebenfalls Ehrenmorde im Programm führten, wie es das Klischee über die Islamisten vorgab? War das nicht ein geheimer Grund dafür, dass sie Gut festhielten? Die Vorstellung, der eifersüchtige Gut habe Berger «kulturell bedingt» im Affekt oder vorsätzlich umgebracht? Nein, wenn er zu Frau Bänziger ginge, das nächste Mal, dann mit hieb- und stichfesten Beweisen. Und wenn es etwas zu klären gab, dann erst mal im israelischen Oberrabbinat zur Akte Berger. Und da, sagte er sich nicht ohne Selbstbewusstsein, hatte er ja wohl den einfacheren Zugang als Frau Bänziger von der Stadtpolizei.

Er rief beim Oberrabbinat in Jerusalem an. Rabbi Reichenberg, den kannte er, mit dem hatte er öfter zu tun, ein vernünftiger Mann, der immer nach pragmatischen Lösungen suchte, wenn es länderübergreifend etwas zu klären gab. Klein erläuterte sein Anliegen und versuchte so gut wie möglich zu begründen, warum er jetzt Namen und Adresse von Frau Berger brauchte.

Reichenberg hörte aufmerksam zu und notierte sich die Details. Im Prinzip, sagte er, genüge ein Totenschein aus Zürich, der auf Hebräisch übersetzt und Frau Berger zugestellt würde. Aber er könne verstehen und schätze es sehr, wenn unter den beschriebenen Umständen Klein selbst sich der Sache annehmen würde. Er melde sich wieder.

Obwohl er Reichenberg schätzte, stellte sich Klein auf eine lange Wartezeit ein. Die Mühlen des Oberrabbinats mahlten – weiß Gott! – langsam genug.

Er war beinahe fassungslos, als Reichenberg noch am selben Abend zurückrief. Man habe die Akte. Man habe Frau Berger absichtlich noch nicht kontaktiert, aber beim Bevölkerungsamt nachgefragt. Sie lebe noch, die Adresse sei bekannt. Wann Klein denn in Jerusalem sein könnte. Morgen

Nachmittag? Er würde ihm dann die nötigen Unterlagen übergeben.

Sie nahmen das offenbar sehr ernst in Jerusalem. Klein suchte gleich im Internet einen Flug heraus. Auf dem El-Al-Flug gab es nur noch Plätze in der Business Class. Einen Moment zögerte er, dann gab er die Nummer seiner Kreditkarte von der Gemeinde ein. Flug morgen Dienstag, Rückkehr am Donnerstag. Er brauchte einen Tag, um das Treffen mit Frau Berger einzuplanen. Er rief Frau Wild an und bat sie, ihm ein Hotelzimmer in Jerusalem zu besorgen und bis Donnerstag alle Termine abzusagen. Die Nächsten, die drankämen, wären die Kranken und Alten am Freitag.

Rivka mochte es übertrieben finden, dass er nun, wegen Rabbi Daubers Anruf, tatsächlich alles stehen und liegen ließ, um nach Israel zu fliegen. Sie blieb, wie immer, wenn die Impulsivität ihres Mannes mit ihm durchging, ganz nüchtern.

«Na dann: gute Reise» sagte sie nur. «Und bring uns eine Büchse Hummus mit.»

Klein hatte gehofft, sich auf dem Flug etwas erholen zu können. Er hatte mit Absicht keine Arbeit mitgenommen, nur zwei Romane, die schon lange in seinem Regal standen. Der Horizont eines Rabbiners musste auch in die Literatur reichen, zumindest redete er sich ein – wahrscheinlich, um seine Lektüre zu rechtfertigen –, dass seine Mitglieder auf Gespräche mit dem Rabbiner über aktuelle kulturelle Themen Anspruch haben durften. Sein Telefon stellte er gleich nach Verlassen des Hauses auf Flugmodus. Verreist ist verreist.

Doch schon die Fahrt mit der S-Bahn zum Flughafen war eine Katastrophe. Kurz nach Verlassen des Hauptbahnhofs hielt der Zug an. Irgendwann kam eine Durchsage, es gebe aufgrund einer technischen Störung im Bahnhof Oerlikon einen Halt von unbekannter Dauer. Aus der etwa zwanzigköpfigen Rentnergruppe, die das Abteil vollplapperte und die, wie Klein wider Willen genauestens verstanden hatte, zu einer dreitägigen Reise nach London aufbrach, löste sich hierauf der Organisator. Er stellte sich in den Gang zwischen die Sitze und begann allen zu erklären, wie sie auf dem Flughafen zuerst das Gepäck aufgeben und wie sie zum Gate gehen würden. Es gab ausführliche Diskussionen, weil manche schon eine Bordkarte besaßen, andere noch nicht. Der Halt schien die Rentner nicht zu beunruhigen, im Gegenteil, sie versicherten einander gegenseitig, wie klug es gewesen sei, sich drei Stunden vor Abflug auf den Weg zu machen. Der Sämi habe zwar wie immer geklönt, «Aber siehst du jetzt, Sämi, es ist doch besser, auf die Barbara zu hören.» Gelächter. Der Organisator nutzte die Gelegenheit, um noch einmal den Plan für den heutigen Tag durchzugehen, und schilderte minutiös das Sightseeing-Programm vom Nachmittag. «Dann habt ihr genug Hunger fürs Nachtessen.» – «Und der Heiri kriegt endlich sein Ale!», rief einer, worauf begeistertes Johlen einsetzte. Klein überlegte sich, ob er selbst in zwanzig Jahren ebenfalls mit einer solchen Gruppe durch die Welt fahren würde, vielleicht sogar in der Rolle dessen, der allen das Programm erklärt und welches koschere Restaurant man zuerst besuchen würde. Unvermittelt überkam ihn Angst vor dem Älterwerden.

Der Halt zog sich hin, und Klein wurde zunehmend nervös. Es gab keine Möglichkeit auszusteigen und ein Taxi zu nehmen, er saß fest. Konnte es wahr sein, dass das ganze Unternehmen, das wesentliche Aufschlüsse zur Aufklärung des Todes von Nachum Berger ergeben sollte, an einer technischen Störung im Bahnhof Oerlikon scheiterte? Als der Zug zwanzig Minuten später wieder anfuhr, war Klein schweißgebadet.

Im Gate musste er wieder einmal die Erfahrung machen, dass ein Jude kaum in Ruhe nach Israel fahren kann, geschweige denn ein Rabbiner. Etliche Mitglieder seiner Gemeinde saßen dort, wollten begrüßt werden, Konversation war unerlässlich, die freundlichen, aber schwatzhaften Kronenbergs waren unterwegs zu ihrer jährlichen Kur am Toten Meer, «Wie lange fahren wir da jetzt schon hin» – «Ja, vierzehn Jahre, haben Sie das auch schon mal gemacht, also Herr Rabbiner, Sie wissen gar nicht, was Ihnen da entgeht, wir könnten darauf gar nicht mehr verzichten, Sie müssen unbedingt auch einmal, besonders dieses Hotel in Ein Bokek, das ist fantastische Wellness, da kommen Sie als neuer Mensch raus» – «Nein, mit Kindern natürlich weniger; aber nehmen Sie sich mal eine Woche, hier ist die Adresse des Hotels.» Klein hatte von Wellness eine diffuse Vorstellung, weiße Bademäntel, dampfende Bäder und ölige Hände, die seufzende, stöhnende Körper malträtierten. Auf dem Toten Meer zu liegen und alles um sich herum zu vergessen, das wieder mal zu erleben hätte ihm allerdings Freude gemacht. Nur schien ihm eine Woche dafür zu lang.

Ein kleiner Lichtblick war die Sicherheitskontrolle. Als Business-Class-Passagier konnte Klein sich das lange Anstehen sparen. Er wurde von dem jungen Mann befragt – wie hieß er denn, um Gottes willen? –, der mit Nachum bei ihm in der Laubhütte gewesen war. So schweigsam und verschlossen er ihn in Erinnerung hatte, so herzlich und offen war er heute, als er Klein zugleich in zügiger Sachlichkeit die paar

Routinefragen stellte und ihm dann den blauen Sicherheitskleber auf die Bordkarte drückte.

Klein überlegte einen Moment, ob er den jungen Beamten gleich für eine der kommenden Wochen wieder zum Schabbat einladen sollte. Doch er ließ es sein. Es war zweierlei, einen Gast in der Synagoge anzusprechen oder ihn während seines Dienstes mit Privatem zu behelligen.

Durch die zügige Sicherheitskontrolle war er wieder sehr zeitig dran. Bis zum Boarding verblieben noch über zwanzig Minuten, und um weiterem Geplauder mit Gemeindemitgliedern auszuweichen, beschloss er, im Bistro noch etwas zu trinken. Als er sich, den frischgepressten Orangensaft in der Hand, nach einem Sitzplatz umschaute, sah er Claudia Weiss allein an einem der Tische sitzen. Sie hatte ihn offenbar auch gesehen. Er setzte ein Lächeln auf und steuerte auf sie zu, sie lächelte ebenfalls gequält, unter einer dicken Puderschicht wirkte ihr Gesicht merkwürdig starr.

«Na, sitzen wir im selben Flieger nach Tel Aviv?», fragte er, als er sich zu ihr setzte.

«Nein. Ich fliege in die Staaten.»

«Auch schön. Ferien?»

«Wie man's nimmt. Ich muss nach meinem Haus in Connecticut sehen.»

«Du hast ein Haus in Connecticut?»

Claudia nippte an ihrer fast leeren Tasse. «War früher das Haus meines Ex-Mannes. Wurde mir bei der Scheidung zugesprochen.»

«Schön.» Klein nickte anerkennend. Sie musste einen guten Anwalt gehabt haben. «Aber ist das nicht mit sehr viel Aufwand verbunden, nach einem Haus zu schauen, das so weit weg ist?»

«Wie man's nimmt. Es ist auch eine Art Refugium. Erlaubt einem jedes Jahr ein-, zweimal für ein paar Wochen eine Auszeit.»

Der Flug nach New York wurde ausgerufen.

Sie deutete nach oben, Richtung Lautsprecher. «Also, ciao», sagte sie jovial, leerte ihre Tasse und drückte dem Rabbiner, bevor er sich's versah, einen Kuss auf die Wange, nahm ihr Markentäschchen und trippelte davon.

«Ja, gute Reise», murmelte er perplex und wischte sich diskret mit dem Handrücken über die Wange. Er schaute ihr nach, wie sie rasch und routiniert das Gate durchschritt und verschwand.

Eigenartig war es schon, dass Claudette nun, zwei Tage nach ihrem Gespräch vom Sonntagabend, in die USA flog. Vielleicht hatte sie es schon länger vorgehabt. Vielleicht hatte sie auch plötzlich Angst bekommen, weil er erwähnt hatte, dass sie der Kommissarin aufgefallen war. Sie hatte damals selbst befürchtet, verdächtig zu sein – warum eigentlich? Frau Bänziger hatte sie offenbar nicht vorgeladen. Konnte ihre Abreise damit zu tun haben, dass sie sich weiteren Nachforschungen entziehen wollte? Stammten am Ende die unbekannten Fingerabdrücke von ihr? Der Gedanke, sie könnte sich mit Josef Gut zusammengetan haben, schien absurd – aber unmöglich war es nicht. Erst musste er die Sachlage in Israel klären. Aber andere Spuren sollten weiter verfolgt werden. Und wenn die Polizei nichts tat, dann musste halt ein Rabbiner ran. Vielleicht brachte ihn der Aufenthalt im Flughafen Zürich weiter als die Reise nach Jerusalem.

Er blickte gedankenverloren auf seinen halb ausgetrunkenen Orangensaft. Vielleicht war es ratsam, Claudettes Fingerabdrücke und eine DNA-Probe der Polizei zu übergeben.

Klein kramte in seinem Handkoffer. Er nahm die Zahnpastatube aus dem Plastikbeutel. Dann griff er mit einer Papierserviette das Glas am Henkel und steckte es sorgfältig hinein.

«Sind Sie auf Spurensuche?»

Erschrocken drehte Klein sich um. Hinter ihm stand Karin Bänziger, ein Tablett mit dampfendem Kaffee und einem Croissant in den Händen und ein süffisantes Lächeln auf den Lippen. «Ist hier noch frei?»

Frau Bänziger setzte sich, ohne seine Antwort abzuwarten, auf den Platz, auf dem vorher Claudette gesessen hatte, und schob deren Tablett zur Seite. Claudettes Tasse im Plastikbeutel stand immer noch vor Klein.

«Sie verreisen», meinte sie. Es war eher eine Feststellung als eine Frage.

«Ich fliege nach Israel», erklärte er etwas kleinlaut. «Dienstlich. Kurzbesuch für zwei Tage. Und Sie verreisen ebenfalls?»

Frau Bänziger schüttelte den Kopf. Sie biss herzhaft in ihr Croissant und begann seelenruhig zu kauen.

«Aber wie kommen Sie dann in den Abflugbereich des Flughafens?», fragte er schließlich.

Sie sah ihn an wie einen kleinen Jungen, der an immer derselben Rechenaufgabe scheitert. «Ich arbeite bei der Polizei. Ermittlungsarbeit.»

Klein errötete leicht. «Sind Sie im Fall Berger unterwegs?»

«Herr Rabbiner! Was Sie alles wissen wollen.»

«Claudette Weiss?», fragte Klein unbeirrt weiter.

Frau Bänziger nahm einen Schluck Kaffee und schaute an ihm vorbei.

«Ich dachte bloß», sagte Klein. «Sie saß gerade hier mit

mir am Tisch. Wo Sie jetzt sitzen. Vor zwei Minuten ist sie ins Flugzeug gestiegen.»

Sie zeigte mit einer leichten Kopfbewegung auf den Plastikbeutel. «Ist das etwa die Tasse von Frau Weiss, die Sie da eingepackt haben?»

Klein nickte verlegen.

«Für Fingerabdrücke? DNA-Spuren? Zur Identifizierung der unbekannten Person in Bergers Wohnung?»

Er nickte wieder.

«Dann haben Sie ja Glück gehabt, dass Sie mich hier getroffen haben. Sonst müssten Sie das Ding zuerst durch die halbe Welt transportieren und wieder nach Zürich zurückbringen.»

Klein lächelte säuerlich und schob die Tasse wortlos zu ihr hinüber. Frau Bänziger öffnete den Verschluss des Beutels, holte die Tasse heraus und stellte sie auf Claudettes Tablett zurück. Ein Angestellter des Cafés kam vorbei und zeigte darauf. «Kann ich das abräumen?», fragte er. Frau Bänziger nickte. Sie reichte Klein den leeren Plastikbeutel über den Tisch. «So, da können Sie Ihre Zahnpasta wieder reintun.»

Sie hatte ihn also die ganze Zeit über beobachtet. Nun musterte sie ihn einen Moment und schien zu genießen, wie peinlich ihm die Situation war. Schließlich meinte sie, etwas herablassend, wie ihm schien: «Frau Weiss hatte an dem Abend, an dem Herr Berger zu Tode kam, Geburtstag und veranstaltete eine Party bei sich zu Hause. Sie hat etwa fünfzehn Zeugen. Zwei davon habe ich in Frau Weiss' Gegenwart angerufen. Das habe ich am Tag nach der Beerdigung gemacht, an der mir Frau Weiss aufgefallen war. Sie erinnern sich.»

«Seltsam.»

«Was denn?»

«Vorgestern Abend habe ich Claudette getroffen und mit ihr über die ganze Geschichte gesprochen. Sie hat überhaupt nicht erwähnt, dass Sie sie vernommen haben.»

«Hätte sie denn die Pflicht gehabt, das zu tun?»

«Nein, natürlich nicht. Aber ich dachte …»

Der Flug nach Tel Aviv wurde ausgerufen.

«Sie müssen dann wohl», sagte Frau Bänziger.

«Ja, ich weiß», sagte Klein, stand auf und trank, auf den Tisch gestützt, seinen Saft aus.

Als er das Glas absetzte, griff Frau Bänziger in einer völlig unerwarteten Geste über den Tisch und nahm Kleins rechte Hand in ihre beiden Hände. «Herr Rabbiner Klein», sagte sie und blickte ihm in die Augen, «ich weiß, dass Ihnen diese Geschichte sehr nahegeht. Ich kann verstehen, dass Sie den Fall gelöst sehen möchten. Aber glauben Sie mir, das wollen wir auch. Und wir haben einige Erfahrung in solchen Dingen. Wir sind dankbar, wenn Sie uns bei der Arbeit unterstützen. Aber bitte eröffnen Sie nicht Ihr eigenes Polizeibüro.» Sie ließ seine Hand los. «Guten Flug», sagte sie und wandte sich wieder ihrem Croissant zu.

Klein nickte kurz, drehte sich weg und lief eilig Richtung Gate. Sein eigenes Polizeibüro – wenn sie wüsste, weshalb er nach Israel flog!

Die Reise nahm einen unerfreulichen Fortgang. Klein hatte seinen Sitz in der Business Class schon bezogen, als die Passagiere der Economy sich an ihm vorbei zu ihren Plätzen bewegten. Dabei schaute ihn Herr Rosenbaum, langjähriges Mitglied der Finanzkommission der Cultusgemeinde, vielsagend an. «So, so. Nobel reist sich's. Dienstlich, nehme ich mal an.» Klein reagierte nicht. Vor seinem inneren Auge sah er bereits Rosenbaum an der nächsten Budgetbesprechung aufstehen, den Finger auf der Sollseite der Gemeinderechnung, und in die Runde rufen: «Es gibt da schon noch Sparpotential, meine Damen und Herren. Wenn man zum Beispiel in Betracht zieht, dass unsere Gemeindeangestellten ihre Dienstreisen in der Business Class absolvieren.»

Klein lehnte sich entnervt in den bequemen Sessel zurück und schloss die Augen. Das Gespräch mit Rabbi Goldfarb ging ihm durch den Kopf. Die eigensinnigen Kommentare Josef Guts im Gefängnis. Aber natürlich hatte Gut recht: Nach strikt jüdischem Recht war ein Vergehen, das nicht nach Verwarnung des Täters und in Gegenwart von zwei Zeugen geschehen war, nicht zu ahnden. Klein fiel die talmudische Geschichte über einen Gelehrten namens Schimon ben Schetach ein, vor dessen Augen ein Mann einen anderen mit dem Messer verfolgte. Beide rannten in ein leerstehendes Gebäude, Schimon folgte ihnen und fand den Verfolger mit blutverschmiertem Messer über den anderen gebeugt, der bereits im Sterben lag. Der Gelehrte verfluchte den Täter, und er klagte über die Unmöglichkeit, ihn für den Mord zu belangen, da nicht zwei Zeugen ihn dabei beobachtet hatten.

Er selbst hingegen, der Rabbi von Zürich, übersetzte hebräische Mails, und um das damit angerichtete Unglück zu korrigieren, steckte er am Flughafen eine benutzte Teetasse in einen Plastikbeutel. Claudette hatte ihn ja raffiniert ins Leere laufen lassen vorgestern Abend, als sie sich ihm anvertraut hatte. Und jetzt war sie seelenruhig unterwegs zu ihrem Refugium in Connecticut.

Hoffentlich hat sie wenigstens die Gedenkkerze für Nachum gelöscht, bevor sie heute Morgen aus dem Haus ging, dachte er in einem Anflug von grimmiger Heiterkeit. Sonst könnte sie ja gleich in Connecticut bleiben.

Er öffnete die Augen, blickte um sich und stellte erstaunt fest, dass das Flugzeug immer noch stand.

Der Flug startete mit über einer Stunde Verspätung. Und in Tel Aviv mussten sie eine Viertelstunde im Flugzeug warten, weil etwas mit dem Fingerdock nicht funktionierte. Eine Qual. Zudem war ihm während des Flugs eingefallen, dass er es in all den Tagen nicht fertiggebracht hatte, die Eltern von David Bohnenblust anzurufen, um Davids Adresse zu erfahren. Er würde sie von Israel aus anrufen, bestimmt. Treffen würde er David kaum, dafür war die Zeit zu knapp, aber wenigstens anrufen.

Die vorsorglich eingepackten Romane blieben unberührt in seiner Tasche. Das einzige, was er während der fast vier Stunden zuwege brachte, war die Lektüre einer Buchrezension von Carla Franz in der *Neuen Zürcher Zeitung*. Frau Franz war eine beeindruckende Frau, sie hatte etliche Jahre in Israel studiert, war für einige Zeit die Lebenspartnerin eines linken israelischen Politikers gewesen und galt als hervorragende Kennerin der hebräischen Literatur – und sie verweigerte ihm den Gruß, wenn er sie traf.

Carla Franz war die einzige Teilnehmerin des Kurses für Konvertitinnen, deren Übertritt zum Judentum er abgelehnt hatte. Er hatte ihr die Gründe in einem langen Gespräch auseinandergesetzt: Sie war erklärte Atheistin, die Feiertage weckten in erster Linie, wie sie es ausdrückte, ihr «ethnologisches Interesse». Doch sie wollte Jüdin werden, weil sie meinte, die kulturelle jüdische Erfahrung nur so vollständig nachvollziehen zu können. Ein Übertritt war aber nun mal ein religiöser und kein kultureller Akt. Das hatte sie nicht verstanden – es gebe doch mehr säkulare als religiöse Juden. Waren Walter Benjamin und Hannah Arendt nicht großartige Beispiele? «Sie vergessen», hatte Klein damals geantwortet, «dass Walter Benjamin und Hannah Arendt nicht konvertiert sind.» Er hatte ihren Fall mit den anderen Rabbinern der Aufnahmekommission besprochen. «Wir halten es, unseren Prinzipien gemäß, für moralisch nicht tragbar.» Das hätte er vielleicht nicht sagen sollen.

Sie hatte ihn damals angeschrien, er schwinge sich zum Herrn über ihre Identität auf, er sei ein machtgeiler Macho, anmaßend, ein kleinkarierter Denkpolizist. Sie hatte sein Büro türenschlagend verlassen. Er war damals drei Tage lang kaum ansprechbar gewesen vor Wut und Gekränktheit.

Das hielt ihn aber nicht davon ab, ihre gelegentlichen Rezensionen mit Genuss zu lesen. Aus der Distanz des Zeitungslesers mochte er ihren zupackenden, zuweilen aggressiven Stil, der die Gespräche mit ihr so unangenehm machte.

Carla Franz besprach diesmal kein literarisches Werk, sondern ein Buch über Agunot in Israel. Ihre Schlussfolgerung lautete, dass die Anwendung des jüdischen Familiengesetzes, das imstande war, Frauen so viel Leid anzutun, einem modernen Staat nicht anstand. Klein dachte an Bergers Frau und gab Carla Franz recht. Paradoxerweise fühlte er sich zugleich bestätigt: Wer so wenig Sensibilität für das religiöse Judentum besaß und dies noch öffentlich bekundete, musste nicht konvertieren – zumindest nicht unter seiner Anleitung.

Der Termin im Oberrabbinat war auf fünf Uhr angesetzt. Es war fast vier, als er zum Taxi im Flughafen Ben Gurion eilte, und weil er die Staus am Stadteingang von Jerusalem kannte, hatte er allen Grund zur Sorge. Er konnte natürlich immer noch Reichenberg anrufen, wenn er sich verspätete, aber wann würde er ihn dann treffen können – morgen? Das war schon zu knapp, er musste morgen Frau Berger treffen. Und wenn sie gar nicht im Lande war? Nun, man konnte nicht alles planen. Also erst mal zu Reichenberg.

Die Taxifahrt war kein bisschen angenehmer als die bisherige Reise. Er hatte ein Taxi erwischt, in dem es nach kaltem Rauch stank, das zu stark klimatisiert war und in dem einer der zahlreichen religiösen Radiosender lief. Eine eindringliche Stimme setzte den Hörern die Heiligkeit des Volkes Israel und sein Recht auf jeden Zentimeter des Heiligen Landes auseinander, da nun einmal Heiligkeit zu Heiligkeit gehöre. Kombiniert mit Kleins Müdigkeit und Nervosität war das alles keine gute Mischung. Er bat den Fahrer, die Klimaanlage abzustellen und stattdessen die Fenster etwas zu öffnen, um die milde israelische Herbstluft hereinzulassen. Der Fahrer tat es ohne Umschweife. Der Gestank ließ etwas nach, und es wurde wärmer. Blieb noch die nervende Radiopredigt.

«Würde es Ihnen etwas ausmachen, das Radio abzuschalten?»

Der Fahrer, der nicht als orthodoxer Jude erkennbar war, blickte ihn misstrauisch von der Seite her an. «Sie sind doch fromm. Wollen Sie das nicht hören? Das ist Rabbi Ben-Schmuel. Kennen Sie den nicht? Ein großer Talmid Chacham.»

«Ich kenne den nicht, und ich will das auch nicht hören», erklärte Klein.

Der Fahrer drehte das Radio missmutig aus. «Woher kommen Sie?», fragte er Klein.

«Aus der Schweiz.»

Diese Antwort entlockte israelischen Taxifahrern in der Regel eine von zwei Reaktionen. Entweder sie fragten ungläubig, wie man dort leben könne statt im Staat der Juden, oder sie begannen zu schwärmen, dass man das ganz große Los gezogen habe und bloß nicht etwa auf die vollkommen unsinnige Idee verfallen sollte, in dieses chaotische, gefährliche Israel auszuwandern.

Dieser Taxifahrer reagierte nicht so. Er fragte: «Gibt es in der Schweiz auch Rabbiner?»

«Natürlich. Was glauben Sie denn?»

«Wen zum Beispiel?»

«Es fällt mir gerade kein Name ein», meinte Klein.

Der Rest der Fahrt verlief daraufhin schweigend. Nur seine Nervosität wegen der fortgeschrittenen Zeit hinderte Klein daran, die Augen zu schließen und auf der Stelle einzuschlafen.

Um punkt fünf hielt das Taxi in der Jerusalemer King-George-Straße vor dem Portal des Oberrabbinats. Klein, der noch in Zürich geplant hatte, vor dem Besuch bei Rabbi Reichenberg rasch ins Hotel zu fahren, sich frisch zu machen, vielleicht auch einen türkischen Kaffee zu trinken, eilte verschwitzt und unterkühlt zugleich mit seinem Rollköfferchen in die Eingangshalle.

«Zu Rabbiner Reichenberg bitte. Ich habe einen Termin. Rabbiner Klein aus Zürich.»

Ohne ein Wort griff das Mädchen am Empfang zum Telefon und drückte zwei Tasten. «Reichenberg? Ja? Ich werde es ihm sagen.» Sie legte auf. «Rabbiner Reichenberg musste leider weg. Er hat noch versucht, Sie zu benachrichtigen. Der Termin entfällt.»

«Wie bitte? Der Termin entfällt? Ich bin extra aus der Schweiz gekommen, nur für diesen Termin. Es ist äußerst wichtig. Wo kann ich Rabbiner Reichenberg erreichen?»

«Warten Sie», sagte das Mädchen, nicht ohne Mitleid im Blick, «ich rufe Rabbiner Reichenbergs Assistenten an. Sprechen Sie mit ihm.» Erneut griff sie zum Telefonhörer. «Ron? Ja, er ist extra aus der Schweiz gekommen. – Aber jetzt steht er hier, was soll ich tun? Der Arme.»

Klein fühlte sich wie ein kleiner Junge. Diese israelischen Frauen, und seien sie halb so alt wie er, schlüpften immer gleich in die Mutterrolle.

«Kannst du mit ihm reden?», fragte die Frau in den Hörer. «In Ordnung.» Und zu ihm gewandt: «Rabbiner Drori kommt gleich herunter.»

Klein war äußerst angespannt. Aber wenn Drori ihm die Dokumente gab, war das auch in Ordnung. Schon öffnete sich die Lifttür, ein junger, offenbar sephardischer Rabbiner mit schwarzem Samtkäppchen und kurzgestutztem Bart kam heraus.

«Herr Rabbiner Klein – es tut mir leid. Wir haben Sie noch heute Vormittag zu erreichen versucht und eine Nachricht hinterlassen. Rabbiner Reichenberg kann den Termin nicht wahrnehmen.»

«Nun, das ist unglücklich. Aber eigentlich wollte er mir vor allem ein paar Dokumentkopien und eine Adresse überlassen. Vielleicht können Sie mir die geben.»

«Es tut mir wirklich leid, aber ich habe keine Vollmacht von Rabbiner Reichenberg erhalten, Ihnen etwas zu übergeben. Er hat mir nur gesagt, ich solle Sie benachrichtigen, dass der Termin entfällt.»

«Und morgen?», fragte Klein schwach.

«Der Termin entfällt», wiederholte Drori. Auch in seinem Blick fehlte es nicht an Mitleid.

Wie ein geschlagener Hund. So musste man das wohl nennen, dachte Klein. Er lag in seinem Hotelzimmer auf dem großen Bett, noch in Anzug und Krawatte, die Glieder von sich gestreckt. Den Flugmodus des Telefons hatte er aus Nervosität nach der Landung umzustellen vergessen. Nun fand er alle Nachrichten des Tages vor. Darunter natürlich auch diejenige von Frau Wild, das Rabbinat in Jerusalem habe den Termin kurzfristig absagen müssen, Herr Rabbiner Reichenberg müsse dringend verreisen. Über das weitere Vorgehen habe sich das Oberrabbinat nicht geäußert. Die Nachricht war kurz nach halb elf Uhr Schweizer Zeit bei ihm eingegangen.

Dass Reichenberg ihn von Anfang an absichtlich hatte auflaufen lassen, konnte sich Klein nicht vorstellen. Immerhin hatte er ja noch anrufen lassen, auch wenn ihm klar sein musste, dass Klein schon im Flugzeug saß. Doch dass er sich, nach Jahren der Zusammenarbeit, verleugnen ließ und das Gespräch verweigerte, nicht einmal bereit war, ihm persönlich die Gründe ins Gesicht zu sagen, das war schon allerhand. Und natürlich hatte Klein keine Ahnung, was die Kehrtwende bei Rabbi Reichenberg innerhalb weniger Stunden veranlasst hatte. Andererseits konnte er sich nun sagen, dass er wirklich nichts unversucht gelassen hatte, um Bergers Vergangenheit, sei sie nun mit seinem Tod verbunden oder nicht, auf die Spur zu kommen. Diese Feststellung brachte etwas Ruhe in seinen aufgestörten Geist. Er schloss die Augen und schlief sofort ein.

Als er erwachte, brauchte er einen Moment, um sich zu

orientieren. Draußen war es dunkel. Es war acht Uhr abends, er hatte gut zwei Stunden geschlafen. Er blieb einen Moment liegen, schuf Ordnung in seinem Hirn. Dann stand er ächzend auf, zog seine zerdrückten, nach Rauch und Schweiß riechenden Kleider aus und stellte sich unter die Dusche. Seine Gedanken kreisten um die Rentnergruppe von der Zürcher S-Bahn am Morgen. Bei denen war jetzt sechs Uhr in London. Bald würde der Heiri sein ersehntes Ale bekommen. Unter großem Hallo der Mitreisenden.

Er beschloss, zur Klagemauer zu gehen. Der kühle Abendwind belebte ihn. Er wählte den Weg durchs Jaffator und den arabischen Suk hinunter in den jüdischen Teil der Altstadt. Im grellen Neonlicht boten die arabischen Händler an ihren Ständen Rosenkränze feil, Schabbatdecken, Schmuck aus Perlmutt und Lapislazuli, arabische Einlegearbeiten, olivgrüne T-Shirts mit dem Logo der israelischen Armee und unzählige andere Dinge in allen Farben und Formen. Zuweilen roch es nach Schawarma, Falafel und süßem orientalischem Gebäck.

Der Besuch der Klagemauer war für Klein immer ein zwiespältiges Erlebnis. Er begriff es als Pflichttermin in Jerusalem. Es war nun mal die heiligste Stätte im Judentum – wenn eine Heiligkeit von Stätten überhaupt möglich war. Aber es fiel ihm nicht leicht zu verstehen, weshalb Gott dort präsenter sein sollte als irgendwo sonst auf der Welt. Natürlich, es war ein Stück Westmauer des Tempels gewesen, der heute nicht wieder aufgebaut werden konnte, weil oben auf dem Tempelberg die Muslime saßen und der Messias sich nicht blicken ließ. Aber hieß Heiligkeit nicht auch, dass der Einzelne sich erhoben fühlen sollte? Und fühlte er sich erhoben?

Nachdem er gemeinsam mit einer Gruppe von Männern

das Abendgebet gesagt und den Trauerkaddisch für Berger gesprochen hatte, stellte er sich allein vor die großen Steinquader, zwischen denen Tausende von Bittschriften an Gott steckten, die Juden aus aller Welt persönlich oder über einen zentralen E-Mail-Service dort deponiert hatten. Er schloss die Augen, berührte mit der Stirn die kühlen, rohen Steine. Und unvermittelt, zum ersten Mal in seinem Leben, das doch schon über die Hälfte hinaus war, begann er mit seinem Gott auf Schweizerdeutsch zu reden – hier, inmitten Jerusalems, der Burg Zion, wo Hebräisch nicht nur das Gebet beherrschte, wo jeder Schuhverkäufer, Buschauffeur und Penner Hebräisch sprach. Ruhig, aber eindringlich wies er darauf hin, dass das alles so nicht gemeint sein konnte. Er hatte ja nicht nur aus Karrieregründen seinen Job gewählt. Er war angetreten mit Idealen, mit Zielen, mit dem Glauben, auf die Menschen einwirken zu können, für etwas einzustehen – mit der Vorstellung, dass es aus dem Wald zurückschallen werde, wie man hineinrief. Ja, und er gestand sich zu, dass er sich, wie es die Weisen nahelegten, den biblischen Aaron zum Vorbild genommen hatte, «den Frieden liebend und dem Frieden nachjagend». Was er aber antraf, war Gleichgültigkeit, Missgunst, Falschheit und Lüge. Er habe doch an den hohen Feiertagen brav um Sühne gebetet, seine Vergehen bereut und es ernst gemeint. Jetzt müsse er mal seinen Frust loswerden. Er wolle hier an der Klagemauer nicht unhöflich werden, aber er empfinde seine persönliche Erfolgsbilanz, gemessen an seinem guten Willen, als besch...eiden.

Er stand noch eine Weile so da, stützte nun auch die beiden Handflächen sachte auf die Mauer. Da plötzlich drang aus den Ritzen eine Stimme. Es war erstaunlicherweise eine bekannte Stimme, und sie sprach unverkennbar Ostschweizer

Dialekt. Es war die Stimme des schwulen Kursleiters Ruedi, die mit rauchigem Timbre sagte: «Du redest nicht an eine Wand.»

Als Klein sich zum Gehen wandte, stand neben ihm ein alter zahnloser Mann und streckte die Hand aus.

Klein hatte nur Noten, die kleinste zu fünfzig Schekel. Er drückte sie ihm in die Hand. «Geben Sie mir vierzig zurück», sagte er.

Doch der alte Mann murmelte nur den Standardspruch aller jüdischen Bettler, «Es sollen dir gute Taten zuteil werden», und humpelte ungerührt davon. Im Nu war Klein von fünf oder sechs anderen Bettlern mit offenen Händen oder schlenkernden Plastikbechern umstellt. Er hatte nur noch Hundertschekel-Noten. «Sorry», sagte er und zuckte die Schultern. Ihre feindseligen Blicke und Zurufe begleiteten ihn, als er über die großen blankgescheuerten Steinfliesen hinweg die Mauer verließ.

9

Lange konnte Klein nicht einschlafen. Die Aufregung des Vortags, das Fiasko im Rabbinat, das Nachmittagsschläfchen und das zu schwere und zu scharfe späte Abendessen in einem jemenitischen Restaurant setzten ihm zu. Er wälzte sich, hatte Magenbrennen und Angstphantasien. «In jener Nacht wich der Schlaf vom König», zitierte er halblaut die berühmte Stelle aus der Geschichte von Esther, mit der die Wendung der Erzählung einsetzt: von der drohenden Vernichtung zum jubelnden Triumph der Juden im persischen Reich. Der König lässt sich die Chronik seiner Herrschaft vorlesen, und man stößt auf die vergessenen Verdienste des todgeweihten Juden Mardochai, der einst ein Komplott gegen den König aufgedeckt hatte und dem dieser deshalb sein Leben verdankt.

Und was würde ihm vorgelesen werden? Würde auch bei ihm eine Wende eintreten, «vom Kummer zur Freude und von der Trauer zum Festtag»? Oder wenigstens zu Erkenntnis und Gerechtigkeit? Das würde kaum mehr geschehen. Wenn es je einen leisen – und wirklich nur leisen – Verdacht gegeben hatte, dass die Geschichte von Bergers verhinderter Scheidung irgendetwas mit seinem Tod zu tun hatte, so war dieser Verdacht durch die gestrigen Ereignisse und das Verhalten Rabbiner Reichenbergs zwar plötzlich grell geschärft, aber zugleich schien auch jede Möglichkeit verwehrt, die Spur weiter zu verfolgen. Die wachsende Gewissheit, dass Josef Gut fälschlich verdächtigt wurde und dass Gerechtigkeit zu erlangen nicht möglich war, ließ Klein verzweifeln.

Er fiel in einen unruhigen Schlaf und schreckte hoch, als die Muezzine zum ersten Gebet riefen. Klein stand auf, öffnete die Schiebetür zum Balkon und trat im Schlafanzug hinaus. Sein Zimmer lag im zehnten Stock eines Hotelturms, gegenüber sah er die beleuchtete Silhouette der Altstadt. Es dämmerte erst, und ihn fröstelte in der Jerusalemer Novemberluft. Der Singsang der Muezzine kam ihm ewig lang vor, ihre asynchron verwobenen Stimmen und Tremolos wirkten wie die Komposition einer vollendeten Melancholie. In Klein sammelte sich die Trauer und die Frustration, das Gefühl von Machtlosigkeit und die Wut – auf den Mörder, den er nicht kannte, auf die Rabbiner, die ihn nicht empfingen, auf das Geheimnis, dem er nicht auf die Spur kam, das immer opaker wurde, je näher er sich wähnte. Und als die Stimmen der Muezzine eine nach der anderen verklungen waren, da überkam es ihn selbst, den zitternden Juden auf der Hotelterrasse, ihm entwand sich ein Schrei, den er nur notdürftig mit diesen hebräischen Bibelworten füllte, die ihm seit Tagen nicht aus dem Kopf gingen, den Worten Gottes an den Totschläger Kain: «Das Blut deines Bruders schreit zu mir aus der Erde. Das Blut deines Bruders schreit zu mir aus der Erde. Das Blut deines Bruders …»

«Ruhe, verdammt nochmal!», schallte es in barschem Deutsch von einem der Balkone über ihm, und sogleich gesellten sich lautstarke Proteste in französischer, italienischer und noch drei anderen Sprachen aus allen Richtungen hinzu. Klein, wie ein erwachender Schlafwandler, zuckte zusammen. Er ging ins Zimmer zurück und schlüpfte ins Bett. Wohlig rieb er seine kalten Füße in die noch warme Bettdecke und fiel in einen tiefen, traumlosen Morgenschlaf.

«Vielleicht können Sie den Jungen ja zur Vernunft bringen.» Diese Hoffnung hatte ihm Peter Bohnenblust, der gerade aus dem Haus gehen wollte, zusammen mit der Telefonnummer seines Sohnes überlassen. Es hatte so getönt, als seien Davids Eltern böse auf Klein. Weshalb, wusste er nicht.

Unter der Nummer meldete sich nur die Combox. Er hinterließ die Nachricht, dass er heute bei seiner Schwester in Ramat Gan sein und David gerne treffen würde. Da alle anderen Pläne sich ohnehin zerschlagen hatten, nutzte Klein den freien Tag in Israel, um Esthi zu besuchen.

Weil Esthis Mann Jakov an multipler Sklerose litt, waren sie vor anderthalb Jahren von der Stadt Petach Tikva nach Ramat Gan bei Tel Aviv umgezogen, in eine kleinere, aber funktionale Wohnung für ältere Menschen, mit der Möglichkeit ständiger Betreuung. Für Kleins Schwester war der Umzug nicht ganz einfach gewesen. Sie hatte den Kontakt zu ihrer Synagoge, in der sie und ihr Mann über dreißig Jahre lang Mitglieder und ziemlich aktiv gewesen waren, aufgeben müssen, da sie am Schabbat nicht Auto fuhr.

Esthi hatte sich gefreut, als er sie am Morgen anrief. Sie lud ihn zum Mittagessen ein und schlug vor, er solle doch gleich bei ihnen übernachten und gar nicht nach Jerusalem zurückfahren. Von Ramat Gan war es ohnehin bedeutend näher zum Flughafen. Klein nahm das Angebot an.

Noch während er im Bus nach Ramat Gan saß, rief David Bohnenblust zurück. Ob Klein ihn heute Nachmittag in Bnei Brak treffen könne? Das liege ja gleich neben Ramat Gan. Um drei Uhr habe er eine Stunde Zeit. Er freue sich. Nun müsse er leider weiter.

Klein horchte auf. Bnei Brak, das war die fast ausschließlich von orthodoxen Juden bewohnte Stadt gleich neben Ramat Gan. Wer von Tel Aviv nach Bnei Brak umzog, der legte mehr zurück als die paar Kilometer Luftlinie. Am Nachmittag würde er mehr erfahren.

Jakovs Zustand erschreckte Klein, obwohl er vorbereitet war. Seine Augen blitzten immer noch wie einst, aber aus dem lebensfrohen, energetischen Mann war ein hinfälliger, gelähmter Patient geworden. Im Augenblick nahm Esthi das Pflegeangebot, das der neue Wohnort bereithielt, noch wenig in Anspruch: zweimal im Jahr für zwei Wochen, wenn Yasmin, die schon seit drei Jahren für Jakovs Pflege angestellt war, ihre Familie auf den Philippinen besuchte. Der Preis dafür, dass Yasmins Arbeit in Israel ihre Familie ernährte, war, dass sie ihre Kinder nur vier Wochen im Jahr sah. Esthi hätte ihr gern mehr Ferien gegeben. Aber Yasmin hatte Angst, wegen zu häufigen Abwesenheiten ihre Arbeitserlaubnis in Israel zu verlieren.

Nach dem Essen brachte Yasmin Jakov ins Schlafzimmer, damit er sich ausruhen konnte. Esthi kochte Tee. Sie setzten sich in den kleinen Salon, den Esthi, soweit bei den Platzverhältnissen noch möglich, mit Möbeln und Accessoires ihres früheren Wohnzimmers eingerichtet hatte.

Nun, da Jakov nicht mehr im Raum war, sprach Esthi offen über die schwere Belastung und den Kräfteverschleiß, die das Leben an der Seite eines so kranken Menschen bedeuteten. Bei aller Hilfe, die sie in Anspruch nehme, liege doch die Verantwortung für alles bei ihr. «Weißt du, es ist ja selbstverständlich, dass ich für ihn da bin. Es ist Teil dessen, wozu man ja sagt, wenn man heiratet. Und er wäre für mich genauso da. Es ist nur: Am Ende bist du schrecklich allein mit dieser Selbstverständlichkeit.»

In Gabriel stieg wieder das Gefühl alter Vertrautheit zu

Esthi hoch, so wie damals, als er, ein zwanzigjähriger Jeschiwaschüler, mit ihr in der Küche der alten Wohnung gesessen hatte. Damals war sie die Frau gewesen, die schon mitten im Leben stand, eine arbeitende Mutter, deren Mann Erfolg hatte, während der kleine Bruder Unsicherheiten und Ängste bewältigen musste. Heute war ihre Lage schwieriger als seine, und sie schien ihrerseits froh zu sein, ihn als Zuhörer zu haben.

«Warum bist du eigentlich zu diesem Kurzbesuch nach Israel gekommen?», fragte sie ihn.

Zuerst wollte er mit einer Floskel antworten. Doch die Nähe, die zwischen ihnen wieder gewachsen war, veranlasste ihn, die ganze leidige Geschichte zu erzählen.

Von Bergers Tod und auch von Guts Festnahme hatte Esthi gelesen; in der seltsamen Anhänglichkeit, die manche, oft gerade die jung ausgewanderten Schweizer Juden zu ihrem Herkunftsland und der dortigen jüdischen Gemeinde empfanden, hatte sie immer noch ein Abonnement der Schweizer *Jüdischen Woche*. Dort war die Nachricht ausführlich gebracht worden. «Also stimmte das nicht, was in der *Jüdischen Woche* stand: dass er geschieden war.»

«Das hat er selbst behauptet. Offenbar war es nicht die Wahrheit.»

«Und warum ist es nun deine Aufgabe, seine Frau zu finden?»

«Ich will vor allem die Wahrheit über Nachum Berger herausfinden.»

«Du meinst die Wahrheit über seinen Tod.»

«Womöglich ist das miteinander verbunden. Wenn Bergers Leben anders verlief, als wir gemeint haben, könnte es auch mit seinem Tod so sein.»

Esthi blickte nachdenklich vor sich hin. Erst jetzt fiel ihrem Bruder auf, wie alt sie geworden war seit ihrer letzten Begegnung. Unter dem Tuch, das sie sich um den Kopf gebunden hatte, schauten weiße Haare hervor. Er würde sie öfter besuchen müssen, Termine hin oder her.

«Diese Agunot-Geschichten», meinte Esthi, «gehören zu dem, was unsere Gesellschaft gern verdrängt. Es passt nicht zu dem Bild, das die Israelis von sich haben. Dass sie alles irgendwie hinkriegen.»

Die Tür des Schlafzimmers öffnete sich. Yasmins Kopf erschien, sie bat Esthi, kurz zu kommen. Offenbar hatte Jakov nach ihr gefragt, oder es gab sonst ein Problem. Trotz aller Hilfe musste diese Dauerverfügbarkeit tatsächlich eine große Belastung sein.

Klein nippte an seinem Tee. Esthi war immer noch im Schlafzimmer verschwunden. Wenn er um drei Uhr in Bnei Brak sein wollte, musste er langsam aufbrechen. Er schrieb Esthi eine Nachricht auf einen Zettel und verließ die Wohnung.

Draußen empfing ihn eine milde Herbstsonne. Doch der Himmel bewölkte sich. Für heute Nacht war Regen angesagt, der erste nach den Monaten der trockenen Sommerzeit.

Von der Busstation aus rief er im Büro an, um zu hören, ob es etwas Neues gab in Zürich. Nur etwas Nennenswertes, meinte Frau Wild, eine traurige Nachricht: Herr Wolf sei gestern Abend verstorben und am Vormittag beerdigt worden. Herr Eichenwald, der Religionslehrer, der Klein bei solchen Anlässen zu vertreten pflegte, habe das Begräbnis geleitet.

In Klein zuckte unvermittelt die Trauer hoch. Irgendwie hielt man diese demenzkranken Menschen immer für fast unsterblich – sie würden wohl ewig, so schien es, in dieser

Apathie verharren. In Gedanken versunken wartete er auf den Bus.

Kurz vor drei Uhr saß Klein wie verabredet an der Busstation «Park der Märtyrer von Warschau» in Bnei Brak. Der Name trog. Es waren lediglich ein paar Bäume und ein schmaler Streifen eingezäunter Sträucher mit einer Gedenktafel für die Kämpfer des Ghettoaufstands an einer der Hauptstraßen der Stadt. Klein war als Kind ein paar Mal in Bnei Brak gewesen, weil sein Großonkel dort lebte. Er erinnerte sich, wie an einem Schabbat auf den Straßen, die für den Autoverkehr den ganzen Tag gesperrt waren, bei glühender Hitze Familien mit acht, neun oder noch mehr Kindern promenierten – die Frauen mit unförmigen Perücken aus künstlichem Haar, die Männer mit Pelzhüten und seidenen Kaftanen. Die intime Nähe und unüberbrückbare Ferne, die er zu diesen Juden gespürt hatte, dieses eigenartige Gefühl war bis heute geblieben.

Es wehte ihn jetzt leise an, da ihn die Abgase der an- und abfahrenden Busse einhüllten, während gegenüber unter den Arkaden die kleinen Läden um Kundschaft warben: ein Geschäft mit riesigen Stoffballen und zwei Schaufensterpuppen in züchtigen Brautkleidern, daneben eines für Spielzeug, Süßigkeiten und CDs mit religiösen Kinderliedern und von Stars der chassidischen Musikszene, ein Geschäft für Elektrowaren mit Ventilatoren, Staubsaugern, Haarföhnen im Schaufenster und den wuchtigen Waschmaschinen und Trocknern im halbdunklen Ladeninnern. In den Auslagen herrschte die Ästhetik des Überladenen in kunstvoller Form, die immer gerade nicht ins Chaos kippte. Motorradfahrer, aus deren Helmen unten graue und weiße Bärte hervorquollen, gestresste Mütter mit Kopftüchern, die Kinderwagenkonstruktionen schoben, in und auf denen bis zu vier Kinder verschiedenen Alters sitzen und stehen konnten, zwei schwere Mittdreißiger mit schwarzen Samtkäppchen, gestutzten Bärten, die nebeneinander Pizza aßen und beide gestikulierend in ihre Mobiltelefone sprachen.

Klein würde morgen um diese Zeit in seinem Zürcher Büro sitzen, in einer anderen Welt, von der die meisten Menschen hier nichts wussten und die sie auch nicht interessierte. Es fiel ihm schwer, den rasanten Wechsel zwischen zwei Welten wirklich zu verstehen.

Hinter sich hörte er eine vertraute Stimme seinen Namen rufen. Er drehte sich um und schaute den jungen Charedi mit dunkelgrauem Anzug, schwarzem Hut und halblangem Bart, der ihm gegenüberstand, ratlos an. Natürlich wusste er, wer es war, sie waren ja verabredet. Dennoch erkannte er das vertraute Gesicht hinter dem neuen Äußeren erst, als das Kinn seines Gegenübers unkontrolliert in die Höhe schnellte.

Schon damals, spätabends am Zürcher Hauptbahnhof, war er auf David Bohnenblust nur aufmerksam geworden, weil sich das Tourette-Syndrom mit dieser jähen Kopfbewegung gerade bemerkbar gemacht hatte, als er an ihm vorüberging.

Sie fielen sich in die Arme.

Da es in Bnei Brak kaum Cafés und Restaurants gab, in die man sich hätte zurückziehen können, suchten sie sich eine Bank bei einem Kinderspielplatz, um zu reden.

David erzählte, wie er aus dem Programm, an dem er zuerst teilgenommen hatte, ausgestiegen war. Er hatte sich überlegt, zur Armee zu gehen, aber man habe ihm gesagt, mit seinem Syndrom gäbe es dort höchstens einen Bürojob. Herumsitzen, fand er, könne er auch ohne Uniform. Hebräisch hatte er, wie alles, womit er sich beschäftigte, in Windeseile hervorragend gelernt. Er wollte in Israel bleiben, wusste aber eine Weile lang nichts mit sich anzufangen. Er hatte die Einschreibefrist für die Universität verpasst, seine Eltern machten Druck, er solle in die Schweiz zurückkommen. «Aber das wollte ich nicht. Da wäre ja genau wieder diese Atmosphäre gewesen, die ich nicht aushielt.»

«Du hättest dir eine eigene Wohnung nehmen können.»

«Es waren ja nicht nur meine Eltern. Mir schien, ich käme in Zürich nicht weiter.» David sah Klein von der Seite her an. Wieder zuckte sein Kopf nach oben. «Ehrlich gesagt, ich verstehe Sie nicht, Herr Rabbiner. Sie haben mir doch damals geraten, hierherzukommen. Sie haben alles für mich arrangiert. Und jetzt insistieren Sie, dass ich hätte zurückkommen sollen?»

Klein lächelte. Natürlich hatte David recht. Einerseits. Andererseits hatte niemand damit gerechnet, dass er in Bnei Brak landen würde. Klein gestand sich ein, dass er vor allem gegenüber Davids Eltern ein schlechtes Gewissen hatte. Er verstand jetzt besser, weshalb der Vater am Telefon so kurz angebunden gewesen war.

«Ehrlich gesagt, ich war etwas beunruhigt über deine Rosch-Haschana-Karte», sagte er. «Sie ist aus irgendwelchen Gründen erst nach Sukkoth bei mir angekommen. Ich schrieb dir eine E-Mail, doch die ging nicht durch.»

David schaute ihn forschend an. «Wieso waren Sie beunruhigt?»

«Ich weiß nicht.» Klein überlegte, ob er einen Fehler gemacht hatte, dies so offen zu sagen. Jetzt musste er es irgendwie begründen. «Du hattest auf eine etwas eigenartige Weise geschrieben, dass es dir gut gehe. Ich dachte, dahinter könnte sich etwas verbergen, was du nicht so direkt ausdrücken willst.» Er hielt einen Moment inne und fügte an: «Und wenn ich dich jetzt in dieser Kleidung treffe, dann ist ja tatsächlich einiges geschehen.»

«Es sieht dramatischer aus, als es ist», meinte David. «Ich habe mich einfach dafür entschieden, wenn ich schon hier bin, die Möglichkeit zu ergreifen, mal richtig einzutauchen in all diese Dinge, die das Judentum über Jahrhunderte geformt haben. Einige Zeit dem Talmud widmen. Das Programm, das Sie mir vermittelt hatten, war ganz nett, aber es war mir zu stark auf junge Leute ausgerichtet, die Spaß haben wollen und deren Eltern sich einreden wollen, dass ihre Kinder ein Jahr lang etwas Wertvolles tun. Zu viele Reisen, zu viele Partys, zu oberflächliches Lernen. Verstehen Sie mich recht: Es war gut, dass ich hergekommen bin.» Er hielt einen Moment inne, doch Klein spürte, dass er noch einiges auf dem Herzen hatte, und schwieg. Tatsächlich fuhr David fort: «Sehen Sie, Herr Rabbiner, für Sie bin ich ein ganzer Jude. Und meine Eltern haben wirklich alles dafür getan, dass ich mich so fühle. Sie wissen, wie oft mein Vater mit mir in die Synagoge gegangen ist. Aber er ist eben kein Jude – die Hälfte von mir ist ein Goi, das können Sie drehen, wie Sie wollen. Daran ist ja nichts Schlechtes, aber es ist eben ein Teil von mir, und alle haben immer so getan, als sei es das nicht. Vielleicht hat das sogar etwas damit zu tun, dass ich in Zürich in diese Krise geraten war – mehr als ich damals erkannte. Israel war meine Möglichkeit herauszufinden, ob das alles für mich wirklich trägt, ob ich nicht nur unter den Nichtjuden, sondern auch unter den Juden ein Jude sein will. Wenn es im Militär nicht möglich war, das herauszufinden, dann eben bei der Beschäftigung mit der Tradition. Und den Talmud lernt man nun mal nirgends so intensiv wie in einer charedischen Jeschiwa.»

«Und die haben dich akzeptiert?»

«Ich bin hingegangen und habe ihnen mein Anliegen erklärt, offen und ehrlich. Sie waren skeptisch und haben mir auch gesagt, dass das Niveau sehr hoch sei, für Leute konzipiert, die ihr ganzes Leben zuvor dem Torahstudium gewidmet hätten.»

«Da haben sie zweifelsohne recht. Und was hast du geantwortet?»

«Ich habe ihnen gesagt, dass ich spezielle Bedingungen einfordere, weil ich an einer Behinderung leide. Es waren drei Rabbiner, und sie haben einander vielsagend angeschaut. Sie hatten mich natürlich beobachtet, und sie wussten offenbar nicht, wie sie mit dieser Forderung umgehen sollten. Dann habe ich ihnen gesagt, dass ich mit der Behinderung nicht das Tourette-Syndrom meine, das ihnen sicher aufgefallen sei, sondern meine Hochbegabung. Die habe mich das ganze Leben geplagt, bis ich von zu Hause weggelaufen sei. Aber nun, auf der Jeschiwa, würde ich garantiert schnelle Fortschritte machen und endlich einmal etwas davon haben.»

«Und?»

«Sie gaben mir eine Chance, und ich ging ins nächste charedische Kleidergeschäft. Mein Smartphone musste ich abgeben, meine E-Mail-Adresse sperren lassen.» Er zog ein uraltes Handy aus der Tasche. «So etwas ist noch erlaubt. Internet nicht.»

«Und wie fühlst du dich jetzt? Habe ich zu viel aus deiner Karte herausgelesen? Oder bist du unglücklich?»

David schaute einem kleinen Jungen nach, der auf sehr wackligen Beinchen über den sandigen Kinderspielplatz lief, gefolgt von seiner größeren, vielleicht neunjährigen Schwester, die darauf achtete, dass er nicht mit anderen spielenden Kindern kollidierte.

«Unglücklich bin ich eigentlich nicht», meinte er schließlich. «Aber wieder zerrissen. Ich glaube langsam, dass ich auch unter Juden ein Jude bin. Aber ich weiß nicht genau, was für einer.»

«Deine Eltern scheinen sich schwer zu tun damit. Dein Vater klang nicht begeistert.»

Wieder zuckte Davids Kinn. Doch Klein fiel auf, dass es inzwischen bedeutend seltener vorkam als früher und das Syndrom sich zurückgebildet hatte.

«Meine Eltern haben mir gegenüber eine neue Strategie. Sie lassen mich nun alles tun, ermutigen mich bei jeder Idee, bieten ihre Hilfe an. Sie wollen den Kontakt nicht verlieren. Aber zugleich erzählen sie mir bei jedem Telefongespräch, wie schön es in der Schweiz ist. Tolle Ausstellungen! Das Schauspielhaus so gut wie nie zuvor! Sogar vom Wetter heißt es immer: angenehm kühl im März. Oder etwas feucht, aber auch erfrischend. Zur gleichen Zeit hatte ich jemand anderen aus Zürich getroffen, der mir erzählte, die halbe Schweiz sei überflutet. Sie versuchen mir ein kleines Paradies auszumalen. Als würde ich des Wetters oder des Schauspielhauses wegen nach Zürich zurückkommen! Und sie stürzen sich in noch mehr Arbeit. Seit Dorit nun auch die Matur gemacht hat und in Berkeley studiert, können sie ja ungebremst arbeiten.»

Davids Schwester Dorit hatte, anders als David, nie viel Interesse für die Religion bekundet. Klein wusste, dass David seine Schwester über alles liebte. Womöglich fiel ihm die Trennung von ihr schwerer als die von den Eltern. Doch er verzichtete darauf, David danach zu fragen.

«Und wie lange bist du nun schon auf dieser Jeschiwa?»

«Etwas mehr als ein halbes Jahr. Und ich bleibe sicher nochmals so lange. Dann muss ich weitersehen.»

Sie schwiegen eine Weile. Klein fiel auf, dass nicht nur im Park, sondern auch überall in den Fenstern der einheitlich ziemlich hässlichen Häuser aus den siebziger Jahren um den Park herum Kinder zu sehen waren.

«Und was führt Sie nach Israel?», fragte schließlich David. «Der Besuch bei Ihrer Schwester?»

«In erster Linie Arbeit», antwortete Klein. «Meine Schwester konnte ich nur besuchen, weil es bei der Arbeit eine Panne gegeben hat.»

«Eine Panne?»

«Sagen wir mal so: Man hat mich ausgebremst.»

David schwieg betreten. «Und was gibt es Neues in Zürich?», fragte er schließlich.

Klein dämmerte, dass David vom Tod Nachum Bergers womöglich gar nichts wusste. Wenn seine Eltern ihm die Schweiz immer in rosigsten Farben darzustellen versuchten, um ihn heimzulocken, war der gewaltsame Tod seines ehemaligen Lehrers keine ideale Nachricht. Und im Internet konnte er es auf der Jeschiwa auch nicht gelesen haben.

Tatsächlich überraschte die Nachricht David vollkommen.

«Weiß man denn, wer ihn umgebracht hat?»

«Die Polizei hat einen Verdacht», sagte Klein. Er erzählte von Gila und Josef Gut, nicht mehr, als in der Zeitung gestanden hatte. «Weißt du, David», fügte er an, «ich habe oft daran gedacht, was du einmal über den Moreh Nachum gesagt hattest: ‹Vielleicht ist er zu nett.›»

David schwieg einen Moment, schien sich einen Ruck geben zu müssen und fragte, indem er vor sich hinschaute: «Herr Rabbiner Klein, wussten Sie, dass Nachum Berger noch verheiratet war? Dass er seine Frau in Israel sitzengelassen hat?»

Klein war wie vom Donner gerührt. Woher wusste das ausgerechnet David Bohnenblust?

«Wer hat dir das erzählt?»

«Seine Frau, Aviva Berger, war hier meine Geigenlehrerin, als ich noch in Tel Aviv wohnte. Ich wollte ja in Israel auf keinen Fall das Geigenspiel aufgeben, und jemand hatte sie mir empfohlen. Die Rabbiner auf der Jeschiwa haben zwar erlaubt, dass ich weiter Geige spiele, aber sie verlangen, dass ich bei einem Mann Stunden nehme. Deshalb habe ich gewechselt.»

Es fiel Klein ein, dass David ihm einmal von einer besonders guten Geigenlehrerin geschrieben hatte. Das musste Aviva gewesen sein.

«Und Aviva Berger hat dir gesagt, dass sie die Frau von Nachum Berger ist?»

«Sie wusste ja, dass ich aus Zürich komme. Wir haben uns sehr gut verstanden, sie war für mich eine Vertrauensperson, ein fester Anker, besonders in der Zeit, als ich mich allein fühlte. Und da hat sie mir auch vieles aus ihrem Leben erzählt. Auch dass sie eine Aguna sei und dass ich ihren Mann womöglich kenne. Sie hat mich aber beschworen, es niemandem weiterzuerzählen. Ich begehe gerade einen groben Vertrauensbruch.»

Klein zögerte einen Moment, legte dann aber seinen Arm väterlich um Davids Schulter.

«Weißt du, David, ich habe auch gewusst, dass Nachum nicht geschieden war. Ich wusste nur nicht, wer seine Frau ist.» Er erzählte vom Telefongespräch mit Rabbi Dauber. Auch von seinem Besuch gestern auf dem Oberrabbinat und von der Abfuhr, die er dort erhalten hatte.

«Das haben Sie gemeint, als Sie von der Panne sprachen.»

«Genau. Und bis vor zwei Minuten wusste ich zwar, dass Nachums Frau womöglich noch in Israel lebt, aber ich hatte keine Ahnung, wo ich sie finden würde. Wo wohnt Aviva Berger denn?»

«Nicht weit von Ihrer Schwester, in Ramat Gan. Aber ich bitte Sie, nicht zu ihr zu gehen. Es wäre für mich eine Katastrophe, wenn sie erfährt, dass ich etwas ausgeplaudert habe, was sie mir anvertraut hat.»

«Ich muss hingehen. Ich erhoffe mir auch, dass ich mehr über Nachum erfahre. Und über seinen Tod.» Klein bereute sofort, dass er den letzten Satz gesagt hatte.

«Sie glauben, dass sie etwas mit seinem Tod zu tun hat?» David war plötzlich kreidebleich. Er, der Hochbegabte, der meistens allen anderen drei Gedankenzüge voraus war, hatte dies überhaupt nicht in Betracht gezogen. Aber letztlich musste auch ihm klar sein, dass sie als Aguna ein Motiv hatte oder zumindest ein Interesse an Nachum Bergers Tod.

«Hör zu, es geht zunächst einfach einmal darum, Aviva Berger zu informieren. Wir wissen ja nicht einmal, ob sie von Nachums Tod überhaupt weiß. Es ist nicht so, dass ich sie verdächtige. Aber vielleicht weiß sie Dinge über Nachum, die uns helfen, den Fall aufzuklären. Ich selber bin nämlich ziemlich sicher, dass Josef Gut Nachum nicht umgebracht hat.»

«Ich kann es ihr erzählen», meinte David leichthin.

«David!» Klein hatte seinen Arm von Davids Schulter

gelöst und rang nun beschwörend die Hände. «Ich bin extra nach Israel gekommen, um mit ihr zu sprechen. Sie wird nicht erfahren, dass du etwas damit zu tun hast.»

Davids Kinn zuckte erneut nach oben. «Aviva ist nicht auf den Kopf gefallen. Ich habe ihr viel von Ihnen erzählt. Woher sollen Sie sonst von ihr wissen?»

«Mir wird schon was einfallen», sagte Klein. Doch sein Gesicht drückte eher das Gegenteil aus.

«Vielleicht», meinte David nach einem Moment zögerlich, «wissen Sie es einfach vom Oberrabbinat.»

«Ich verstehe nicht ganz», meinte Klein irritiert. «Die haben mir doch gar nichts …»

«Und wenn sie doch hätten?»

Klein, der begriff, schaute David befreit lächelnd an und knuffte ihn in die Seite.

Bevor er wieder nach Ramat Gan fuhr und David in seine Jeschiwa zurückkehrte, traten sie noch in eine der vielen Betstuben, in denen man fast zu jeder Stunde des Tages eine Gruppe Männer fand, die ein der Tageszeit entsprechendes Gebet sagten. Es bildete sich gerade ein Minjan für das Mittagsgebet, an dem sie teilnahmen.

Das stille Achtzehngebet dauerte sehr lang. Klein hatte es längst beendet und schaute wartend um sich auf die Männer, die mit schaukelnden Oberkörpern, schlenkernden Armen, wiegenden Köpfen, geschlossenen Augen ihre Hingabe und Konzentration auslebten. Dazwischen David Bohnenblust, auch er mit geschlossenen Augen – er wusste die Gebete offenbar auswendig. Sein Kinn, das gelegentlich zuckte, fiel aber nicht auf, wirkte wie ein Teil dieser Choreographie der Andacht, eine pantomimische Analogie zum Singsang der Muezzine, dem er vergangene Nacht gelauscht hatte. Vielleicht ist das der wahre Grund, weshalb David bei den Charedim gelandet ist, dachte sich Klein: In Zürich strahlte sein Syndrom mangelnde Kontrolle über den eigenen Körper aus. Hier ist es Teil eines stummen, ekstatischen Tanzes vor Gott.

Aviva Berger lebte im zweiten Stock eines Wohnblocks aus den sechziger Jahren. Hatte sie schon mit Nachum zusammen hier gewohnt? Aus ihrer Wohnung, auf deren handgemaltem Keramiktürschild nur der Nachname stand, drang mit einigen Misstönen durchsetzte Geigenmusik; offenbar unterrichtete sie gerade. Klein drückte den Klingelknopf.

Das Geigenspiel brach ab, Klein hörte eine Frauenstimme, zunächst von fern, dann an der geschlossenen Tür. «Wer ist da?»

«Mein Name ist Klein, ich bin der Rabbiner der jüdischen Gemeinde von Zürich», rief er.

An der Tür wurde hantiert, dann öffnete sie sich einen Spaltbreit. Klein konnte nicht viel erkennen hinter der Kette. Ein schmales Gesicht, halblanges, graues Haar.

«Was wollen Sie?»

«Sie sind doch die Frau von Nachum Berger.»

«Wieso interessiert Sie das?»

«Frau Berger, ich muss mit Ihnen sprechen. Aber ich kann das nicht im Treppenhaus tun.»

«Ich weiß nicht, weshalb ich mit Ihnen sprechen sollte», sagte Frau Berger.

«Bitte!», sagte Klein. «Es ist wichtig.»

«Hören Sie», sagte Aviva Berger unwillig, «im Moment geht es sowieso nicht. Ich bin am Unterrichten.»

«Kann ich später kommen?», fragte er. «Ich bin den ganzen Nachmittag und Abend frei.»

Sie zögerte einen Moment. «Kommen Sie um sieben», sagte sie.

«Sehr gut. Bis dann. Vielen Dank.»

Die Treppe hinunter ging er fast hüpfend.

Als er wieder auf die Straße trat, hatte ein starker Wind zu wehen begonnen. Die Sonne war hinter den Wolken verschwunden. Noch einige Stunden, und die ersten, langersehnten Tropfen würden auf dem Boden des Heiligen Landes zerplatzen.

10

Pünktlich um sieben Uhr klingelte Klein an Aviva Bergers Tür. Diesmal öffnete sie ohne weitere Umstände. Vor ihm stand eine zierliche Frau, sorgfältig und in bequemer Eleganz gekleidet, mit hellbraunem Rollkragenpullover und dunkelbrauner Hose. Frau Berger bat ihn herein. Die gepflegte Wohnung war nicht sehr groß. Die Hälfte des Salons war von einem Konzertflügel belegt, daneben stand ein Notenständer, auf einem kleinen Tisch lagen zwei Geigenkästen und einige andere kleinere Kisten, die ebenfalls Instrumente zu enthalten schienen. Auf der anderen Seite des Flügels stand eine Kommode, darauf war ein Schwarzweißfoto mit einem älteren Ehepaar zu sehen. Wahrscheinlich Aviva Bergers Eltern.

Als Sitzgelegenheiten gab es, neben dem Klavierhocker und zwei Stühlen, nur ein kleines Sofa und einen Lehnstuhl.

Das Zimmer war einladend hergerichtet. Auf einem Tischchen standen zwei Teller, dazwischen eine große Obstschale. Auch Karaffen mit Wasser und Saft und zwei Gläser hatte sie hingestellt.

«Bitte», sagte Frau Berger und wies auf das Sofa. Sie selber setzte sich in den Lehnstuhl. Sie besaß die ruhige, unaufgeregte Autorität von Lehrerinnen – insbesondere jenen Lehrerinnen, die Einzelunterricht geben und es gewohnt sind, sich auf ihr Gegenüber restlos einzulassen. Es war nicht erstaunlich, dass David in seiner Einsamkeit Vertrauen zu ihr gefasst hatte.

«Sie sind Musiklehrerin», eröffnete Klein, nach einem Einstieg suchend, das Gespräch.

«Ja», sagte Aviva Berger. «Die Musik hat mir viel gegeben. Mehr als nur ein Auskommen.»

«Sie leben allein.»

«Ja, schon lange.»

«Seit Ihr Mann Sie verlassen hat.»

«Ich nenne ihn schon lange nicht mehr meinen Mann. Und ich bitte Sie, das auch nicht zu tun.»

Klein fragte sich, wie sie Nachum denn David gegenüber genannt hatte, unter dem Siegel der Verschwiegenheit.

«Hören Sie, ich weiß nicht, ob Sie es von irgendwoher gehört haben», sagte Klein nun vorsichtig, «aber Nachum Berger ist vorletzte Woche gestorben. Ich bin ohnehin nach Israel gekommen, um meine Schwester zu besuchen, und habe deshalb das Oberrabbinat um Ihre Adresse gebeten, damit ich Ihnen diese Nachricht persönlich überbringen kann.» Letzteres war immerhin nicht gelogen. Darum gebeten hatte er ja.

Er beobachtete ihr Gesicht genau. Sie schaute ruckartig auf, schien überrascht – sei es vom Tod Nachums oder von der Information, dass er über das Oberrabbinat an sie gelangt war. Dann schloss sie für einige Sekunden die Augen. Wie jemand, dachte Klein, der einen zu großen Brocken in die Speiseröhre bekommen hat und sich nun darauf konzentrieren muss, ihn hinunterzuschlucken.

Sie öffnete die Augen wieder, schwieg einige Augenblicke und fragte dann, ohne weitere Regungen zu zeigen: «Gestorben? Woran denn?»

«Er ist umgebracht worden. Oder genauer: Gegen ihn wurde Gewalt angewendet, und er erlitt einen Herzanfall und starb. Am Mittwoch nach den Feiertagen.»

Sie rang offensichtlich nach den richtigen Worten. Würde sie nun trotz allem sagen, dass es ihr leidtat? Sie reagierte nicht direkt auf die Nachricht, sondern fragte weiter: «Und man weiß, wer gegen ihn Gewalt angewendet hat? Wer seinen Tod verursacht hat?»

«Es gibt einen Verdächtigen. Ein Mann, dessen Frau etwas mit Nachum gehabt hat. Aber ich zweifle, ehrlich gesagt, daran, dass er es gewesen ist.» Klein griff nach einer Klementine in der Obstschale und begann sie zu schälen. So ungeschminkt hatte er ihr eigentlich nicht sagen wollen, dass Nachum in Zürich Affären pflegte – ob sie ihn nun ihren Mann nannte oder nicht.

Aviva Berger ging auch darauf nicht ein. Anderes schien sie mehr zu interessieren. «Wie wussten Sie überhaupt von mir? Hatte Ihnen Nachum von mir erzählt?»

«Ja», sagte Klein. Auch dies war die Wahrheit. Nachum hatte erzählt, dass er eine Frau gehabt hatte. Bloß hatte er nicht erzählt, dass sie rechtlich gesehen noch immer seine Frau war. Klein hätte sich auch auf Rabbi Dauber beziehen können. Aber warum die Sache zusätzlich kompliziert machen?

«Und warum wollten Sie mir diese Nachricht unbedingt persönlich überbringen? Um herauszufinden, ob ich etwas mit seinem Tod zu tun habe? Als Aguna hat man ja ein Motiv, nicht wahr?»

«Ich bin nicht die Polizei», sagte Klein. Er schob sich zwei Klementinenstücke in den Mund. Er spürte, wie der süße Geschmack ihn etwas entspannte.

Aviva Berger lächelte sardonisch. «Das stimmt allerdings. Folglich muss ich Ihnen wohl auch nicht alle meine Geigenschüler vorführen, damit sie mir für diesen Tag ein Alibi verschaffen, denke ich.» Sie schien einen Moment lang nachzudenken, was sie mit dem Rabbiner in ihrem Wohnzimmer weiter anfangen sollte. Schließlich obsiegte offenbar die Ansicht, dass sie ihm nun, da er hier schon saß, auch etwas über sich erzählen konnte.

«Wissen Sie, Rabbiner Klein, als wir geheiratet haben, da war ich zweiundzwanzig, die glücklichste Braut der Welt. Was für einen gutaussehenden, lustigen, klugen Mann hatte ich gefunden! Und einen Lehrer, den alle seine Schüler abgöttisch liebten. Alle Mädchen, die ihn kannten, wollten ihn heiraten, aber mich hatte er ausgewählt aus den Töchtern Israels. Doch leider währte dieses Glück nur kurz. Ich kam dahinter, dass er mit der Heirat den Freuden, die ihm andere Mädchen zu gewähren bereit waren, nicht abgeschworen hatte. Er war ein unverbesserlicher Schürzenjäger. Ich stellte ihn zur Rede, einmal, zweimal – er leugnete, aber ich hatte Beweise. Briefe fand ich, Bekannte gaben mir deutliche Hinweise. Ich wusste vielleicht nicht alles, aber sehr viel von dem, was er trieb und mit wem, und es war genug, um eine Ehe zu beenden. Ich machte viele Versuche, glauben Sie mir, ich hing an ihm, ich liebte ihn. Aber eines Tages, wir waren knapp zwei Jahre verheiratet, da lief das Fass über, und ich erklärte ihm, dass ich mich scheiden lassen würde, und zog zu meinen Eltern. Ich erwartete, dass er mindestens versuchen würde, mich zurückzugewinnen – auch wenn ich nicht genau wusste, wie ich darauf reagiert hätte. Aber ich hörte gar nichts von ihm. Ich war auch einmal bei uns zu Hause, in dieser Wohnung hier, und ich fand ihn nicht vor. Nachts, wohlgemerkt. Das Haus war tadellos aufgeräumt, er war immer ein ordentlicher Mensch gewesen. Aber Nachum war nicht da. Nun ja, ich dachte, er sei halt wieder bei einer seiner Geliebten. Aber einige Tage später erfuhr ich von der Schule, dass er spurlos verschwunden war.»

«Er war in die USA gegangen», ergänzte Klein.

«Genau. Aber bis man so etwas herausgefunden hat! Das waren noch nicht die Zeiten des Internets, und lange konnte ich mir überhaupt nicht vorstellen, dass er Israel verlassen hatte. Ich dachte, vielleicht ist er in Haifa, in Beer Schewa, was weiß ich. Er war zuvor noch nie außer Landes gewesen. Aber es war mir klar, dafür kannte ich ihn gut genug, dass er versuchen würde, sich der Scheidung zu entziehen. Dass seine Abwesenheit nicht irgendeinem Unfall oder einer Entführung oder Gott weiß was geschuldet war, sondern dass er geflüchtet war. Das wusste ich. Deshalb ging ich auch nicht zur Polizei. Aber zugleich erwartete ich immer noch, dass er sich melden würde, irgendwann. Ich wollte eben keinen Skandal, sondern ich wollte die Dinge einvernehmlich regeln.»

«Und wie fanden Sie heraus, wo er war?»

«Nach über einem Jahr ging ich endlich zum Oberrabbinat. Die fanden schnell heraus, dass er sich einen Pass besorgt und ein Visum für die USA beantragt hatte, und nach einer Weile hatten sie ihn auch gefunden.»

«Er hatte sich nicht gerade übermäßig gut versteckt. Als Mechaniker in einer Garage in Oklahoma hätte man ihn weniger schnell gefunden als in einer jüdischen Schule in Chicago.»

«Ich glaube, er wollte sich nicht verstecken. Er wollte sich einfach der Scheidung entziehen. Und das wäre in Israel viel schwieriger gewesen.»

«Weshalb wollte er sich denn nicht scheiden lassen?»

«Er wollte wohl keine Unterstützung zahlen. Warum wollen Männer sich nicht scheiden lassen?»

«Und dafür hat er sein ganzes Leben hingeschmissen? Was hätte ihn denn das schon gekostet?»

Aviva war aufgestanden, sie dehnte den Rücken – offenbar litt sie an Verspannungen, wie sie bei Musikern nach langen Arbeitstagen häufig sind. Als Klein seine Frage stellte, drehte sie ihr Gesicht zum Fenster und ihm den Rücken zu. Es schien ihm, ihre Verspannungen hätten auch mit dem unerfreulichen Thema zu tun – während des Sprechens war ihre Stimme, wenn auch nur um eine Spur, schriller geworden. Fast drei Jahrzehnte nach Nachums Verschwinden war seine Flucht immer noch ein massiver Stressfaktor für sie. Sie war nicht darüber hinweggekommen, ein Leben lang, und sie schaffte es nicht, Klein während eines ganzen Gesprächs ihr Gesicht zu zeigen. Oder hatte sie sich abgedreht, weil sie gespürt hatte, dass ihr doch die Tränen kamen? Unerwartet, ungewollt? Sie mochte eine knappe Minute so stehen, seitlich weggedreht, nach links, dann nach rechts. Klein saß in seinem Sessel und ließ sie nicht aus den Augen. Schließlich drehte sie sich wieder um. Ihr Gesicht hatte denselben Ausdruck wie zuvor – noch oder wieder.

«Das Leben hingeschmissen – ich glaube nicht, dass er das so sah. Er war ein Abenteurer. Ihm war es egal, irgendwo wieder anzufangen. Und Frauen nahm er sich ja offenbar auch unabhängig davon, ob er verheiratet war oder nicht. Vielleicht hatte er einen Widerwillen gegen all die Formalitäten einer Scheidung. Was weiß ich.»

«Sie haben immerhin noch versucht, ihn nach Israel zurückzuholen. Ihm in den USA beruflich den Boden zu entziehen, so dass er zurückkommen musste. Deshalb ist er am Ende in Chicago von der Schule geflogen.»

«Das war eine lächerliche Aktion der hiesigen Rabbiner. Sie wollten mir zeigen, dass sie es ernst meinten, und wie lange der Arm des Oberrabbinats ist. Deshalb haben sie in den USA Druck gemacht. Mir war von Anfang an klar, dass das nichts bringen würde.»

«Seit wann wussten Sie, dass Nachum in Zürich lebt?»

«Schon einige Jahre. Jemand hatte es mir erzählt. Die jüdische Welt ist bekanntlich klein, und er war ja auch wieder in einer jüdischen Schule tätig. Das bleibt nicht lange verborgen. Aber das hatte Nachum auch gar nicht vor.»

«Er hatte immerhin angegeben, dass er geschieden sei, als er in Zürich die Stelle antrat. Das habe ich in seinen Papieren gesehen. Anscheinend lag ihm doch einiges daran zu vertuschen, dass er noch verheiratet war. Vielleicht befürchtete er doch Probleme.»

«Ich glaube, er schrieb das einfach hin, um sich lästige Fragen zu ersparen. Er musste ahnen, dass ich nach der fruchtlosen Aktion in den USA resigniert hatte. Sollte ich ihn nochmals von einer Schule jagen? Was hätte mir das denn gebracht? Solange er mir keinen Scheidebrief ausstellte, war ich wehrlos. Machtlos.»

Sie setzte sich wieder hin. Seltsamerweise schien es, als habe sie gerade im Erwähnen ihrer Resignation neue Selbstsicherheit und Energie gefunden. Mit Schwung packte sie die Wasserkaraffe, schenkte sich ein, nahm sich einen Apfel aus der Obstschale und biss herzhaft hinein.

Ein großes Apfelstück im Mund, stellte Klein fest, ist die beste Art, sein Gegenüber erkennen zu lassen, dass dessen Fragen zu stören beginnen. Dennoch musste er eine Frage noch stellen: «Es scheint, Nachum habe kurz vor seinem Tod vorgehabt, sich doch noch von Ihnen scheiden zu lassen. Die Frau, mit der er ein Verhältnis hatte, drängte ihn zur Heirat. Er hat ihr nicht gesagt, dass er noch verheiratet war, aber er sagte ihr, dass er sich darauf vorbereite, sie zu heiraten.»

Aviva, die noch während seiner Frage ein weiteres Stück von ihrem Apfel abgebissen hatte, kaute es ruhig und lange, ohne die Augen von ihm abzuwenden. Schließlich bemerkte sie trocken: «Schön, wenn sie ihm das geglaubt hat.»

«Sie wussten nicht davon?»

Aviva Berger winkte ab. «Hören Sie, Rabbiner Klein, ich bedanke mich sehr bei Ihnen, dass Sie extra zu mir gekommen sind, um mir die Mitteilung von seinem Ableben zu überbringen. Für mein Leben wird es kaum mehr einen Unterschied machen. Erben möchte ich von diesem Mann nichts, falls es etwas zu erben gäbe. Sollen es arme Kinder bekommen. Kinder hat er immerhin geliebt, und Kinder haben ihn geliebt.» Es war deutlich, dass Aviva das Gespräch beenden wollte.

Klein stand auf und ging zur Tür. Da fiel ihm eine kleine, gerahmte Fotografie auf, ein Farbbild etwas älteren Datums offenbar, das den Oberkörper einer jungen Frau und ein Baby von vielleicht neun Monaten im Profil auf einem Rasen liegend zeigte. Die Frau und das Baby lachten einander an.

Klein schaute genauer hin. Die Frau war offenbar Aviva Berger. «Sind Sie das?», fragte er zur Sicherheit.

Aviva lächelte etwas gezwungen. «Ja. Wie schön, dass man mir heute die Frau von damals noch ansieht.»

«Und das Kind?»

«Mein Neffe Alon.»

«Sie waren sich sehr nahe.»

«Na ja, er war ein kleines Baby und ich seine einzige Tante. Aber das Bild hat seinen Reiz, finde ich.»

«Sie wirken so glücklich auf dem Foto. War das, bevor Nachum Sie verlassen hatte?»

«Das weiß ich nicht mehr», antwortete sie schroff. «Ich

war immer glücklich, wenn ich Alon hüten durfte. Er war so süß.»

«Und wer hat das Foto gemacht?»

Sie schien wütend zu werden. «Und wer hat die Fotokamera erfunden? Herr Rabbiner, Sie entschuldigen, ich muss nun die Stunden von morgen vorbereiten.»

Als Klein auf die Straße trat, regnete es in Strömen. Klitschnass kam er einige Minuten später bei seiner Schwester an.

Es war ihm nicht gelungen herauszufinden, ob Aviva Berger etwas mit Nachums Tod zu tun hatte. Er wusste noch nicht einmal sicher, ob sie vor seinem Besuch davon gewusst hatte. Er verstand aber auch nicht, weshalb Rabbiner Reichenberg ihm die Dokumente nicht mehr hatte aushändigen wollen. Weshalb war er eigentlich hergekommen? Er wolle sein Bedürfnis nach Wahrheit befriedigen, hatte er Esthi gesagt. Aber welche Wahrheit kannte er nun?

11

Auf dem Flug nach Israel hatte Klein seinen Sitz in der Business Class nicht genießen können. Die Nervosität wegen der Verspätung, die Aufregung über die Episode am Flughafen mit Claudette und Frau Bänziger und der Ärger wegen der dummen Bemerkung von Herrn Rosenbaum hatten es verhindert. Auf dem Rückflug hingegen wusste er die Bequemlichkeit zu schätzen. Es war freundlich und vernünftig von Esthi gewesen, dass sie ihn eingeladen hatte, bei ihr zu übernachten. Er wäre gestern erst spät nach Jerusalem zurückgekommen, hätte mitten in der Nacht aufstehen müssen, und eine Fahrt zum Flughafen durch die überfluteten Straßen im heftigen Herbstregen hätte ihn zusätzlich nervös gemacht. Doch als er in Esthis Wohnzimmer auf dem Schlafsofa lag, hätte er sich doch ein bequemes und ruhiges Hotelbett gewünscht. Jakov hatte in der Nacht mindestens zweimal nach Yasmin gerufen, Esthi war aufgestanden, und obwohl sich alle bemühten, möglichst leise zu sein, hatte ihn der Lärm in der kleinen Wohnung geweckt. Beim zweiten Mal war es drei Uhr, er blieb wach bis nach fünf, und schon um viertel vor sechs läutete der Wecker. Es war die zweite Nacht in Folge, in der er kaum geschlafen hatte. Nun stellte er den breiten Sitz nach hinten, kuschelte sich bequem in eine Decke, streifte die Schuhe ab und erwachte erst zur Mittagszeit über dem Bodensee, als der Kapitän die Landung ankündigte.

Nach der Ankunft fand er eine Nachricht von Frau Bänziger auf seinem Telefon. Er möge sich so rasch wie möglich bei ihr melden. Noch auf der Fahrt vom Flughafen zum

Hauptbahnhof rief er sie an. Sie dankte für den Rückruf und meinte, es gebe ein weiteres Dokument, das zu übersetzen sei. Die Übersetzerin sei immer noch krank, und es sei ein ganz kurzer Text. Er müsse allerdings dafür auf die Wache kommen, da es sich bei dem Textträger um ein Asservat handle.

Sie hatten also offenbar den Vertrag zwischen Nachum Berger und Louis Dresden gefunden. Klein versprach, am Nachmittag vorbeizuschauen. Beide waren sie erkennbar darum bemüht, die Episode ihres zufälligen Treffens am Flughafen nicht mehr zu thematisieren.

Da er das Essen im Flugzeug verschlafen hatte, war er froh, dass Rivka für sie beide etwas Kleines vorbereitet hatte.

«Und?», fragte sie. «Alles erledigt?»

«Nicht alles», antwortete Klein und küsste sie auf den Mund. «Nur ich. Und bei dir?»

«Wir hatten heute große Diskussionen im Konvertitinnenkurs», berichtete Rivka. «Wegen Agnes Jäger.»

«Agnes Jäger? Die sollte doch jetzt bald einmal übertreten – in etwa drei Wochen.»

«Ja, eben. Und jetzt hat sie sich von ihrem jüdischen Freund getrennt.»

«Hat es etwas mit der Konversion zu tun?»

«In gewisser Weise schon. Sie will nicht mit ihm zusammenleben, weil er sich weigert, den Haushalt koscher zu führen.»

Das war ein bekanntes Phänomen. Juden verliebten sich in nichtjüdische Frauen und überzeugten sie davon, zum Judentum überzutreten, damit sie gemeinsam jüdische Kinder hätten. Aber dann wurden die nichtjüdischen Frauen im

Konversionsprozess zuweilen so religiös, dass sie mit ihren meist säkularen Partnern kaum mehr zusammenleben konnten.

«Das Schlimmste ist», fuhr Rivka fort, «dass sie jetzt Angst hat, man lasse sie nun nicht mehr konvertieren. Weil sie keinen jüdischen Partner mehr hat.»

Noch vor einigen Jahrzehnten war im orthodoxen Judentum der Übertritt allein um der Heirat mit einem jüdischen Partner willen tabu gewesen. Nur Konversionen aus Überzeugung wurden akzeptiert, allerdings äußerst zurückhaltend. Inzwischen war es beinahe umgekehrt. Die Angst vor dem Schwund der jüdischen Gemeinde durch die Assimilation war so stark geworden, dass Übertritte von den Rabbinern öfter befürwortet wurden, um die Heirat eines jüdischen Mannes mit einer nichtjüdischen Partnerin zu verhindern, deren Kinder nicht mehr jüdisch wären. Zugleich war man Nichtjuden gegenüber, die aus reiner Überzeugung die Erschwernisse eines jüdischen Lebens auf sich nehmen wollten, immer noch ähnlich reserviert und zögerlich wie seit Jahrhunderten.

Jemanden wie Agnes Jäger, die einen so weiten Weg hin zum Judentum zurückgelegt hatte, würde man sicher nicht zurückweisen. Sie war ja fast das Gegenmodell zu Carla Franz, die Klein und die Kommission abgelehnt hatten, weil sie die erklärte Absicht hatte, durch einen religiösen Übertritt zur säkularen Jüdin zu werden. Leichter würde die Situation für Agnes nach der Trennung vom Freund allerdings nicht.

«Vielleicht lässt sich das ja noch kitten. Sonst landet sie als einsame Single ohne Familienanschluss in unserer kleinen Gemeinde. Das wünsche ich ihr nicht. Ich werde die beiden zu einem gemeinsamen Gespräch einladen.»

Rivka schaute ihn von der Seite her skeptisch an. «Wenn du irgendwann wieder mal den Kopf frei hast für irgendetwas anderes als die Berger-Geschichte, meinst du wohl.»

Frau Bänziger biss soeben, am Computer sitzend, in ein Sandwich, als Klein nach kurzem Klopfen eintrat.

«Ich wollte nicht beim Essen stören», sagte Klein.

Er störe nicht, versicherte die Kommissarin kauend und legte ihr Sandwich beiseite. Sie wusch sich die Hände sorgfältig und öffnete einen Metallschrank. Daraus entnahm sie eine Klarsichthülle, in der eine Karte und daneben ein Couvert lagen.

«Herr Drulovic hat nochmals eine Routinesichtung der Asservate vorgenommen. Dabei ist uns aufgefallen, dass wir die Handschrift auf dieser Karte nicht haben übersetzen lassen. Sie befand sich in diesem Couvert. Die Handschrift ist doch auch Hebräisch, oder nicht?»

Klein war perplex. Es war also nicht der Vertrag, den sie gefunden hatten.

Er sah sich das Schriftstück an. «Ja», sagte er, «das ist hebräische Schnellhandschrift.»

«Können Sie es lesen?», fragte Frau Bänziger.

Es waren nur wenige Worte, die da standen. Er spürte den Blick der Kommissarin in seinem Rücken. Schließlich sagte er: «Ja, ich kann es lesen.» Er formulierte die hebräischen Worte mit den Lippen.

«Und was bedeutet es?»

«Es ist ein Spruch aus der rabbinischen Ethik», sagte er. «‹Sei mutig wie ein Panther, leicht wie ein Adler, schnell wie ein Hirsch und stark wie ein Löwe, den Willen deines Vaters im Himmel zu tun.› Das ist ein Zitat aus dem Mischnatraktat

Awot. Eine wichtige Schrift der rabbinischen Literatur.» Er verzichtete auf weitere Erläuterungen.

«Sind Sie sicher, dass es das heißt?»

«Ja.»

Karin Bänziger kratzte sich in ihren widerspenstigen schwarzen Haaren. «Können Sie mir diese Übersetzung aufschreiben?», fragte sie.

«Aufschreiben? Kann ich machen.»

Sie streckte ihm ein Blatt und einen Kugelschreiber hin. Er schrieb den deutschen Satz auf.

Sie heftete seine Übersetzung an die Plastikfolie.

«Einen klaren Sinn ergibt das ja nicht, auf den ersten Blick», meinte sie.

«Nun ja, es ist wohl so etwas wie ein Leitspruch, den Berger sich notiert hatte. So verstehe ich es wenigstens.»

«Mag sein. Aber wieso liegt dieser Leitspruch in einem Umschlag unter Bergers zuletzt eingetroffenen Briefen und Rechnungen? Und weshalb weisen das Couvert und die Karte als einzige Dokumente in diesem Haufen nicht nur Bergers Fingerabdrücke auf, sondern auch die der noch unbekannten fremden Person, die am Tatort zu finden waren?»

«Das weiß ich nicht», erwiderte Klein, «die Kriminologin sind Sie. War es das?»

«Ja, das war's schon», sagte die Kommissarin. «Vielen Dank.»

Täuschte er sich, oder war im Abschiedsblick von Frau Bänziger tiefe Missbilligung zu lesen? Hatte sie ihn nicht in die Ermittlung mit einbezogen, ihm eine Frage gestellt, ihn herausgefordert, zu zeigen, was er konnte? Hatte sie nicht erstmals Bereitschaft gezeigt, die leise gewachsene private Vertrautheit in die Bearbeitung des Falls hinein zu erweitern?

Und darauf hatte er nur diese flapsige Antwort bereit: «Die Kriminologin sind Sie»? Klang das nicht wie eine billige Retourkutsche für ihre Bemerkung am Flughafen, er solle kein eigenes Polizeibüro aufmachen? Er verstand die Situation erst, als die Tür von Büro 319 sich hinter ihm geschlossen hatte.

Frau Bänzigers Vertrauen irritierte ihn zutiefst.

Es war an diesem Nachmittag und am Abend nicht mehr viel anzufangen mit ihm. Er überflog die Briefe, die ihm Frau Wild bereitgelegt hatte, darunter die Einladung, im kommenden Jahr einen Lehrauftrag an der Universität wahrzunehmen. Frau Wild war sich sicher gewesen, das würde ihn freuen. «Alles Schrott», meinte er aber nur, «hat bis nächste Woche Zeit.» Seine Töchter, die ihn später zu Hause um Hilfe bei den Schulaufgaben baten, wies er unwirsch ab, beim Abendessen fuhr er, mit stur auf die Tischplatte gerichtetem Blick, die Gabel mechanisch und in ungeheurer Geschwindigkeit vom Teller in den Mund und zurück. Rivka sah ihn von der Seite her an und sagte nichts.

«Ein schöner Satz, nicht wahr, Frau Tannenbaum?», rief er am nächsten Tag bei seinem Freitagsbesuch, während sie unbewegt an ihm vorbeischaute, in unergründliche Weiten. «Ein Satz, der mir immer sehr wichtig war. Als ich ihn in der Religionsstunde beim alten Doktor Morgenstern lernte, war ich so beeindruckt, dass ich ihn mit farbigen Filzstiften auf ein Blatt schrieb und es über mein Bett hängte. Jeden Teil in einer anderen Farbe: ‹Mutig wie ein Panther› in Rot, ‹leicht wie ein Adler› in Grün, und so weiter – alles, um ‹den Willen deines Vaters im Himmel zu tun›. Letzteres in nüchternem, endgültigem Schwarz. Ja, so bin ich ins Leben gestartet. Kein

Satz war mir je wichtiger, keinen habe ich schneller bereit. Unter uns: Ich habe ja Angst gehabt, dass Frau Bänziger mir diese Übersetzung nicht abnimmt. Dass sie zum Beispiel sagt: Das sind aber wenige hebräische Wörter für einen so langen Satz. Dann hätte ich ihr erklärt, dass das Hebräische das, was im Deutschen mit einer Unzahl von Wörtern bewältigt wird, mit all diesen Präpositionen, Possessivpronomen und Artikeln, mit ein paar Präfixen und Suffixen erledigt. Das habe ich mir alles überlegt, während ich dieses Kärtlein anschaute – es hätte so gelehrt geklungen, dass sie es wohl akzeptiert hätte. Aber sie hat gar nicht gefragt, nur notieren sollte ich ihr diese Übersetzung. Habe ich dann halt gemacht. Na ja, welche Wahl hatte ich? Aber ich denke mir, Frau Tannenbaum, dass es Sie interessieren dürfte, was wirklich auf dieser Karte stand. Ich werde es Ihnen sagen, aber Sie müssen mir versprechen, nicht mal in meinen Träumen aus diesem Altersheim auszubrechen und es jemandem zu verraten. Abgemacht? In Ordnung. Und hier ist der Originaltext der Karte, exklusiv für Sie: ‹Abba, in Ordnung, ich komme am Mittwoch um acht Uhr abends. Ich verlange, dass wir es kurz machen. L.› Das ist es, was auf dieser Karte steht. Sie erinnern sich wahrscheinlich: ‹Abba› heißt auf Hebräisch ‹Papa›. Mittwochabend zwischen zwanzig und zweiundzwanzig Uhr war die Tatzeit. Diese Karte hat nicht Nachum Berger geschrieben, sondern sein Sohn. Dass es keine Tochter war, erkennen wir woran? Genau, Frau Tannenbaum, die Grammatikerin in Ihnen identifiziert die männliche Form des hebräischen Verbs ‹doresch›, also ‹ich verlange›, während eine Frau ‹doreschet› schreiben müsste, sehr gut! Ein Sohn also, dessen Namen mit einem L. beginnt und von dem wir alle nichts wussten. Eine Sensation. Eine vollkommen unerwartete Wendung im Fall Berger, da werden Sie mir recht geben, oder? Aber ich sehe schon, was Sie sich jetzt fragen: Wieso lügt der Rabbiner, unser ehrwürdiger, feiner Rabbiner Klein die Kommissarin Bänziger an? Warum sagt er ihr nicht einfach, wie es von ihm erwartet wird, was da steht, und lässt der Sache ihren Lauf? Er hat doch sogar ein amtliches Dokument unterschrieben, dass man ihm als Übersetzer vertrauen kann. Ist er vollkommen übergeschnappt? Ist er kriminell? Ist ihm klar, dass er jederzeit auffliegen kann? Die Übersetzerin muss nur wieder bei der Arbeit erscheinen und kriegt das Ding unter die Nase gehalten. Warum bloß hat unser allseits beliebter Rabbiner Klein so etwas gemacht? Soll ich Ihnen sagen, warum, Frau Tannenbaum? Weil ich mit meiner verdammten Geradlinigkeit oft genug gegen die Wand gefahren bin. Oder besser gesagt: andere gegen die Wand gefahren habe. Ich habe womöglich Josef Guts Zukunft und die seiner Familie vernichtet. Und wenn es diesen L. gibt, und wenn er wirklich der Täter ist, möchte ich die Sache auch einmal auf anständige Weise regeln. Die Polizei möchte das Dossier schließen, das ist alles, was für sie zählt. Noch ein dringender Tatverdacht, noch eine Verhaftung, noch ein fehlendes Alibi, noch ein Beweisstück, wunderbar, immer besser. Verstehen Sie, Frau Tannenbaum, mir geht es nicht darum, dass Schuldige frei herumlaufen. Aber ich will die Sache zuerst selbst abklären, ich will die Lösung selber finden und daraus die besten Konsequenzen ziehen, bevor ich zur Polizei gehe. Es sind die geistigen Führer, die dem Kalb das Genick brechen müssen. Wenn Sie verstehen, was ich meine. Deshalb bin ich nach Israel gefahren, und deshalb habe ich Frau Bänziger diesen Stuss erzählt.»

Die Tür von Frau Tannenbaums Zimmer öffnete sich und

ein Pfleger schaute herein. «Alles in Ordnung hier?», fragte er.

«Ja, durchaus», sagte Klein, sah auf die Uhr und stand auf. «Wir haben uns bloß etwas mehr gemeinsame Zeit gegönnt, da Herr Wolf nicht mehr da ist. Und da haben wir uns halt verplaudert», sagte er lächelnd.

Zwei Stunden später hatte Klein auch seine Besuche im Universitätsspital absolviert. Als er auf dem Weg zum Ausgang die Cafeteria passierte, erblickte er Carla Franz, die allein an einem Tisch saß und einen Kaffee trank. Sie hatte ihn nicht bemerkt oder ignorierte ihn wieder einmal absichtlich.

Er blieb einen Augenblick unschlüssig stehen und trat dann zu ihr hin. «Darf ich mich kurz zu Ihnen setzen?»

Sie sah ihn unwillig an. «Wenn Sie unbedingt möchten, bitte.»

«Wie geht es Ihnen? Ich hoffe, alles in Ordnung – ich meine, weil wir uns hier im Spital treffen.»

«Alles bestens, danke. Eine kleine Nachkontrolle, alles okay. Und Sie?»

«Ich mache hier nur meine wöchentlichen Krankenbesuche bei unseren kranken Mitgliedern.»

«Schöner Brauch.» Sie trank einen Schluck und fügte an: «Man hat es schon gut in Ihrer Gemeinde – wenn man reingelassen wird, meine ich.»

«Frau Franz, wir können uns doch nicht ein Leben lang über diese Geschichte streiten. Ich wollte Ihnen eigentlich nur sagen, dass ich vor einigen Tagen Ihren Artikel über die Agunot in der Zeitung gelesen habe. Er hat mich sehr beeindruckt.»

Sie schaute ihn mit hochgezogenen Augenbrauen an.

«Ach ja? Das überrascht mich aber. Das war doch ein sehr kritischer Artikel.»

«Glauben Sie, dass ich keine kritischen Artikel zu jüdischen Themen ertrage? Ich habe gerade jetzt den Fall einer Aguna erlebt. Vielleicht kann man nicht alles so in Bausch und Bogen verdammen, was da geschieht, aber das Problem existiert, und Sie haben es benannt.»

Sie sah ihn herausfordernd an. «Sie können es sich immer auswählen, Sie setzen die Standards, was? Aber wenn ich mich äußere, dann disqualifiziert mich das für die Konversion.»

«Frau Franz.» Klein verschränkte die Arme auf dem Tisch und sah ihr in die Augen. «Ich habe mich nicht zu Ihnen gesetzt, um mich mit Ihnen über dasselbe zu streiten wie im letzten Jahr. Ich wollte ein neues Kapitel aufschlagen. Es ist mir nicht recht, dass wir ewig im Streit leben sollen.»

«Das ändert nichts an Ihrer Haltung. Sie spielen Ihre Macht aus, punkt. Ihre Frau, das kann ich Ihnen sagen, hätte mich sofort übertreten lassen. Die hat mir in dem Kurs einen Respekt entgegengebracht, wie ich ihn von Ihnen nicht einen Moment lang gespürt habe.»

«Das mag sein. Aber meine Frau leitet nun mal nur den Vorbereitungskurs. Dem Konversionsgremium gehört sie nicht an.»

«Natürlich nicht. Das machen die männlichen Würdenträger unter sich aus.»

«Wie soll ich es Ihnen erklären, Frau Franz. Ich respektiere Sie als Person, als Kennerin der israelischen Literatur und Kultur. Aber das, was ich als Rabbiner bei einer Konvertitin spüren muss, das jüdische Denken, das spüre ich nicht. Eine minimale Beziehung zum religiösen Judentum. Ich bedaure es ja selbst am meisten.»

Carla Franz trank ihre Tasse aus und stand auf. «Sie erlauben, dass ich Sie mit diesem Bedauern allein lasse.»

Sie ging grußlos.

Den Anruf, zu dem sich Klein in einer beinahe durchwachten Nacht entschlossen hatte, tätigte er erst, als er alle freitäglichen Pflichten erledigt hatte und sich in Ruhe in sein Arbeitszimmer zurückziehen konnte.

Aviva Bergers Telefonnummer hatte er von David Bohnenblust mit ihrer Adresse bekommen. Sie war aber nicht zu Hause, und ihre Mobilnummer besaß er nicht. Er überlegte, ob sie nicht abhob, weil sie eine Schweizer Nummer erkannte, und ob er auf den Beantworter sprechen sollte. Ein paar Minuten später rief er mit anonymisierter Rufnummer an. Sie hob nicht ab. Er ließ es sein. Sonntag würde er es erneut versuchen.

Und erst jetzt, fast vierundzwanzig Stunden, nachdem er die Karte im Kommissariat gelesen hatte, und als bei Aviva Berger das Telefon vor sich hin klingelte, erst jetzt wurde ihm klar, was es mit diesem mysteriösen L. auf der Karte auf sich haben könnte.

Louis Dresden war zu Hause.

«Louis? Bitte kommen Sie zu mir, ich muss dringend mit Ihnen sprechen.»

«Aber Herr Rabbiner, es ist doch in zweieinhalb Stunden Schabbat. Meine Frau fängt gerade an zu kochen, die Kinder sind noch nicht gebadet, von mir ganz zu schweigen. Können wir nicht am Telefon …?»

«In einer Viertelstunde bei mir.»

Klein legte auf. In einer Viertelstunde konnte Dresden, der kein Auto und kein Fahrrad besaß und in Wiedikon wohnte, kaum da sein. Klein wunderte sich über sich selbst. So hart kannte er sich nicht, doch er fand, die Zeit für Höflichkeiten und Rücksichten sei nun vorbei. Und er spürte, wie Anspannung und Übermüdung von ihm Besitz ergriffen.

Abgehetzt traf Louis Dresden knapp zwanzig Minuten später bei ihm ein. Klein nahm ihn sofort in das enge, stickige Arbeitszimmer und räumte den einzigen Gästestuhl von Büchern frei.

«Wir wollen jetzt in Ruhe alles rekapitulieren, was mit dem Tod von Nachum Berger zusammenhängt. In Ordnung?»

«Was gibt es denn da zu rekapitulieren? Ich meine …»

«Ich habe inzwischen mehrere Hinweise darauf, dass Nachum Berger einen Sohn hatte. Das sind nicht zufällig Sie?»

«Ich verstehe Sie überhaupt nicht, Herr Rabbiner.»

«Wie alt sind Sie, Herr Dresden?»

«Ich werde im Dezember dreißig.»

«Das würde hinkommen.»

«Was würde hinkommen?»

«Sie wurden doch in Israel adoptiert. Wann?»

«Als kleines Kind. Mit knapp zwei Jahren.»

«Wer waren Ihre leiblichen Eltern?»

«Ich habe sie nie getroffen. Ich hätte die Möglichkeit dazu gehabt. Aber ich wollte nicht wissen, wer mich als Baby weggegeben hat. Das würde mich zu sehr belasten.»

«Nachum Berger, der ‹wie ein Vater› für Sie war, war also tatsächlich nur *wie* ein Vater? Nicht mehr? Sie haben ihn nicht etwa deshalb um Geld gebeten, weil er eben doch ihr Vater war und nicht irgendein väterlicher Freund? Und Sie waren nicht an dem besagten Abend, als er starb, zufällig doch bei ihm? Es kam zum Streit, Sie haben seinen Tod verursacht, sind aus irgendeinem Grund weggelaufen und hatten

Angst, in der Nacht nochmals zum Tatort zu gehen und dort gesehen zu werden. Sie haben aber am Morgen dafür gesorgt, dass Sie derjenige waren, der ihn auffand, vorher aber noch die Spuren beseitigen konnte?»

Dresden blickte ihn verständnislos an. «Hören Sie, ich habe ihn nicht getötet, und ich bin auch nicht sein Sohn. Ich weiß nicht, wie Sie auf so etwas kommen. Meinetwegen können Sie einen DNA-Test veranlassen. Ich habe keinerlei Hinweis darauf, dass er mein Vater ist.»

«Ich kann solche Tests ohnehin nicht anordnen. Tatsache bleibt, dass die Polizei im ganzen Haus von Nachum, der ein sehr ordentlicher Mensch war, nicht auf diesen Vertrag gestoßen ist.»

Dresden schaute ihn nun entsetzt an. «Haben Sie denen von dem Vertrag erzählt?»

«Nein», sagte Klein. «Aber ich weiß, dass die Polizei ihn nicht hat. Reicht das?»

Der kleine Mann ihm gegenüber, dessen Kinn und Wangen schwarze Schatten zeigten, weil er noch nicht dazu gekommen war, sich vor dem Schabbat zu rasieren, schien vollkommen verzweifelt. Er schaute Klein hilfesuchend an. Klein schaute ihm unbewegt ins Gesicht. Schließlich nickte er leicht und aufmunternd. Dresden gab sich einen Ruck.

«Ich will Ihnen sagen, was geschehen ist: Ich kam am Morgen in die Schule und hatte keine Ahnung, dass Nachum tot war. Nach knapp einer Stunde, als er nicht erschien und das Telefon nicht abnahm, erbot ich mich, zu ihm zu gehen. Nicht in irgendeiner bösen Absicht, ich konnte meine Klassenhälfte von der anderen Lehrerin mitbetreuen lassen, und deshalb ging ich. Es ist ja nur wenige Minuten zu Fuß. Als ich in die Wohnung kam und ihn tot dort liegen sah, hatte ich einen Schock. Aber ich realisierte auch, dass es meine Chance war, den Vertrag verschwinden zu lassen, wenn ich ihn finden würde. Ich wusste ja nicht, ob es nicht doch irgendwelche Erben gäbe, die ihn mir irgendwann unter die Nase halten würden. Ich war im Zeitdruck, denn ich wusste, dass jederzeit Rektor Althoff von der Efrat anrufen und fragen könnte, was denn nun los sei. Ich fand den Vertrag aber ziemlich schnell. Nachum hatte eine Reihe von Ordnern im Regal stehen, auf einem stand ‹Verträge›, und der einzige hebräischsprachige Vertrag darin war unserer. Ich nahm ihn heraus und steckte ihn ein. Erst dann habe ich die Polizei gerufen. Ich habe den Vertrag später zerrissen und in eine Mülltonne geworfen. Bei der Suche in Nachums Wohnung habe ich meine Hände mit den Ärmeln meines Pullovers bedeckt, um keine Fingerabdrücke zu hinterlassen, fast aus Instinkt. Wenn man genügend Krimis schaut, weiß man, dass man Fingerabdrücke am Ort des Verbrechens unbedingt vermeiden soll.»

Klein schaute Dresden ausdruckslos an.

«Ich weiß, was Sie jetzt denken», sagte Dresden. «Gott sieht alles.»

«Ach, wissen Sie, Herr Dresden, mein Vater pflegte zu sagen: ‹Der liebe Gott weiß alles und kann alles sehen – und er weiß auch, wann er mal wegsehen kann.› Gehen Sie und baden Sie Ihre Kinder. Schabbat Schalom.»

12

Klein erreichte Aviva Berger erst am Sonntagmorgen. Sie war über den Schabbat bei Freunden in Tiberias gewesen, erklärte sie freundlich. Sie schien nicht empört, dass er sich wieder meldete.

Jener L., der die Karte geschrieben hatte, konnte Nachums und Avivas gemeinsamer Sohn sein. Vielleicht entstammte er auch einer der angeblichen zahlreichen Liebschaften Bergers in Israel. Oder aus Nachums späterer Zeit in den USA.

Klein beschloss, gleich in die Offensive zu gehen. Überrumpelung dürfte am besten wirken.

«Warum haben Sie mir verschwiegen, dass Sie und Nachum Berger einen gemeinsamen Sohn haben? Und behauptet, der Junge auf dem Foto sei Ihr Neffe?»

Er bemerkte, wie seine Knie zitterten, aus Furcht vor der eigenen Kühnheit und aus Nervosität. Am anderen Ende der Leitung war es einen Augenblick lang still. Nur nicht auflegen, Aviva, dachte er – leg jetzt nicht auf!

Doch schließlich antwortete sie, nun deutlich distanzierter: «Ich bin Ihnen keinerlei Antwort schuldig.»

Also stimmte es.

«Sie haben es gezielt verschleiert. Von armen Kindern gesprochen, denen man Nachums Erbe geben soll. Das ist ja das Erbe Ihres Sohnes.»

«Und überdies geht es Sie nichts an.»

«Frau Berger, Sie haben recht, es geht mich nichts an. Aber es gibt belastende Indizien gegen Ihren Sohn, dass er etwas mit dem Tod von Nachum zu tun haben könnte. Dass er wahrscheinlich damit zu tun hat. Ich möchte helfen, das Schlimmste zu verhindern.»

Avivas Stimme klang nun bitter und spöttisch. «Sie wollen das Schlimmste verhindern? Da sind Sie etwas spät dran, finden Sie nicht?»

«Frau Berger!» Seltsam, es war irgendwie ähnlich wie beim Telefongespräch mit Gila Gut – wieder fühlte sich Klein, der angerufen hatte, um zu helfen, wie ein Bittsteller. «Ich habe einiges riskiert, um Ihren Sohn für den Moment aus der Schusslinie zu halten. Um ihm Zeit zu geben, mit mir zusammen eine Lösung zu suchen, die ihn möglichst wenig beschädigt.»

«Herr Rabbiner Klein, es beginnt mich langsam zu nerven, in welcher Form Sie sich in unser Leben einmischen.»

Er spürte, dass sie kurz davor war, das Gespräch zu beenden. «Gut», sagte er, «dann rufe ich jetzt die Kommissarin an und lasse ihn auffliegen. Für mich ist es bequemer.»

«Warten Sie. Was wollen Sie?»

Er war zurück im Spiel.

«Seine Telefonnummer. Und seinen Namen.»

«Sie kennen nicht einmal seinen Namen?» Sie schien zu bereuen, dass sie sich von ihm hatte einwickeln lassen, wo er offenbar so wenig wusste.

«Ich weiß, dass sein Name mit einem L. beginnt.»

«Er heißt Lior», sagte sie schließlich widerwillig.

«Und Liors Telefonnummer lautet?»

Zu seiner großen Überraschung nannte sie ihm eine Schweizer Mobiltelefonnummer.

«Lebt Lior in der Schweiz?», fragte er.

«In Glattbrugg», sagte Aviva Berger.

«Schon lange?»

«Seit zwei Jahren.»

Die ganze jüdische Gemeinschaft von Zürich hatte gemeint, Nachum Berger sei der einsamste Mensch der Welt. Die Gemeinde hatte es übernommen, für ihn den Kaddisch zu sagen. Und keiner wusste, dass er einen Sohn hatte, der ein paar Tramstationen entfernt von ihm lebte. Der wahrscheinlich seinen Tod verschuldet hatte. Und der nicht Louis Dresden war.

Klein bedankte sich und legte auf. Im Schweizer Telefonverzeichnis fand er Lior nicht. Dann erst rief er ihn auf dem Handy an. Es war besetzt – wahrscheinlich Aviva, die ihren Sohn auf Kleins Anruf vorbereitete. Schließlich war die Leitung frei. Lior sprach hastig, im Hintergrund herrschte großes Stimmengewirr. Er reagierte unwirsch auf Kleins Einladung in sein Büro. Schließlich sagte er zu wie jemand, der keine Wahl hat.

Der Rest des Sonntags war zum Vergessen. Rivka hatte Klein aufgefordert, wenn er schon einmal einen freien Sonntag habe, diesen mit den Töchtern zu verbringen. Es gab nichts, was Klein weniger lag als das Organisieren von Sonntagsprogrammen. Er wusste, dass andere Väter während der ganzen Woche viele Stunden Vorbereitungszeit darauf verwendeten, in der freien Zeit mit der Familie etwas Schönes zu unternehmen. Klein redete sich zuweilen ein, dass man vielleicht im Beruf unbefriedigt sein musste, um schon während der Woche so viel Energie auf die Gestaltung des Sonntags zu legen. Doch insgeheim beneidete er diese Leute darum, dass ihre Kinder begeistert von mehr oder weniger spektakulären Wochenenden erzählten, was seine Töchter ihm brühwarm und vorwurfsvoll weitergaben. Er selbst blickte den Sonntagen immer mit einer gewissen Angst entgegen. Die meisten einfacheren Freizeitaktivitäten wie Schwimmen oder Schlittschuhlaufen widerstrebten ihm. Zuweilen zwang er sich dazu, aber die Lustlosigkeit war ihm immer ins Gesicht geschrieben, was zu mehr als einer Szene mit Rivka geführt hatte. Heute schlug er angesichts des unerfreulichen Wetters vor, das Technorama in Winterthur zu besuchen. Rivka hasste das Technorama. Sie fand es seelenlos und unpädagogisch und erklärte, er solle mit den Kindern allein fahren, sie würde aufräumen. Klein hielt dagegen, der Sonntag sei entweder ein Familientag oder eben nicht, er lehne es ab, den Tag mit den Kindern allein zu verbringen. «Das mit dem Papi-Wochenende ist was für geschiedene Paare», nörgelte er.

Es war schon beinahe zwölf Uhr, als sie sich schließlich missmutig und mit maulenden Töchtern ins Auto setzten. Auf dem Weg verspürte Klein den Drang, die Ausfahrt nach Glattbrugg zu nehmen, was er natürlich bleiben ließ. Er hätte auch gar nicht gewusst, was er dort genau hätte tun sollen. Er kannte ja nicht einmal Liors Wohnadresse.

Der Tag war grau, zuweilen regnete es, den Mädchen wurde bewusst, dass sie das Technorama aus den vorigen Besuchen eigentlich schon auswendig kannten. Dafna schien ohnehin nur daran interessiert, dauernd an ihrem Telefon zu hängen. Nachdem die Eltern ihr klargemacht hatten, dass dies im Museum verboten war, steckte sie sich ihre Kopfhörer in die Ohren und verbrachte den Nachmittag damit, sich mit ihrer Musik abzukapseln und den Display ihres Apparats zu bearbeiten. Rivka wurde noch missmutiger, und sie fuhren am Ende erschöpft und schweigsam nach Hause.

Familienglück, dachte Klein – er hatte immer von Kindern geträumt, und ein größeres Glück als seine beiden Mädchen kannte er nicht. Trotzdem konnten solche Erlebnisse depressiv machen und ließen einen träumen, man hätte den Tag allein und in Ruhe mit Büchern und etwas Arbeit verbringen können.

Es brauchte schon einen roten Gamla, den Rivka und er am Abend, als die Kinder schliefen, entkorkten, um sie einander wieder näherzubringen.

Klein erzählte Rivka von seiner Begegnung mit Aviva Berger, aber nichts über ihren Sohn. Lange schwiegen sie. Schließlich huschte ein Lächeln über Rivkas Gesicht. «Weißt du noch, als Dafna etwa fünf war und anfing, sich für die biblischen Geschichten zu interessieren? Da hat sie uns doch mal gefragt, ob wir später auch mal in der Torah stehen werden, wenn wir tot sind.»

Das war eine ihrer Familienanekdoten.

«Es wäre schon interessant, darüber nachzudenken, wie so ein Leben in ein paar biblischen Versen zusammengefasst würde», fuhr Rivka fort. «Für uns war Nachum immer der Strahlemann, der wunderbare Pädagoge, der freundlichste Mensch der Welt. Und kaum ist er tot, wird er zu einem Schürzenjäger, der keine Scheidung bezahlen wollte.»

«Aber ist das, was wir jetzt erfahren, die volle Wahrheit, und alles andere war Täuschung? Kaum ist er tot, ist er eben nur noch das Objekt unserer Gespräche. Das wird mit uns nicht anders sein.»

Rivka leerte ihr Glas und schaute ihn schelmisch an. Dann stürzte sie sich unvermittelt auf ihn und begann ihn wild zu kitzeln. «So? Und was wirst du dann über mich erzählen, wenn ich tot bin?»

Prustend stieß er hervor: «Man konnte mit ihr leben. Aber Alkohol bekam ihr nicht.»

13

Klein schlug sich vor Überraschung die Hand auf den Mund, als Lior am Montag wie verabredet pünktlich um neun Uhr in sein Büro trat.

«Sie sind Lior Berger!»

«Ich heiße nicht mehr Berger. Ich habe meinen Nachnamen in Bar-Giora geändert.»

Früher hatten viele Israelis ihre europäischen Namen hebraisiert, seit einiger Zeit war das aus der Mode gekommen. Was war wohl Liors Grund für diese Namensänderung gewesen? Simon Bar-Giora war im ersten Jahrhundert ein Aufständischer gegen die Römer gewesen, ein Volksheld und eine Art früher jüdischer Robin Hood. War es die Lautähnlichkeit mit dem Namen Berger oder die Bedeutung der Person, die den vaterlos aufgewachsenen Lior diesen Nachnamen hatte wählen lassen?

«Aber Sie waren mit Nachum bei uns zusammen in der Laubhütte!»

«Das war beschissen genug, glauben Sie mir. Aber ich wusste ja nicht, dass sie ihn auch einladen würden, als ich zusagte.»

«Sie kannten sich. Aber Sie vermieden jeden Kontakt zu ihm.»

«Natürlich wusste jeder von uns, wer der andere war. Ich wusste auch, dass er hier lebte, als ich vor zwei Jahren für die El Al hierher kam.»

«Das hat Sie nicht abgehalten?»

«Wieso hätte es mich abhalten sollen? Er hat mir genug

versaut im Leben. Der Sicherheitsdienst in Zürich war ein attraktives Angebot. Finanziell. Und viel weniger stressig als am Flughafen Tel Aviv. Dazu hatte ich dort gerade eine längere Beziehung mit einer Kollegin im Krach beendet. Ich brauchte die nicht jeden Tag bei der Arbeit zu sehen. Darf ich mich setzen?»

Klein machte eine Handbewegung zu einem der Besucherstühle hin.

Lior setzte sich, zögerte einen Augenblick. Dann meinte er: «Wissen Sie, dass man das Oberrabbinat in Jerusalem in die Luft sprengen sollte?»

«Warum denn?», fragte Klein ahnungsvoll.

«Die hätten Ihnen nie den Namen und die Adresse meiner Mutter geben dürfen.»

«Ich gebe zu, es war nicht leicht. Als ich von der Schweiz aus angerufen hatte, klang das unproblematisch. Als ich in Jerusalem war, haben sie dann arg herumgedruckst. Aber ich kenne die Herren seit langem.» Dankbar dachte er an David.

«Die hatten Anweisung, Ihnen nichts zu sagen. Wir hatten das ausdrücklich verlangt, als ich verstanden hatte, dass Sie Ihre Recherchen nach Israel ausweiten.»

«Sie hatten also einen Riecher», meinte Klein. «Als Sie mich am Flughafen sahen, meine ich.»

«Was für einen Riecher denn?», fragte Lior. «Ich musste nur eins und eins addieren. Ich war auf der Beerdigung meines Vaters und hörte Sie sprechen. Man konnte nicht überhören, dass Sie sich darin verbohrt hatten, der Geschichte meines Vaters nachzuspionieren. Und einige Tage später stehen Sie am Gate von El Al in Zürich. Ich hatte Ihren Namen schon zuvor auf der Passagierliste gesehen. Und dazu Business Class. Das fliegt ein Rabbiner nur, wenn er kurzfristig gebucht hat und nichts mehr frei war. Was für einen Riecher braucht es da noch? Es war mir klar, dass Sie einer Spur folgten.»

Klein schwieg einen Moment. «Dann haben Sie im Oberrabbinat angerufen», meinte er schließlich, um das Gespräch am Laufen zu halten.

«Nein, ich habe meine Mutter angerufen. Ich habe ihr gesagt: ‹Ima, Nachums Leben hat dein Leben zerstört. Nun lass nicht seinen Tod mein Leben zerstören. Wenn der Rabbiner aus Zürich auf deine Spur kommt, dann kommt er auch auf meine. Dann rennt er zur Polizei und erzählt denen das. Und er erklärt ihnen dein Motiv, Nachum zu töten. Sie werden mich als Handlanger suchen und einvernehmen wollen. Meine Fingerabdrücke und DNA-Spuren nehmen. Dann bin ich geliefert.› Das habe ich ihr gesagt. Meine Mutter rief dann im Oberrabbinat an und sagte Rabbiner Reichenberg, sie sei über den Tod ihres Mannes in der Schweiz bereits informiert worden und würde alle notwendigen Schritte unternehmen, sie habe aber von Bekannten in Zürich auch gehört, dass der dortige Rabbiner möglicherweise unterwegs sei, um sie deswegen zu besuchen, und sie verbitte sich, dass dieser Zürcher Rabbiner, der überhaupt keine Befugnisse habe, Einsicht in irgendeinen Teil ihres Dossiers bekomme oder auch nur ihre Adresse.»

«Rabbi Reichenberg hat ihr daraufhin versprochen, die Sache bleibe unter Verschluss.»

«Natürlich. Er hatte gar keinen Anlass und kein Recht, gegen ihren Willen Informationen weiterzugeben. Dass er es trotzdem gemacht hat, ist ein Skandal. Ich muss mir überlegen, wie ich darauf reagiere.»

«Da muss sie gehörig erschrocken sein, als ich plötzlich doch vor ihrer Tür stand.»

«Allerdings. Das zwang sie zu dieser lächerlichen Komödie, die sie dann abgezogen hat. Sie hat mir alles berichtet. Und bevor Sie kamen, musste sie noch sorgfältig alle Bilder von mir aus dem Salon räumen. Nur dieses eine, das neben der Tür hing, das hat sie übersehen. Sie hat sich danach solche Vorwürfe gemacht! Sie war sich sicher, dass Sie ihr diese Nummer mit dem Neffen nicht abgekauft hatten.»

Klein betrachtete ihn mit Trauer im Blick. «Sie wusste also, dass Sie etwas mit dem Tod Ihres Vaters zu tun hatten. Um es mal so zu umschreiben.»

«Das sagt sich leicht, wie? ‹Mit dem Tod Ihres Vaters zu tun hatten.› Was wissen Sie denn schon?»

«Ich weiß nichts. Ich weiß, dass es diese Karte von Ihnen gibt, die in seinen Unterlagen gefunden wurde. Die Karte, mit der Sie Ihr Kommen ankündigten, genau zur Uhrzeit, zu der man die Tat vermutet, und mit Ihren Fingerabdrücken darauf, die in der Wohnung gefunden wurden. Den Inhalt der Karte habe ich vor der Polizei vertuschen können. Deshalb weiß die Polizei auch nicht, nach wem sie suchen muss, zu wem diese Fingerabdrücke gehören. Ich habe denen etwas anderes übersetzt, einen Lehrsatz aus der Mischna Awot, von dem sie im Moment noch glauben, dass Ihr Vater ihn aufgeschrieben hat. Ich weiß, dass Nachum Berger einen Sohn hatte, dass dieser Sohn Sie sind, dass Sie sich zur Tatzeit bei ihm angemeldet hatten und dass Sie dort auch waren. Sonst weiß ich nichts. Ich weiß vor allem nicht, was Sie dort getan haben. Ich bin nicht die Polizei und habe auch kein Recht, Sie zu befragen. Aber wenn die Polizei Ihnen auf die Spur kommt, ob Sie es nun waren oder nicht, dann haben Sie ein Problem.»

Lior war bleich geworden. «Diese Karte! Diese verdammte Karte! Wieso hat sie mein Vater herumliegen lassen? Ich hatte sie vollkommen vergessen. Aber natürlich, so haben Sie mich gefunden!» Er saß auf seinem Stuhl, zusammengesunken plötzlich, ein Häufchen Elend.

«Lior», sagte Klein, «Sie können froh sein, dass ich Sie gefunden habe und nicht die Polizei. Sagen Sie mir, wie es war. Ich bin nicht die Polizei. Bitte!»

«Hören Sie», sagte Lior, «es ist eine einfache Geschichte. Ich habe meinen Vater erst vor ziemlich kurzer Zeit kennengelernt. Mein Leben bisher war geprägt von seiner Abwesenheit, die immer bedeutete: Er ist nicht da, aber er hat unser Leben vollständig in seiner Hand. Er lässt uns nicht frei. Es hat meine Mutter bitter gemacht, es hat ihr alles abverlangt, damit sie sich und mich durchbringen konnte. Hat sie Ihnen gesagt, dass sie allein die Wohnung abbezahlen musste? Dass sie gearbeitet hat bis zum Umfallen? Geigenstunden, auf Festen spielen, Auftritte. Sie ist mit ihrer Geige und ihrem schwarzen Auftrittskleid herumgezogen wie eine Sklavin. Und er war irgendwo, machte sich einen schönen Tag! Sie war ja zu stolz, um mit ihrem Unglück hausieren zu gehen. Sie hat selten über ihn gesprochen, sie hat mir nicht irgendwelchen Hass gegen ihn eingeimpft, aber alles war imprägniert davon, dass sie gefesselt war. Ob sie überhaupt noch mit Männern ausging, weiß ich gar nicht. Ich hätte es ihr gegönnt, aber ich glaube, sie hat sich immer mehr in sich zurückgezogen, gerade in dieser Hinsicht. Bei uns zu Hause habe ich jedenfalls nie einen Mann angetroffen. Als ich nach Zürich kam, ging ich jedem Kontakt mit ihm aus dem Weg. Es gab keinen Ort, wo ich ihn treffen konnte. Beruflich ohnehin nicht. Es war ja kaum zu erwarten, dass er mit El Al nach Israel fliegen würde, er konnte sich dort ja nicht mehr blicken lassen. Ich ging nicht an jüdische Anlässe und nicht in die Synagoge. Mit der Religion habe ich nicht viel am Hut. Vielleicht schon deshalb nicht, weil mein Vater den Religiösen gab. Das widerte mich an. Er wusste natürlich, wer ich war. Er hatte irgendwelche Bekannte aus Israel, die ihn besuchten, wenn sie in der Schweiz waren, und ihm von mir erzählten. Er hat mich aber nie angerufen oder versucht, mit mir in Kontakt zu treten, nachdem ich in die Schweiz gekommen war. Wäre ich am Jom Kippur nicht in die Synagoge gekommen, hätten Sie mich dort nicht gesehen und auf die Feiertage eingeladen. Und er würde wahrscheinlich noch leben.»

«Das klingt schrecklich – dass Ihr Synagogenbesuch und meine Einladung am Ursprung des Ganzen standen.»

«So war es eben. Diesen Jom Kippur kam ich in die Synagoge, das einzige Mal, seit ich in der Schweiz bin. In meinem ersten Jahr in Zürich war ich nicht hingegangen, aus Angst, meinen Vater dort zu treffen, aber auch, weil mir wenig am Gottesdienst liegt. Aber das bekam mir nicht. Die El Al fliegt ja nicht an diesem Tag, ich hatte dienstfrei, und ich litt wie ein Hund da draußen in Glattbrugg. Also bin ich dieses Jahr in die Synagoge gegangen. Und ich habe mich sehr gefreut, dass der Rabbi auf mich zukommt und mich in die Laubhütte einlädt. Ohne zu wissen, wer und was ich bin. Das hat mich beeindruckt, ehrlich. Aber ich wäre trotzdem lieber nicht zu Ihnen gegangen.»

«Sie sahen den ganzen Abend aus wie jemand, der Bauchweh hat.»

«Es war ja viel schlimmer als Bauchweh. Es war ein Albtraum. Und er hat sich so schrecklich angebiedert mit seinen Witzchen und Imitationen. Widerlich. Aber das Schlimmste war, als der Abend zu Ende war. Ich suchte nach Auswegen, wie ich den Heimweg allein antreten könnte, aber er war natürlich ganz scharf darauf, mit mir noch sprechen zu können. Auf der Straße wollte ich ihn dann abwimmeln, in ein Tram steigen und wegfahren. Er war ja ein frommer Mann, wäre am Feiertag nie in ein Verkehrsmittel gestiegen. Bevor ich einsteigen konnte, kam er ganz nah an mich heran und sagte: ‹Hör zu, Lior. Ich möchte dringend mit dir sprechen. Es geht um die Scheidung.› Ich sagte ihm bloß, das sei nicht meine Sache, und stieg ins Tram. Er rief von draußen, gerade deshalb sei es wichtig, dass wir sprechen. Er warte auf meine Antwort.»

«Und dann beschlossen Sie hinzugehen. Nach den Feiertagen.»

«Zuerst sprach ich natürlich mit meiner Mutter. Ihre Antwort war klar: ‹Gehe hin und sage ihm, wenn er die Scheidung möchte, dann soll er nach Israel kommen. Aber sag ihm auch, ich werde einen Anwalt nehmen und ihm rückwirkend die Alimente abknöpfen für dreißig Jahre, die er mich hat sitzenlassen. Wenn er so viel Geld hat und bereit ist, mich zu entschädigen, dann ist gut. Wenn nicht, soll er zu Hause bleiben. Es reicht, dass er mein Leben zerstört hat.› Wenn sie den letzten Satz nicht gesagt hätte, dann wäre heute mein Vater noch am Leben. Glaube ich.»

«Wenn sie nicht gesagt hätte, dass Nachum ihr Leben zerstört hat.» Klein erinnerte sich, dass Claudette Weiss fast dasselbe gesagt hatte.

«Ja. Ich beschloss also hinzugehen. Ich hatte keine Lust, ihn anzurufen, seine Mailadresse hatte ich nicht, so warf ich ihm diese Karte tags darauf in seinen Briefkasten. Ich ging auch wirklich hin, und wie ich erwartet hatte, war er zu Hause. Ich hatte ja extra geschrieben, ich käme nur kurz, damit er nicht noch auf die Idee verfiele, irgendein Essen vorzubereiten oder sowas. Da wäre ich sofort wieder gegangen. Das hat er immerhin begriffen. Er begann dann zu erzählen, er habe sich in eine Frau verliebt, eine verheiratete Frau, die sich scheiden lassen würde, wenn er sie heirate. Direkt vor mir, am selben Abend, war offenbar ihr Mann bei ihm gewesen. Der habe ihm gesagt, er würde seiner Frau den Scheidebrief geben, unter der Bedingung, dass sie auf das Sorgerecht für die Kinder verzichten würde. Der Mann hatte seine Frau eine Hure genannt, was meinen Vater sichtlich aufgebracht hatte. Aber offenbar hatte mein Vater diesem Mann …»

«Josef Gut heißt er», unterbrach Klein.

«Meinetwegen. Jedenfalls hatte mein Vater ihm offenbar versprochen, bei der Frau darauf hinzuwirken, dass sie seinen Vorschlag annehmen sollte. Er meinte, die Frau habe das ohnehin in Betracht gezogen, wegen des gesellschaftlichen Drucks. Na ja, das interessierte mich eigentlich nicht. Ich sagte ihm bloß, was meine Mutter mir aufgetragen hatte. Ich hatte die versäumten Alimente für sie und auch für mich ausgerechnet, über den Daumen gepeilt und mit Zinsen. Ich sagte ihm: ‹Mit einer Million Franken bist du aus dem Schneider. Dabei kommst du noch gut weg.› Ich wusste natürlich, dass er so viel nicht hatte. Wahrscheinlich nicht annähernd. Nun war er in unserer Hand. Das Spiel hatte sich gedreht. Das verärgerte ihn sehr. Er begann über meine Mutter herzuziehen, sie habe ihm während ihrer Ehe mit krankhafter Eifersucht das Leben vergällt, jede Besprechung mit einer Kollegin habe sie zu einer Untreue hochstilisiert, danach habe sie ihn mit horrenden Geldforderungen bis in die USA verfolgt, deshalb habe er sich nicht auf die Scheidung eingelassen. Er, der Kinder über alles liebte, sei alt geworden, ohne seinen Sohn aufwachsen zu sehen. Solch rührseliges Zeug musste ich mir anhören.»

«Sie glaubten ihm nicht?»

«Und wenn ich ihm geglaubt hätte? Was war denn mit mir? Wo ich aufwuchs, hatten alle einen Vater, der Ärmste und der Dümmste kam abends heim, und sein Vater saß da, im Unterhemd oder in der Krawatte, und er küsste ihn oder er schlug ihn, aber er war da! Warum kam mein Vater nicht? Wäre er einmal zur Tür hereingekommen, nur ein einziges Mal in meiner ganzen Jugend, und hätte mir den Kopf gestreichelt, ich hätte es überall rumerzählen können. Aber nein: Nachum Berger, der beliebteste Lehrer der ganzen Welt, von dem sogar die Frau, die er sitzengelassen hatte, noch behauptete, er sei ein begnadeter Pädagoge, der ließ sich bei seinem Sohn nie blicken. Nie! Nun stand ich vor ihm, als erwachsener Mann. Nicht er war zu mir gekommen, ich war zu ihm hingeschlichen wie ein Hund. Und etwas anderes hatte er mir nicht zu sagen?»

Der Sicherheitsmann Lior, der alles so gut eingefädelt hatte mit seiner Mutter beim Rabbinat, saß vor Klein, schniefte und wischte sich mit dem Ärmel über die Augen.

«Ich konnte es nicht hören. Ich sagte ihm, wie froh ich sei, dass er mir beim Aufwachsen nicht zugesehen habe, mich nicht mehr angefasst habe mit seinen schmutzigen Händen. Ich sagte ihm, so ruhig wie möglich, er habe das Leben meiner Mutter zerstört, und nun wolle er sie noch vor mir in den Dreck ziehen. Jetzt biete er großzügig die Scheidung an, um seine Hure zu heiraten. Mein Vater begann nun zu zittern vor Wut, er stand auf und packte mich mit beiden Händen am Hemdkragen, er hatte riesige Kraft in diesem Moment und redete drohend auf mich ein, ich weiß nicht mehr was. Im

Sicherheitsdienst lernst du vor allem eins: Wenn einer dich tätlich angreift, dann mach kurzen Prozess. Dann ist höchste Alarmstufe. Nicht herumrangeln, sondern ausschalten. Ich hatte schon vorher auf dem Tisch diesen schweren Aschenbecher bemerkt, ich griff mir das Ding und haute es ihm über den Schädel – ich glaube, sogar zwei- oder dreimal. Ich war vollkommen fertig. Fast dreißig Jahre lang hatte ich keinen Vater gehabt, und nun wollte er mir an den Kragen. Er wollte alles zerstören, meine Mutter, mich, alles. Dann sackte er zu Boden und begann zu keuchen und zu japsen. Ich erschrak und versuchte, ihm eine Herzmassage zu machen. Auch das haben wir ja in der Ausbildung gelernt. Aber mir war schnell klar, dass er nicht mehr lebte. Und es war mir auch klar, dass man mich als Mörder verfolgen würde – als Mörder meines Vaters. Ich geriet in Panik. Jederzeit konnte jemand hereinkommen, vielleicht seine Geliebte oder sonstwer, ich hatte ja keine Ahnung, mit wem er noch verkehrte. Ich hatte nur noch den Reflex, den Aschenbecher mitzunehmen, wegen der Fingerabdrücke. Sie waren natürlich auch auf anderen Gegenständen, die ich berührt hatte, dem Tisch, dem Stuhl. So weit habe ich nicht mehr gedacht. Den Aschenbecher habe ich in den See fallen lassen.»

Klein sah Lior an und schwieg. Dann stand er auf, sah aus dem Fenster in den grauen Morgen hinaus; der November hatte die Stadt in Nebel gehüllt. Eine halbe Minute lang ging er hinter seinem Schreibtisch hin und her, die Hände in den Hosentaschen. Schließlich wandte er sich wieder Lior zu: «Sie wissen, dass Josef Gut wegen dieser Geschichte in Untersuchungshaft sitzt.»

Lior nickte. «Es stand ja in der Zeitung. Sie haben es sogar in Ihrer Grabrede erwähnt.»

«Und wie fühlt sich das an?»

Lior blickte an ihm vorbei. «Die können ihm nichts beweisen. Er wird freikommen, denke ich.»

«Denken Sie.» Nach einem Moment des Schweigens fuhr er fort: «Wäre es Ihnen nicht lieber, er würde nicht freikommen? Dann wären Sie fein raus.»

Lior schaute ihn nun wieder an, seine Augen flackerten. «Was wollen Sie von mir? Meiner Mutter und mir haben Sie erzählt, Sie wollen mir helfen. Sie hätten alles Mögliche deshalb riskiert. Also: Helfen Sie mir, und halten Sie keine Moralvorträge. Sonst hätten Sie der Polizei gleich sagen können, was auf dieser Karte steht, oder nicht?»

Klein fixierte ihn. Er stand ihm gegenüber, stützte sich mit den Händen auf den Tisch und versuchte väterlich zu wirken. Wie er es tat, wenn er Dafna oder Rina liebevoll, aber ernsthaft etwas klarmachen wollte. Wie es sein Vater getan hatte, wenn er ihn wie einen Erwachsenen behandeln wollte. Wie Lior es nie von einem Vater erlebt hatte.

«Lior, Sie missverstehen hier vielleicht etwas. Natürlich will ich Ihnen helfen, aber das heißt nicht, dass ein Unschuldiger dafür bezahlt, dass Sie frei herumlaufen. Das würde meinem Gerechtigkeitsempfinden, allem, wofür ich stehe, vollkommen widersprechen. Ich wollte Ihnen vorschlagen, ins Flugzeug zu steigen, nach Israel zu fliegen und sich dort zu stellen. Ausliefern wird man Sie nicht, Sie werden Ihre Strafe absitzen, Ihre Mutter wird in der Nähe sein, und man wird Ihnen bei der Haftbemessung anrechnen, dass Sie sich selber gestellt haben. Die Richter in Israel dürften auch besser als die in der Schweiz verstehen, was es heißt, als Sohn einer Aguna aufzuwachsen. Dazu kommt, dass es sicher kein Mord und nicht mal wirklich Totschlag war. Ich kenne mich da zu wenig aus, aber vielleicht können Sie sogar Notwehr geltend machen.»

In Liors Blick war kalte Ablehnung. «Das haben Sie schön ausgerechnet. Damit Sie besser schlafen können, wie?»

Klein wurde ungehalten. «Lior, ich könnte bedeutend besser schlafen, wenn ich der Kommissarin den Inhalt der Karte korrekt übersetzt hätte. Ich riskiere ein Verfahren wegen Irreführung der Behörden. Wissen Sie, was das heißt? Für einen Rabbiner?»

Lior schwieg und starrte auf den Tisch.

«Hören Sie zu. Ich schlage Ihnen vor, Sie nehmen die Abendmaschine nach Tel Aviv. Ein Ticket zu bekommen, sollte für Sie als El-Al-Angestellten nicht schwer sein. Morgen gehen Sie in Israel zur Polizei. Wenn Sie ein Geständnis ablegen, wird Gut freikommen. Wenn ich nicht höre, dass Sie sich gestellt haben, werde ich der Kommissarin in den nächsten Tagen sagen müssen, dass auf Ihrer Karte etwas anderes steht als der schöne Spruch aus der Mischna Awot. Das wird zu Ihrer Verhaftung führen, egal, wo Sie sind. Ich bitte Sie, stellen Sie sich. Es ist für alle die beste Lösung.»

Lior schaute ihn an. Dann erhob er sich, nahm wortlos seine Lederjacke vom Haken und öffnete die Tür.

«Lior!», rief Klein.

Lior blieb in der Tür stehen, drehte sich aber nicht zu Klein um.

«Sie wissen, weshalb Ihr Vater die Karte nicht weggeworfen hat, oder? Die Polizei fand sie bei den wichtigen Dokumenten, die er aufbewahrte. Es war das einzige, was er von Ihnen besaß.»

Ohne den Kopf zu wenden, fragte Lior: «War's das?»

«Ja, Lior. Ich vertraue Ihnen.»

Wortlos zog der junge Mann die Tür hinter sich zu.

Kleins Blick weilte noch länger auf der Türklinke. Dann lehnte er sich zurück, legte die Arme auf die Lehnen seines Bürostuhls und schloss die Augen. Er nahm gedankenverloren ein Blatt seines Ficus, den Frau Wild so zuverlässig staubfrei hielt und der ihm erst seit dem ersten Besuch in Frau Bänzigers chlorophyllfreiem Büro wirklich ans Herz gewachsen war, zwischen Daumen und Zeigefinger. Dann öffnete er seine Ledermappe und nahm seinen Taschenkalender heraus. Seit der Schulzeit war der Kalender ihm nicht nur das praktische Hilfsmittel gewesen, in dem die Hausaufgaben, anstehenden Prüfungen und sonstige Termine eingetragen wurden. Regelmäßig hatte er in den Taschenkalender jeweils mit roter Tinte Gedanken notiert, Leitsprüche, Geistesblitze oder Überlegungen zu seinem Leben. Das tat er noch heute. Er schlug den Kalender auf und schrieb in den noch freien Platz des heutigen Tages mit einem roten Filzschreiber in hebräischen Lettern die sechs hebräischen Wörter: «Jadenu lo schafchu et hadam haseh» – «Unsere Hände haben dieses Blut nicht vergossen.» Er hatte seiner Pflicht als Rabbi der Stadt genügt. Er hatte den Fall gelöst.

Dann griff er zum Bürotelefon und wählte die Nummer von Frau Wild.

«Ach bitte, Frau Wild, wenn Sie so gut wären – es wäre jetzt Zeit für meinen zweiten Kaffee heute. Und übrigens, da war doch diese Anfrage der Universität für einen Lehrauftrag im nächsten Semester. Ja bitte, antworten Sie denen doch, dass ich das gerne annehme. Thema: ‹Kain und Abel in den rabbinischen Torahkommentaren.› Wöchentlich Montag zehn bis zwölf.»

Er legte auf und grübelte noch einen Moment über Kain

und Abel nach. Diesen ersten Mord, auf den er immer wieder zurückkam seit Nachums Tod. Den Brudermord, der eigentlich stellvertretend ein Vatermord war: Kain hasste den Vater, der es ihm eingebrockt hatte, jenseits von Eden zu leben. Er hasste sicher auch den Gott, der ihm die Tore Edens nicht mehr öffnete. Womöglich hatte er sie beide gemeint, als er Abel schlug, mehr als den Bruder selbst.

Klein verbrachte seinen Tag so zufrieden wie lange nicht mehr. Er hatte beschlossen, sich der Angelegenheit Agnes Jägers anzunehmen, die sich so kurz vor der Konversion von ihrem jüdischen Partner getrennt hatte. Konnte es wirklich sein, dass man auseinanderging, weil einer koscher essen wollte und der andere nicht? Oder war dem Mann die Vorstellung unheimlich, statt einer aufregenden nichtjüdischen Freundin ein kreuzbraves orthodoxes jüdisches Weiblein an seiner Seite zu haben? In einer so delikaten Situation musste er jeden Schritt persönlich machen, selbst die Terminfindung. Klein telefonierte geduldig herum und schaffte es, ein Treffen zu dritt für die kommende Woche zu vereinbaren. Immerhin waren sie beide bereit zu kommen.

Ein Schritt zurück in den beruflichen Alltag.

Doch in der Nacht schlief er nur schwer ein und hatte einen Traum. Er saß auf der Bürkliterrasse, auf einer Bank beim See, nahe der Ganymed-Skulptur, dort, wo er am Morgen nach Bergers Tod gesessen hatte. Von der Quaibrücke her näherte sich eine seltsame Prozession. Sie wurde angeführt von Herrn Drulovic, der an einem Strick ein Kalb hinter sich herzog. Daneben ging Gila Gut, die eine Karte in der Hand hielt, dahinter eine lange Reihe von Menschen, unter denen er nur Claudette Weiss identifizieren konnte. Klein konnte nicht sehen, ob die Karte in Gilas Hand diejenige von Lior an seinen Vater war, oder ob etwas anderes darauf stand. War es in Wirklichkeit das Pergamentstück, mit dem die Sota, die der Treulosigkeit angeklagte Frau, überführt werden sollte? Plötzlich befand sich neben ihm Aviva Berger. Sie hielt eine Blechschüssel mit Wasser in den Händen. Die Prozession kam bei Klein an, und Gila legte die Karte ins Wasser. Die Schrift darauf begann sich aufzulösen. Herr Drulovic, der eine ungeheuer mächtige Statur zu haben schien, sagte zu ihm: «Ich werde jetzt dem Kalb das Genick brechen. Dann müssen Sie die Hände in dieser Schüssel waschen, Herr Rabbiner.» Er sollte die Hände in dieser Schüssel waschen, in der das Wasser von aufgelöster Tinte schon ganz schwarz war? «Aber nein, nicht ich. Rabbiner Reichenberg! Wo ist Rabbiner Reichenberg?»

Schreiend erwachte Klein. Er hatte Rivka geweckt, die ihm mit der Hand über die feuchte Stirn fuhr. «Was hast du denn? Mein Lieber! Ist alles in Ordnung?»

Langsam beruhigte sich Klein, und Rivka legte sich wieder hin. Er schmiegte sich fest an sie. «Wir werden sehen», murmelte er und fühlte, wie sie wieder in den Schlaf sank. «Wir werden sehen.»

Klein konnte nicht einschlafen. Die Leichtigkeit des Tages war wie weggeblasen, und nachdem er sich eine Zeitlang im Bett gewälzt hatte, stand er auf und ging in sein Arbeitszimmer. Auf dem Schreibtisch lag das Buch mit den Aufsätzen über Hiob, das er bei seiner Totenwache für Nachum Berger dabei gehabt hatte. Er begann einen Beitrag über die Sprache des Hiob-Buches zu lesen. Noch nie seit der Nachricht von Bergers Tod, spürte er, hatte er sich über längere Zeit so gut konzentrieren können. Das Thema faszinierte ihn.

Die Autorin hielt fest, dass die Geschichte des schwer geprüften Hiob, der Opfer einer Wette zwischen Gott und Satan wurde und Gott treu blieb, auch subversiv gelesen werden konnte. Die Wette war daran geknüpft, ob der gerechte Hiob nach all seinen Heimsuchungen Gott fluchen würde oder nicht. Doch dem aufmerksamen Leser konnte nicht entgehen, dass für das hebräische Wort «fluchen» im Buch Hiob das Verb «barech» verwendet wurde – ein Euphemismus, denn die Grundbedeutung dieses Verbs lautete «segnen». Hiobs berühmtes Diktum, «Der Herr hat's gegeben, der Herr hat's genommen, der Name des Herrn sei gesegnet», konnte deshalb auch bedeuten: Der Name des Herrn sei verflucht. Der biblische Hiob hatte sich die sprachliche Freiheit genommen, Gott im Ungewissen darüber zu lassen, was er eigentlich meinte, ohne dass der Satan als Sieger der Wette triumphieren konnte. Er hatte Gott und Satan, die die Bedeutung von Wörtern vertauschten, mit ihren eigenen Waffen geschlagen.

Das Buch Hiob, so die Autorin, unterlaufe deswegen die Autorität all derer, die nicht nur das Schicksal des Menschen, sondern auch noch seine Gedanken beherrschen wollten. Das gelinge weder Gott noch dem Satan.

Klein lehnte sich zurück, schloss die Augen, dachte nach. Hatte er nicht im Grunde dasselbe getan? Mit den Worten gespielt, die ihm Frau Bänziger gezeigt hatte? Den Rest der Freiheiten ausgemessen, die ihm und Lior in dieser schrecklichen, dieser gottverfluchten Geschichte geblieben waren? Zwischen allen falschen Lösungen, in denen er sich eingeklemmt gefühlt hatte, als er seinerzeit mit Gila Guts Mail unter dem Arm zu Frau Bänziger gestapft war, hatte er den schmalen Pfad der autonomen Entscheidung, seinen privaten moralischen Ausweg gesucht. Diesen Pfad, der sich unverhofft aufgetan hatte, beschritten.

So schlurfte er gegen halb drei Uhr morgens, von innerer Ruhe erfüllt, ins Bett und schlief, den ruhigen Atem Rivkas im Ohr, unverzüglich ein.

14

Das Fachblatt *Rabbinat heute* schlug Alarm. Die Umstellungen der Speiseeisproduktion, die Verwendung von unkoscheren tierischen Fetten innerhalb der Toleranzwerte, die nicht deklarationspflichtig waren, hatten alle Kriterien, die noch vor wenigen Monaten die Koscherzertifizierung bestimmt hatten, in ihrer Bedeutung schmelzen lassen «wie Eis an der Sonne» (das war das Kalauerniveau, das Klein von dieser Zeitung kannte). Jedenfalls befanden sich in Kleins Mailbox etwa zwanzig Nachrichten, in denen Berufskollegen, auch eigens dafür konsultierte Lebensmittelchemiker, in großer Aufregung erörterten, was angesichts dieser neuen Lage zu tun sei.

Klein musste mindestens signalisieren, dass er die Diskussion zur Kenntnis nahm. Zudem war es eine willkommene Ablenkung von der Nervosität, in die ihn die ungewisse Entscheidung Liors versetzte.

«Meine Lehrer und meine Herren», schrieb er, eine hebräische Redeformel eindeutschend, «wir befinden uns im Monat November. Der Speiseeiskonsum der kommenden Monate in Mitteleuropa dürfte auch bei Menschen, die koscher essen, moderat ausfallen. Ich schlage vor, mit der angemessenen Ruhe und Umsicht zu reagieren.»

Dafür erntete er teils Beifall, teils erboste Kommentare. Und Rückfragen: Ob er zuerst einmal den ganzen Eiskonsum auf Eis legen wolle (warum nur liebten Rabbiner das Kalauern so?), um Zeit zu gewinnen – oder ob er den Schaden für begrenzt halte.

Klein hatte keine Ahnung, was er darauf antworten sollte. Grübelnd saß er vor dem Bildschirm, als das Bürotelefon läutete. Es war kurz nach zehn.

«Herr Rabbiner?», meldete sich Frau Wild. «Ein Anruf von einem Herrn aus Israel. Ich habe den Namen leider nicht genau verstanden, die Verbindung ist nicht besonders gut.»

Also war Lior nach Israel geflogen. War er es selbst? Oder die israelische Polizei?

«Stellen Sie bitte durch.» Klein spürte, wie sein linkes Bein vor Aufregung zitterte. Er hatte sich, wurde ihm schlagartig klar, viel zu tief in diesen Fall hineinbegeben. Nichts hätte er in diesem Moment lieber getan, als sich mit Leib und Seele den neuen Entwicklungen in der Speiseeisproduktion zu widmen.

Ein leises Rauschen im Hörer.

«Hallo? Hier Rabbiner Klein aus Zürich. Wer spricht da?», schrie er auf Hebräisch in den Apparat.

«Hier David Bohnenblust.»

«David!» Er fühlte, wie sein Körper vor Entspannung und Enttäuschung förmlich in sich zusammenfiel.

«Herr Rabbiner, ich hoffe, Sie sind gut nach Zürich zurückgekommen. Ich habe aus Versehen Ihre Handynummer gelöscht. Deshalb rufe ich Sie im Büro an. Die Nummer war leichter zu bekommen.»

«Kein Problem. Was kann ich für dich tun, David.»

«Nun, zuerst wollte ich kurz nachfragen, ob alles gut gegangen ist mit Frau Berger. Ob es Ihnen weitergeholfen hat.»

«Ja, David, das hat es. Und sie weiß nicht, dass ich die Informationen von dir habe.»

«Gott sei Dank! Und ist denn jetzt der Mörder gefasst?»

«Es könnte sein, dass wir nahe dran sind.» Hatte er gerade «wir» gesagt?

«Also nicht Herr Gut.»

«Es scheint nicht so. David, ich kann darüber ...»

«Ich habe nicht deswegen angerufen», rief David eilig. «Ich wollte Sie fragen, ob es denkbar wäre, dass ich bei Ihnen ein Praktikum mache.»

«Ein Praktikum?»

«Ich überlege mir, Rabbiner zu werden.»

Unwillkürlich malte sich Klein aus, wie Davids Kinn zuckte, just im Moment, da er zu einer wichtigen Rede ansetzen oder irgendeinen Bischof treffen würde. Aber wieso eigentlich nicht? Er hatte ja recht – das war gar nicht seine Behinderung.

«Herr Rabbiner?»

«Ich bin noch dran, David. Willst du denn nicht zuerst einmal dieses Jahr auf der Jeschiwa beenden?»

«Die wollen hier wissen, was ich fürs nächste Jahr vorhabe. Einfach noch einmal ein Jahr absitzen ... ich weiß nicht.»

«Aber du lernst doch extrem viel dort. Du tauchst in eine neue Welt ein! Wer hat schon die Gelegenheit, auf eine solche Jeschiwa zu gehen?» Fast hätte er angefügt: vor allem mit deinem familiären Hintergrund! Aber er beherrschte sich rechtzeitig.

«Es ist doch sehr fremd. Sehr reguliert. Mit dem Werkzeug von einem Jahr kann ich das Rabbinerdiplom auch im Selbststudium schaffen, wenn Sie mich dabei begleiten.»

«Also willst du doch nach Zürich zurück? Ins Schauspielhaus? Zum schönen kühlen, etwas feuchten Wetter?»

«Ein Rabbinatspraktikum würde mich reizen.»

«David, das kommt etwas plötzlich. Ich schlage dir vor, wir

telefonieren in einer Woche nochmals. Bis dann überlegen wir uns das beide gründlich. Einverstanden?»

«Okay», sagte David, offenbar etwas niedergeschlagen.

«Dann also bis heute in einer Woche», schloss Klein.

«Noch was fällt mir ein, Herr Rabbiner», fiel David hastig ein.

«Ja, bitte?»

«Nochmals zu Nachum Berger. Sie wissen, dass er einen Sohn hat? Vermutlich haben Sie die Fotos auf der Kommode oder an der Wand bei Aviva gesehen. Oder sie hat Ihnen von ihm erzählt.»

«Nein, das hat sie nicht», sagte Klein.

«Er wohnt in Zürich, hat mir Aviva mal gesagt. Arbeitet am Flughafen oder so. Mied wohl den Kontakt zu seinem Vater. Aber sie wollte auch, dass ich das für mich behalte. Vielleicht sollten Sie ihn aber doch unterrichten, dass sein Vater tot ist.»

«Das wird ihm seine Mutter wohl inzwischen gesagt haben. Außerdem war es hier groß in den Zeitungen. Obwohl ich natürlich nicht weiß, ob er die liest.»

«Ich dachte nur … vielleicht sollte man sich einfach auch um ihn kümmern», meinte David scheu.

Klein geriet in Verlegenheit. Er spürte, wie kaltherzig seine Antwort gewirkt haben musste.

«Du hast recht, David. Danke für die Information. Ich kümmere mich darum. Wir sprechen uns nächste Woche wieder.»

Kleins Vermutungen zu Davids Sinneswandel, aus Israel zurückzukommen, wurden am frühen Nachmittag bestätigt, als Davids Mutter, Doktor Cynthia Bohnenblust, ihn anrief.

«Herr Rabbiner, ich möchte Ihnen danken. Sie wissen

nicht, was das für mich bedeutet! Dass David bei Ihnen ein Praktikum machen wird.»

«Wir haben uns darüber noch nicht geeinigt.»

«Er hat gesagt, Sie seien ernsthaft im Gespräch darüber.»

«Sie wollen unbedingt, dass er nach Zürich zurückkommt.»

«Unbedingt ist zu viel gesagt. Aber er weiß wohl selber nicht, was er in Israel tun soll. Sie haben ihn ja getroffen und gesehen, in welches Fahrwasser er da geraten ist.»

David studierte immerhin an einer der angesehensten orthodoxen Jeschiwot des Landes. Seine Lehrer waren «Große der Generation», wie man es auf Hebräisch nannte. Aus dem Munde von Cynthia Bohnenblust klang es, als sei er in Drogen- oder Menschenhandel verstrickt.

«Wenn Sie die Bemerkung erlauben, Frau Doktor Bohnenblust, ich verstehe immer noch nicht, wie Sie es hingekriegt haben, ihn überhaupt auf den Gedanken zu bringen, nach Zürich zurückzukommen. Als ich ihn in Israel getroffen habe, vermittelte er gar nicht den Eindruck, dass er dies vorhabe.»

«Nun ja», meinte sie mit gespieltem Schulmädchencharme, «das hängt zu einem guten Teil mit Ihnen zusammen.»

«Entschuldigung, ich verstehe nicht.»

«Wir haben ihm eben vorgeschlagen, sein jüdisches Wissen zu nutzen, um bei Ihnen ein Rabbinatspraktikum zu machen. Wenn er schon so an der Religion hängt. Und Sie wissen, wie sehr er Sie verehrt. Zu Recht übrigens.»

«Darf ich das vielleicht geradeheraus so formulieren, dass Sie sowohl David wie mich hier manipuliert haben?»

«Sie wählen harsche Worte, Herr Rabbiner», sagte Cynthia Bohnenblust.

Und Sie etwa nicht? Von wegen Fahrwasser, dachte Klein,

schwieg aber. Es war für einen Rabbiner meist wichtiger, an der richtigen Stelle den Mund zu halten, als das Richtige zu sagen.

Frau Doktor Bohnenblusts Stimme wurde unvermittelt bittend, fast flehend: «Sie dürfen ihn nicht fallen lassen, Herr Rabbiner. An Ihrer Entscheidung hängt jetzt sehr viel für ihn.»

«Und Sie fassen tatsächlich ins Auge, dass Ihr Sohn Rabbiner wird?»

«Mein Mann und ich finden, er solle diese Ausbildung ruhig machen. Er kann sich immer noch umentscheiden, wenn er später etwas anderes machen möchte.»

«Etwas Rechtes, meinen Sie.» Das war ihm mehr herausgerutscht als bewusst ausgesprochen.

«Herr Rabbiner, ich glaube, wir haben uns über das Wesentliche ausgetauscht», sagte Davids Mutter. Ihre Stimme klang plötzlich sehr geschäftsmäßig. «Es wäre schön, wenn sich Davids Hoffnungen erfüllen könnten. Ich muss jetzt leider weiter, ein volles Wartezimmer, Sie verstehen. Auf Wiedersehen.»

Sie hatte bereits aufgelegt, seinen Abschiedsgruß nicht abwartend. Klein schaute angewidert auf den Telefonhörer in seiner Hand und knallte ihn zurück in die Ladestation.

«Verdammt!», schrie er ins leere Büro hinein.

Als Frau Wild erschreckt den Kopf hineinstreckte, winkte er ab. «Alles okay. Rabbinerblues», meinte er lakonisch.

Mit wenig überzeugtem Gesichtsausdruck schloss sie die Tür.

Klein wandte sich wieder dem Speiseeis zu. Inzwischen waren schon wieder fünf Mails in der Angelegenheit eingetroffen. Er drechselte an einer eigenen Mail, doch es war ihm selbst klar, dass es ihn nicht ausreichend interessierte. Es gab so viele Rabbiner, für die das Erstellen von Koscherlisten den Gipfel ihrer Tätigkeit bedeutete. Er musste sich nicht dazu äußern.

Je mehr Zeit verging, desto banger fragte er sich überdies, was er tun würde, wenn wirklich niemand mehr sich im Fall Berger melden würde – wenn Lior sein Angebot in den Wind geschlagen hatte. Das würde eine unabsehbare Reihe von Komplikationen nach sich ziehen.

Da, kurz nach vier Uhr nachmittags, rief Frau Bänziger an. Hatte Lior sich also bereits gestellt? In Israel? Oder zuletzt doch hier? Klein war elektrisiert, als er ihre Nummer auf dem Display seines Handys erkannte.

Frau Bänziger kam gleich zur Sache. «Herr Rabbiner Klein? Schlechte Nachrichten. Wir haben heute Morgen einen Mann tot aufgefunden. Ein Herr Bar-Giora, israelischer Staatsbürger. Er war Sicherheitsbeamter am Flughafen und hat sich offenbar gestern Abend mit seiner Dienstwaffe erschossen. In seiner Wohnung in Glattbrugg. Kannten Sie ihn?»

Kleins Stimme versagte.

«Herr Rabbiner?»

«Ich habe ihn zwei-, dreimal gesehen», sagte er tonlos.

«Wissen Sie etwas über eine Beziehung von Herrn Bar-Giora zu Nachum Berger?»

Er versuchte krampfhaft, seine Gedanken zu ordnen.

«Alles in Ordnung bei Ihnen?», fragte Frau Bänziger teilnahmsvoll. «Es tut mir leid, wenn ich zu unvermittelt mit dieser Nachricht ins Haus geplatzt bin.»

«Herr Berger hat ihn mir gegenüber nie erwähnt», sagte Klein schließlich. Er spürte an der Feuchtigkeit seines Hemdkragens, dass er beim Aussprechen dieser Wahrheit jeden Lügendetektor in helle Aufregung versetzt hätte. Gleichzeitig fragte er sich, warum ihm immer noch so viel an dieser lächerlichen Formalität lag, nicht gelogen zu haben.

«Es gibt nämlich Hinweise, dass er etwas mit Nachum Berger zu tun hat. Herr Bar-Giora hat offenbar einen Abschiedsbrief auf Hebräisch hinterlassen. Die Spurensicherung hat ihn routinemäßig auf Fingerabdrücke untersucht und herausgefunden, dass sie mit den bisher unbekannten Fingerabdrücken in Bergers Wohnung identisch sind, inklusive denen auf der Karte, die Sie für uns übersetzt haben. Sie stammen von Herrn Bar-Giora. Dazu trug er einen Pullover, dessen Fasern mit solchen identisch sind, die wir unter einem Fingernagel und auf dem Jackett von Berger gefunden haben. Wir brauchen nun noch eine Übersetzung des Abschiedsbriefs von Bar-Giora und einen Schriftabgleich mit der Karte, die wir auf Bergers Schreibtisch gefunden hatten.»

«Ich …», sagte Klein.

«Kein Problem, Herr Rabbiner», fügte Frau Bänziger gleich an, «ich muss Sie diesmal nicht bemühen. Unsere Übersetzerin ist wiederhergestellt. Sie schaut sich die beiden Dokumente morgen Vormittag an. Wenn sie tatsächlich beide von Herrn Bar-Giora geschrieben wurden, würde sich vielleicht auch der seltsame Sinn dieser Karte erhellen, die wir in Nachum Bergers Dokumenten gefunden haben. Dieser Weisheitsspruch.»

«Ja», sagte Klein heiser.

«Es tut mir leid. Viel Aufregung in letzter Zeit für Sie. Ich halte Sie auf dem Laufenden. Womöglich bringt ja dieser Abschiedsbrief zumindest Licht in die Berger-Geschichte.»

«Ja, vielleicht. Frau Bänziger …»

«Ach, und in diesem Zusammenhang noch eine etwas bessere Nachricht», unterbrach sie ihn. «Deswegen wollte ich Sie ohnehin noch anrufen, eigentlich schon gestern. Ich habe vom Staatsanwalt Bescheid bekommen. Er hält die Beweislage gegen Josef Gut für ungenügend. Herr Gut ist bereits aus der Untersuchungshaft entlassen. Ich dachte, das freut Sie. Herr Rabbiner Klein? Hören Sie mich?»

15

In der hintersten Reihe. Dort, wo im Gottesdienst die Trauernden sitzen. Nicht mehr vorn auf dem pompösen Rabbinerstuhl war sein Platz, ganz hinten, wo nur Gott einen sah – wenn er nicht gerade wegsehen wollte. Dunkel war es und kalt in der Synagoge, und nur einer saß darin. Die ganze Nacht. Mehr Grund zur Trauer, zur Reue, zum Bewusstsein der eigenen Erbärmlichkeit hatte niemand.

Er hätte aufstehen können, sich mit der rechten Hand auf die Brust schlagen, wie es die Juden immer taten, wenn es etwas zu büßen gab. Er hätte das Sündenbekenntnis des Jom Kippur deklamieren können, die ganze Nacht, fünftausendmal: «Wir sind schuldig geworden. Haben betrogen. Haben gestohlen. Haben Böses geredet.» Und so weiter.

Er saß bloß da, mit offenen Augen, fröstelnd die Arme verschränkt. Niemand wusste, wo er war, auch Rivka nicht. Es wusste aber auch niemand, wer er war. Er war der Mann, der an Liors Tod schuld war. Der Aviva Berger ihres letzten Halts im Leben beraubt hatte. Er war der Rabbiner, der die Polizei irregeführt hatte. Er war der Familienvater, dem gekündigt würde. Denn welche Gemeinde leistete sich einen Rabbiner, der sich einer schwerwiegenden Irreführung der Behörden schuldig gemacht hatte? Immer war er davon ausgegangen, dass er selbst es in der Hand hatte, ob er Frau Bänziger seine Fehlübersetzung eingestehen würde.

Morgen würden alle wissen, wer er war. Er hatte dem Kalb das Genick gebrochen – aber dieses Kalb war Lior selbst gewesen, der unglückliche Sohn, der seinen Vater auf dem Gewissen hatte. Zuletzt hatte er gedacht, Lior sei von übermäßigem Hass getrieben gewesen – wie der Hass Kains, der über seinen Bruder hinaus seinen Vater und seinen Gott traf. Doch nun fiel ihm das Gespräch im Talmudkurs über Kain und Abel wieder ein. Dass vielleicht alles ein großes Missverständnis war. Dass Kain, nachdem er meinte begriffen zu haben, Gott wolle lebendige, wertvolle Opfer wie die erstgeborenen Schafe, das Teuerste überhaupt geopfert hatte, seinen Bruder – ein verhängnisvoller Irrtum. Galt das nicht auch für Lior? Hatte er nicht seinen Vater am Ende getötet, nicht weil er ihn hasste, sondern weil er ihn zu sehr liebte? Weil er seiner Mutter, für die er alles zu tun bereit war, das Opfer bringen wollte, das ihm am teuersten war? Schon mehrmals hatte sich Klein gefragt, weshalb Lior auf dieser Karte das Wort «Abba», Papa, geschrieben hatte. Das Wort, das ihn überführt hatte. Es wurde ihm nun klar, warum: Es war das erste Mal überhaupt in seinem Leben, dass er dieses Wort tatsächlich an seinen Vater richten konnte. Wie es auch dem Vater wichtig war, die Karte seines Sohnes mit diesem Wort aufzuheben. Nun waren beide tot. Aneinander zugrunde gegangen.

Sollte er da noch Sühnegebete herunterrasseln? Wir sind schuldig geworden? Haben betrogen? Haben gestohlen? Haben Böses geredet? Schöne Formeln für Leute mit anerzogen schlechtem Gewissen. Gabriel Klein aber war am Ende. Er ging auch nicht die Treppe hinauf zum Betsaal, als sich zur Morgenstunde dort die tägliche kleine Gemeinschaft versammelte.

Es kam ihm der Gedanke, zur Hauptwache zu gehen und Frau Bänziger abzupassen. Ihr zu gestehen, dass er sie angelogen hatte, im Interesse irgendeiner imaginären Gerechtigkeit. Ja, das war der letzte kraftlose Akt, den er selbst noch vollziehen konnte. Sich erklären. Bevor die Übersetzerin ans Werk ging.

Er verließ die Synagoge, vorbei an den verdutzten Sicherheitsleuten, die ihn heute früh nicht durch die Schleuse in die Synagoge hatten kommen sehen. Frierend, mit schmerzenden Augen lief er durch die Innenstadt, die beinahe leer im fahlen Morgenlicht eines beginnenden Novembertags lag. Es war kurz nach halb acht, er würde Frau Bänziger wohl noch beim Eingang zur Wache abfangen können. Er wollte sie treffen, bevor sie im Büro war. Und er musste vor der Übersetzerin da sein. Unbedingt.

Doch bei der alten Sternwarte, wenige Meter vor der Wache, hielt er inne. Nein, so ging es nicht. Was er zu erklären hatte, konnte er auch sagen, wenn er mit seiner Tat konfrontiert wurde. Wollte er hier eine larmoyante Nummer abziehen? Abbitte leisten vor der Kommissarin, nachdem er es vor Gott nicht geschafft hatte?

Ein einziges Mal die Sache ihren korrekten Weg gehen lassen. Einmal Demut zeigen. Bis jetzt hatte er nur Mist gebaut, fürchterlichen Mist. Nun musste er einfach mal warten.

Im grauen Zürcher Nebel wurde ihm auch klar, weshalb Hiob, dieser arme, unschuldige Mann, einen Riesenmist gebaut hatte. Keiner der Gelehrten in seinem Band mit den Aufsätzen zu Hiob hatte es gemerkt. Doch Klein kannte die Bibelstelle auswendig, und sie erschien ihm nun als Lösung der ganzen Frage, was mit Hiob geschehen war. Hiob nämlich hatte, als er noch ein reicher, angesehener Mann war, wenn seine Kinder über die Stränge schlugen (was öfters vorzukommen schien), für jeden von ihnen ein Opfer gebracht, um Gott zu versöhnen. «Vielleicht haben sie Gott geflucht in ihrem Herzen!» So hatte Hiob befürchtet. Das konnte er nicht dulden, da musste er einschreiten. Dieser Idiot! Genauso beschränkt wie Kain, der Früchte als Opfer brachte, um die Welt zurückzudrehen, und der glaubte, er könne ins Paradies, aus dem man seine Eltern geworfen hatte. Warum ließ dieser Hiob nicht einmal den Dingen ihren Lauf? Die Kinder ihre eigenen Fehler machen? Das musste dem Satan und womöglich auch Gott selbst so unglaublich auf den Geist gegangen sein, dass sie ihm zeigten, wo es langgeht. Schauen wir mal, Hiob, wo das hinführt, dein Harmoniebedürfnis, deine Versöhnungswut. Glaubst du wirklich, du, du allein, hast den Schlüssel dafür in der Hand, wie es in der Welt zugeht? Und wie nannte Gott den Hiob, als er ihn dem Satan preisgab? «Einen schlichten, geraden Mann.» Schlicht! Das konnte ein Ehrentitel sein, gewiss. Es konnte aber auch heißen: Ein unerhörter Blödmann. Ja, nicht nur Hiob verstand das Spiel mit den Worten – Gott verstand es genauso. Und nicht nur Hiob war ein Blödmann gewesen, er, Gabriel Klein, war ein noch viel größerer Blödmann.

Er ging nicht nach Hause, sondern ins Büro, wo er Tefillin und einen Tallit liegen hatte. Er schaffte es nicht, den Tag ohne Gebet zu beginnen. Das Sekretariat war noch unbesetzt.

Er betete hastig, unkonzentriert, ohne Gefühl. Als er geendet hatte und die Tefillin wieder zusammenrollte, erinnerte er sich daran, was Rabbi Goldfarb ihm erzählt hatte: Dass sie Josef Gut im Gefängnis die Tefillin weggenommen hatten, aus Angst, er könne sich damit erhängen.

Josef Gut. Die ganze Nacht über, eingesunken in der dunklen Synagoge, hatte er keinen Moment an ihn gedacht. Er hatte sich keinen Moment lang überlegt, was er getan hätte, wenn Frau Bänziger ihm schon einen Tag vorher mitgeteilt hätte, dass Gut aus der Haft entlassen würde. Hätte er Lior einfach wieder heimgeschickt?

Sein Bürotelefon klingelte. Es war Frau Wild. «Ihre Frau am Apparat. Sie sucht Sie schon die ganze Nacht, sagt sie. Sie haben Ihr Handy zu Hause gelassen und sind nicht heimgekommen.»

«Sagen Sie ihr, es geht mir gut. Ich rufe sie später zurück. Und bringen Sie mir bitte einen Kaffee.»

In den folgenden Stunden saß er in seinem Büro wie jemand, der hier bereits fremd war. Er saß auf dem Stuhl seines Nachfolgers, in den Regalen standen die Bücher eines abgesetzten Rabbiners. Im Internet berichteten die Zeitungen kurz über den mutmaßlichen Selbstmord eines israelischen Sicherheitsbeamten in Glattbrugg. Die Polizei hatte noch jeden Hinweis auf eine mögliche Beziehung zum Tod von Nachum Berger zurückbehalten.

Drei Stunden saß er untätig herum. Nur die Scham hinderte ihn daran, nach Hause zu gehen. Er klickte sich durch die Mails. Seine Kollegen ereiferten sich immer noch über die Frage der neuen Rezepturen beim Speiseeis. Sie konnten das Kalauern nicht lassen. «Welch süße Überraschungen wird für uns die Eiscrème-Herstellung noch bereithalten?», fragte ein Rabbiner. «Wir müssen die Sache eiskalt analysieren», antwortete ein anderer.

Dann klingelte erneut das Telefon. «Frau Carla Franz möchte Sie sprechen», sagte Frau Wild mit belegter Stimme. Auch ihr war der Name ein Begriff.

Ein Anruf von Carla Franz war das Letzte, was er jetzt brauchte, nach dem unangenehmen Zusammentreffen vom Freitag galt das umso mehr.

«Das geht jetzt nicht. Sagen Sie ihr, ich bin beschäftigt.»

Frau Wild meldete sich erneut. Frau Franz insistiere. Die Sache sei dringlich und von höchster Wichtigkeit. Er ließ den Anruf durchstellen.

«Herr Rabbiner Klein, es tut mir leid, dass mein Anruf Ihnen nicht gelegen kommt», vernahm er ihre sonore, leicht affektierte Altstimme. «Ich möchte mit Ihnen über ein theologisches Problem sprechen.»

«Meine Sekretärin sagte mir, das Gespräch sei von höchster Dringlichkeit.»

«Sind denn theologische Probleme aus Ihrer Sicht nicht von höchster Dringlichkeit?»

«Was wollen Sie, Frau Franz?»

«Ich möchte noch einmal auf unser letztes Gespräch zum Konversionsprozess zurückkommen. Letzte Woche. Sie erinnern sich.»

«Können wir das nicht ein andermal besprechen? Es ist jetzt ...»

«Wo Sie jetzt schon dran sind, Herr Rabbiner. Es gibt da nämlich für mich einen entscheidenden Punkt zu klären. Sie haben mir doch gesagt, ich wäre nicht vertraut mit jüdischem Denken, nicht wahr?»

«Mit dem klassischen jüdischen Denken, meinte ich. Mit religiösem jüdischen Denken.»

«Ja, genauso haben Sie das gemeint. Das habe ich schon verstanden. Nun habe ich da aber ein Beispiel von klassischem religiösem, jüdischem Denken gefunden, das hat mich sehr beeindruckt. Darüber wollte ich mit Ihnen sprechen.»

Bei aller Abneigung, die sich zwischen ihm und Carla Franz entwickelt hatte – Klein hatte sie bis jetzt als rational denkende, vernünftige Frau eingeschätzt. Ihr Auftritt hier am

Telefon ließ ihn an dieser Einschätzung zweifeln. Wovon wollte sie ihn nun überzeugen? Es schien ihm aber am besten, das Gespräch nun einfach laufen und irgendwann versickern, sie einfach mal reden zu lassen.

«Dieser Text, den ich soeben gefunden habe, darf ich Ihnen den kurz vorlesen? Ich habe leider nur die deutsche Übersetzung, aber Sie werden den sicher einordnen können.»

«Bitte sehr», sagte er matt. «Wenn er nicht zu lang ist.»

«Er ist ganz kurz», versicherte ihm Carla Franz eifrig. «Genau genommen nur ein einziger Satz: ‹Sei mutig wie ein Panther, leicht wie ein Adler, schnell wie ein Hirsch und stark wie ein Löwe, den Willen deines Vaters im Himmel zu tun.› Das kommt Ihnen bekannt vor, nehme ich an. Der Satz liegt jedenfalls in Ihrer Handschrift vor mir – zumindest hat Frau Bänziger mir gesagt, dass Sie das geschrieben hätten. Und darunter steht in Klammern: ‹Mischnatraktat Awot›.»

Klein spürte, wie ihm der Schweiß ausbrach.

«Sind Sie noch am Apparat, Herr Rabbiner?»

«Ja», sagte er heiser. «Sie sind also …»

«Genau – ich bin die Person, die in den Pyrenäen so ungeschickt vom Rad geplumpst ist, dass sie ins Krankenhaus musste. Geht aber zum Glück wieder. Sie haben mich ja am Freitag bei der Nachkontrolle angetroffen. Also, zurück zur Sache», fuhr Carla Franz beschwingt weiter. «An diesem Weisheitsspruch als solchem gibt es ja nichts auszusetzen. Versetzt uns zurück in die Anfänge der Tierfabel. Mir stellt sich nun aber die entscheidende Frage: Wie weiß ich, was der Wille meines Vaters im Himmel ist, für den ich mich so bemühen soll? Denn am Ende, das geben Sie doch zu, Herr Rabbiner, ist auch in der Theologie die Realitätsüberprüfung entscheidend.»

«Frau Franz, was wollen Sie?»

«Nun eben, ich möchte genau diese theologische Frage klären, und da können Sie mir sicher am besten helfen. Weil Sie sich doch im jüdischen Denken viel besser auskennen als ich. Mich würde, auf die gegenwärtige Situation angewandt, interessieren, ob es der Wille meines Vaters im Himmel ist, dass ich Frau Bänziger, die im Büro nebenan sitzt, kurz darlege, dass dieser Vers, den Sie da hingeschrieben haben, wie gesagt sehr eindrucksvoll ist, dass er aber zu der hebräischen Karte, an die er geheftet ist und deren Übersetzung er darstellen soll, nur wenig Bezug hat. Oder ob mein Vater im Himmel eher von mir verlangt, nur die Identität der Handschrift dieser Karte im Abgleich mit dem Abschiedsbrief des armen Herrn Bar-Giora zu prüfen, aus dem hervorgeht, dass ihn jemand namentlich nicht Genanntes der Schuld am Tod seines Vater überführt hat. Dass ihn diese Person unter Druck setzte, sich zu stellen, und dass er diese Schande sich und seiner Mutter ersparen wollte. Dann müsste ich dieses beiliegende Blättchen mit dem schönen Satz vom Adler und dem Löwen und all den anderen schönen Tieren gar nicht beachten. Dann müsste ich mir auch keine Gedanken darüber machen, wer denn diese Person gewesen sein könnte, die Lior unter Druck setzte. Wenn ich jetzt mal tippen dürfte, dann würde ich vermuten, ein Experte im jüdischen Denken wie Sie tendiert eher zur zweiten Variante. Habe ich recht?»

Klein schwieg.

«Da Sie noch im Nachdenken begriffen sind», fuhr Clara Franz nach einer kurzen Pause fort, «möchte ich daran die Frage hängen, ob sich damit nicht vielleicht die Sachlage in bestimmten anderen Dingen entscheidend geändert hat. Kurzum, ob es nicht doch der Wille meines, aber auch Ihres

Vaters im Himmel sein könnte, dass bei jemandem wie mir, die sich nun offensichtlich doch mehr als vielleicht erwartet mit dem klassischen jüdischen Denken beschäftigt, die Konversion zum Judentum nicht abgelehnt, sondern vielleicht sogar beschleunigt wird. Das würden doch auch die anderen Mitglieder der Konversionskommission als moralisch haltbar betrachten. Vielleicht sogar als moralisch zwingend. Meinen Sie nicht?»

Klein atmete schwer. Er fühlte, dass sein Ohr am Hörer heiß geworden war. «So etwas kann ich nicht von einer Sekunde zur nächsten entscheiden.»

«Wie viel Bedenkzeit erwarten Sie, Herr Rabbiner? Frau Bänziger hat es eilig.»

«Also gut. Machen Sie einen Termin mit Frau Wild aus», brachte er schließlich hervor.

«Das wäre mir, ehrlich gesagt, zu umständlich. Ich habe schon über ein Jahr verloren. Sagen wir, ich bin in einer halben Stunde bei Ihnen?»

Er versuchte, einen Rest von Geschäftsmäßigkeit zurückzugewinnen. «Warten Sie.» Er tat, als ob er seinen Kalender konsultierte. «Das könnte ich zur Not einrichten.»

«Das habe ich mir fast gedacht. Bis gleich also, Herr Rabbiner.»

Als er aufgelegt hatte, starrte Klein eine Weile vor sich hin. Dann ging er auf die Toilette, um sich frisch zu machen. Zum ersten Mal heute Vormittag sah er sich im Spiegel an – zerknautscht, stoppelig, ungekämmt. Er ließ sich drei, vier Mal Wasser in die hohlen Hände laufen und warf es sich ins Gesicht. Ein leichter Schauer durchlief ihn.

Immerhin hing ein gebügeltes Ersatzhemd in seinem Büroschrank.

Rivka war früh schlafen gegangen gestern Abend und hatte nicht auf Klein gewartet. Doch als sie frühmorgens erwacht war und das Bett neben ihr leer und unbenutzt, hatte sie Unruhe erfasst. Auf ihre Anrufe reagierte ihr Mann nicht. Dass er nachts ohne Nachricht und unerreichbar wegblieb, hatte es noch nie gegeben, und sie entschloss sich, die Polizei anzurufen. Wie sie befürchtet hatte, wimmelte man sie mit zwei, drei träfen Sprüchen ab. «Das kommt in den besten Familien vor» oder «Dä chunnt scho wider ume». Als würde Gabriel zwischendurch mal eine Sauftour durchs Niederdorf oder einen ausgiebigen Bordellbesuch einschalten. Dass sie das für unmöglich hielt, schien die Männerriege im Polizeinachtdienst eher noch zusätzlich zu amüsieren. Man riet ihr mit schlecht verhohlenem Lachen in der Stimme, morgen Abend wieder anzurufen, wenn er sich bis dann nicht gemeldet haben sollte und unauffindbar bleibe.

Als sie kurz nach acht von Frau Wild die Information bekam, Rabbiner Klein sei im Büro und es gehe ihm gut, doch er könne sie im Moment nicht sprechen, spürte sie eine unsägliche Erleichterung, die sogleich in blanke Wut umschlug. Wie konnte er ihr das antun und sie dann noch nicht einmal zu sich durchstellen lassen?

Doch da sie nun wusste, dass er im Büro war, konnte sie sich zunächst einmal ihrem eigenen Programm widmen. Und ihr Terminkalender an diesem Morgen war voll. Um halb neun hatte sie Flötenstunde, um halb zehn den interreligiösen Frauenstammtisch, der einmal im Monat stattfand. Sie ging dort mehr aus Pflichtbewusstsein hin als aus Überzeugung. «Nur Frauen können auf die Idee kommen, einen Stammtisch am Morgen einzurichten», hatte Klein damals gespöttelt – ach, er konnte ihr gestohlen bleiben.

Schließlich hatte sie sich von den Frauen doch früher verabschiedet und war ins Gemeindezentrum gestürmt. Atemlos und ohne zu klopfen hatte sie seine Bürotür aufgerissen.

Der Mann, der vor ihr saß, mit schlecht gebundener Krawatte und schief auf dem Kopf sitzender Kippa, schwarze Ringe um die Augen im sonst fahlen Gesicht, schien ein ungeeigneter Adressat für die Szene zu sein, die sie ihm machen wollte. Sie trat zwei Schritte näher und sah, wie er schlotterte und sich zugleich um ein versöhnliches Lächeln bemühte, das aber gründlich missriet.

Sie hielt ihm die Hand auf die Stirn. «Du bist krank, Gabriel. Was tust du hier? Komm heim.»

«Ich kann nicht», antwortete er mit schwacher, vom Fieber durchgeschüttelter Stimme.

«Was heißt, du kannst nicht? Du bist krank! Wir bestellen ein Taxi und fahren heim. Basta.»

Unbeholfen wehrte er ab, erklärte, er warte hier auf Carla Franz, die in einigen Minuten vorbeikommen werde, und erzählte in wenigen, zerhackten Sätzen die Ereignisse der letzten Stunden und Tage rückwärts: die Stunden in der Synagoge, den Selbstmord Liors, sein gestriges Gespräch mit ihm und wie er Frau Bänziger hinters Licht geführt hatte.

Rivka vergrub das Gesicht in den Händen und schüttelte den Kopf. Dann zog sie ihr Handy aus der Tasche. «Carlas Nummer habe ich noch von damals, als sie im Konvertitinnenkurs war. Ich ruf sie an.»

Während Klein noch mit abwehrenden Handbewegungen versuchte, seine Frau daran zu hindern, war die Verbindung schon hergestellt.

«Carla, hier Rivka Klein. Ich habe gehört, du hast einen Unfall gehabt – bist du wieder … Na Gott sei Dank. Du, ich sitze im Büro von meinem Mann, der wartet hier schlotternd auf dich … nein, der schlottert nicht vor dir, oder zumindest nicht nur. Der hat hohes Fieber, ich muss ihn heimnehmen … Ja, ich weiß, der hat sich da mächtig in was hineinmanövriert … Manchmal bräuchte man einen Babysitter, weißt du … Ja, die Konversion, er hat es mir gesagt … das hast du cool gemacht, alle Achtung. Ist ihm in die Glieder gefahren. Er ist ja da auch in einer blöden … Weiss ich doch, ich kenn dich doch … Ja, das wär nett, wollte ich auch vorschlagen. Mittwochnachmittag? Vier Uhr im ‹Schober›? Perfekt, bis dann.»

Klein bekam in der Folge nicht mehr viel mit. Er hörte seine Frau noch ein Taxi bestellen, wankte an ihrem Arm in den Lift und zum Ausgang, wobei er noch Satzfetzen aufnahm wie «wollte dir bloß eine Lektion» und «dich niemals hochgehen lassen, schon meinetwegen» oder «in Ruhe bei einem Kaffee».

Irgendwann bald darauf lag er im Bett, zuerst noch schwitzend und frierend, mit dauernd verrenkten Gliedern, später, als die Tablette zu wirken begann, ruhiger, schließlich entspannt. Und irgendwann nahm er im Halbschlaf wahr, wie sich die Schlafzimmertür einen Spalt öffnete. Bevor sie sich wieder schloss, hörte er noch die helle, kaum gedämpfte Kinderstimme Rinas in den Korridor rufen: «Stimmt, Mami – wie ein Murmeltier.»

Glossar

Aguna (Pl. Agunot) – verheiratete Frau, deren Mann verschollen ist oder den Scheidebrief verweigert

Barkan – ein koscherer israelischer Wein

Charedi (Pl. Charedim, Adj. charedisch) – ultra-orthodoxer Jude

Chewra Kadischa – Beerdigungsgesellschaft

Get – Scheidebrief, den der Mann der Frau ausstellt

Goi – jiddisch: Nichtjude (zuweilen abschätzig gebraucht)

Halacha – jüdisches Religionsgesetz

jeckisch – von «Jecke», Übername für die deutschstämmigen Juden in Israel

Jeschiwa – Talmudhochschule

Jom Kippur – Versöhnungstag, der höchste jüdische Feiertag, an dem gefastet und um Vergebung der Sünden gebetet wird, jeweils zehn Tage nach Rosch Haschana im Herbst

Lechaim – hebräisch: Auf das Leben. Trinkspruch; im weiteren Sinn ein Umtrunk.

Mess – jiddisch: Leiche

Minjan – hebräische Zahl, wird für die Anzahl von mindestens zehn Männern verwendet, die zusammen eine Betgemeinschaft bilden

Mischna – Grundlagenwerk der rabbinischen Literatur

Moreh – Lehrer

Rachmones – jiddisch: Mitleid, Erbarmen

Rebbezen – Frau eines Gemeinderabbiners

Risches – jiddisch: Antisemitismus

Rosch Haschana – jüdisches Neujahr, jeweils zwischen Anfang September und Anfang Oktober

Schiur – ein regelmäßiger (in der Regel wöchentlicher) Kurs, in dem religiöse Texte studiert werden

Schidduch (Pl. Schidduchim) – arrangierte Ehe, vor allem bei orthodoxen Juden. Beim Schidduch wird sehr auf den Ruf der Familie des prospektiven Ehepartners geachtet

Schiwa – die sieben Trauertage nach der Beerdigung eines nächsten Verwandten oder Ehepartners

Schofar – Widderhorn, das am Rosch-Haschana-Fest im Gottesdienst geblasen wird

sephardisch – hebräisch: aus dem spanisch-nordafrikanischen Raum stammend

Sota – eine der Treulosigkeit verdächtigte Ehefrau

Sukkotnoch – Laubhüttenfest (zugleich Pl. von *Sukkah* – Laubhütte), dauert sieben Tage und beginnt vier Tage nach dem *Jom Kippur*

Tallit – Gebetsschal

Talmid Chacham – hebräisch: Torah-Gelehrter

Tefillin – Gebetsriemen, die außer am Schabbat und an Feiertagen zum Morgengebet um einen Arm und den Kopf gelegt werden

Torah – die fünf Bücher Moses